TRANZLATY

Language is for everyone

A nyelv mindenkié

Folk Tales of Bengal

Bengáli népmesék

Part One
Első rész

1 / 2

Lal Behari Day

English / Magyar

Published by Tranzlaty
ISBN: 978-1-80572-925-9
Original text by Reverend Lal Behari Day
Folk Tales of Bengal
First published in 1912
www.tranzlaty.com

Life's Secret
Az élet titka

Once upon a time there was a king.
Volt egyszer egy király.
This King had married two Queens.
Ez a király két királynőt vett feleségül.
The two queens were called Duo and Suo.
A két királynőt Duónak és Suónak hívták.
Both of the queens were childless.
Mindkét királynő gyermektelen volt.
One day a Faquir came to the palace gate.
Egy nap egy fakír érkezett a palota kapujához.
The Faquir had come to ask for alms.
A fakír alamizsnát kérni jött.
Queen Suo went to the door.
Suo királynő az ajtóhoz ment.
And she gave him a handful of rice.
És adott neki egy marék rizst.
The mendicant asked her a question.
A kolduló feltett neki egy kérdést.
"Do you have any children?"
„Vannak gyermekei?"
The queen had no children.
A királynőnek nem voltak gyermekei.
"I wish had children, but I have none"
„Bárcsak lennének gyerekeim, de nincsenek"
The holy man refused to take alms from her.
A szent ember nem volt hajlandó alamizsnát elfogadni tőle.
In these times there were different traditions.
Ezekben az időkben más hagyományok éltek.
And the people believed many different things.
És az emberek sokféle dologban hittek.
Don't take charity from the hands of a childless woman.
Ne fogadj el alamizsnát egy gyermektelen asszony kezéből.
Such hands were ceremonially unclean.
Az ilyen kezek szertartásilag tisztátalanok voltak.

The mendicant offered her a drug.
A kolduló kábítószert kínált neki.
This drug was to remove her barrenness.
Ez a szer a meddőségét hivatott megszüntetni.
She expressed her willingness to take the drug.
Kifejezte, hogy hajlandó bevenni a gyógyszert.
The mendicant told her how to take the drug.
A kolduló elmondta neki, hogyan kell bevenni a szert.
"This is the potion you must swallow"
„Ez az a bájital, amit le kell nyelned"
"Prepare the juice of a pomegranate flower"
„Készítsd el a gránátalmavirág levét"
"Swallow the drug with the juice"
„A gyógyszert a levével együtt nyelje le"
"If you do this, you will soon have a son"
„Ha ezt megteszed, hamarosan fiad lesz"
"Your son will be exceedingly handsome"
„A fiad rendkívül jóképű lesz"
"His complexion will be beautiful"
„Gyönyörű lesz az arca"
"He will have the colour of pomegranate flowers"
„Olyan színű lesz, mint a gránátalmavirág"
"And you shall call him Dalim Kumar"
„És nevezd őt Dalim Kumarnak"
"But he will also have enemies"
„De lesznek ellenségei is"
"They will try to take your son's life"
„Megpróbálják elvenni a fiad életét"
"But there is a secret to his life"
„De van egy titka az életének"
"And I will tell you this secret"
„És elárulom neked ezt a titkot"
"In front of your palace is a pond"
„A palotád előtt egy tó van"
"In that pond there is a big Boal fish"
„Abban a tóban van egy nagy csónakhal"
"Your son's life is connected to that fish"

„A fiad élete összefügg azzal a halakkal"
"In the heart of the fish is a small box"
„A hal szívében egy kis doboz van"
"This small box is made of wood"
„Ez a kis doboz fából készült"
"In the box of wood is a necklace of gold"
„A fadobozban egy arany nyaklánc van"
"That necklace is the life of your son"
„Az a nyaklánc a fiad élete"
The mendicant gave her the drugs.
A kolduló adta neki a gyógyszereket.
And they said their farewells.
És elbúcsúztak.

Soon all in the palace whispered of an heir.
Hamarosan a palota minden tagja egy örökösről suttogott.
Great was the joy of the King.
Nagy volt a király öröme.
He had visions of an heir to the throne.
Látomásai voltak egy trónörökösről.
A never-ending succession of powerful monarchs.
A hatalmas uralkodók soha véget nem érő sora.
He dreamt of how they perpetuated his dynasty.
Arról álmodozott, hogyan örökítik meg a dinasztiáját.
These ideas floated before his mind.
Ezek a gondolatok lebegtek az elméje előtt.
It made him the happiest he had ever been.
Ez tette őt élete legboldogabbá.
Many ceremonies were performed for the occasion.
Számos szertartást rendeztek az alkalomból.
The people of the kingdom played loud music.
A királyság népe hangosan zenét játszott.
The birth of a prince was a truly special event.
Egy herceg születése igazán különleges esemény volt.
Soon queen Suo gave birth to a son.
Hamarosan Suo királynő fiút szült.
He was more beautiful than anyone had imagined.

Szebb volt, mint azt bárki elképzelte volna.
The King saw his son's face.
A király meglátta fia arcát.
And his heart leaped with joy.
És a szíve örömtől ugrott.
Soon the child ate his first rice.
A gyerek hamarosan megette az első rizst.
Mukhe bhaat was celebrated with great joy.
A Mukhe bhaatot nagy örömmel ünnepelték.
And the whole kingdom was filled with gladness.
És az egész országot öröm töltötte be.

Dalim Kumar grew up to be a fine boy.
Dalim Kumarból remek fiú lett.
There was one activity he particularly liked.
Volt egy tevékenység, amit különösen szeretett.
He loved playing with the pigeons.
Szerette a galambokkal játszani.
However, the pigeons often flew to Queen Duo.
A galambok azonban gyakran repültek a Queen Duo-hoz.
Nobody knows why they did this.
Senki sem tudja, miért tették ezt.
And they flew into her apartment.
És berepültek a lakásába.
So Dalim Kumar often met Queen Duo.
Így Dalim Kumar gyakran találkozott Queen Duóval.
At first, she happily gave the pigeons back.
Először boldogan adta vissza a galambokat.
But later she wasn't as willing to return the pigeons.
De később már nem volt olyan hajlandó visszaadni a
galambokat.
She gave the pigeons up with some reluctance.
Kissé vonakodva adta fel a galambokat.
She felt she could use this to her advantage.
Úgy érezte, ezt a maga előnyére fordíthatja.
She naturally hated the child.
Természetes módon gyűlölte a gyereket.

Since Dalim's birth the king had neglected her.
Dalim születése óta a király elhanyagolta őt.
And the King idolized the mother of Dalim.
És a király bálványozta Dalim anyját.
Somehow, she had heard of the mendicant.
Valahogy hallott a koldulóról.
She heard he had given queen Suo a medicine.
Hallotta, hogy gyógyszert adott Suo királynőnek.
She had also heard about what he had said.
Azt is hallotta, amit a férfi mondott.
There was a secret to the prince's life.
Volt egy titka a herceg életének.
She had heard his life was bound to something.
Hallotta, hogy az élete valamihez kötődik.
But she did not know what his life was bound to.
De nem tudta, mihez köti az életét.
She was determined to get the secret.
Elhatározta, hogy megszerzi a titkot.

Of course, the pigeons came back to her.
Természetesen a galambok visszatértek hozzá.
And the pigeons flew into her room again.
És a galambok újra berepültek a szobájába.
This time she refused to give the pigeons back.
Ezúttal nem volt hajlandó visszaadni a galambokat.
"I won't just give you your pigeon back"
„Nem adom csak úgy vissza a galambot"
"First, you have to tell me something"
„Először is, el kell mondanod nekem valamit"
"What do you want, aunty?" the boy asked.
„Mit akar, néni?" – kérdezte a fiú.
"Oh, my darling, do not worry"
„Ó, drágám, ne aggódj"
"It's just a small thing I want"
„Csak egy apróság, amit szeretnék"
"I want to know where your life is hidden"
„Tudni akarom, hol rejtőzik az életed"

The boy was very confused by this.

A fiút ez nagyon zavarba hozta.

"What is that, aunty?"

„Mi ez, néni?"

"Where can my life be, except in me?"

„Hol lehetne az életem, ha nem énbennem?"

"No, child, that is not what I meant"

„Nem, gyermekem, nem erre gondoltam"

"A holy mendicant told your mother a secret"

„Egy szent koldus elmondott anyádnak egy titkot"

"Your life is bound up with something"

„Az életed valamihez kötődik"

"I wish to know what that thing is"

„Tudni szeretném, mi ez a valami "

The boy was confused by what she said.

A fiú zavarba jött attól, amit a nő mondott.

"I never heard of any such thing"

„Soha nem hallottam semmi ilyesmiről"

But Queen Duo insisted it was true.

De a Queen Duo ragaszkodott hozzá, hogy igaz.

"Promise to find out from your mother"

„Ígérd meg, hogy megtudod anyádtól"

"Ask her where your life is hidden"

„Kérdezd meg tőle, hol rejtőzik az életed"

"Then I will let you have the pigeons"

„Akkor átadom neked a galambokat"

"Otherwise, I will keep the pigeons"

„Különben megtartom a galambokat"

The boy wanted his pigeons back.

A fiú vissza akarta kapni a galambjait.

So he agreed to get the information.

Így beleegyezett, hogy megszerzi az információt.

But first she made him promise.

De először ígéretet tett rá.

"Promise me you won't tell your mother"

– Ígérd meg, hogy nem mondod el anyádnak!

And the boy promised not to tell her.

És a fiú megígérte, hogy nem mondja el neki.
"I promise I won't tell my mum"
„Megígérem, hogy nem mondom el anyámnak"
Queen Duo freed the prince's pigeons.
Duo királynő kiszabadította a herceg galambjait.
Dalim was overjoyed to have his birds again.
Dalim nagyon örült, hogy újra lehetnek madarai.
And he forgot the entire conversation.
És az egész beszélgetést elfelejtette.

The next day Dalim was playing again.
Másnap Dalim újra játszott.
You can imagine what happened again.
El tudod képzelni, mi történt megint.
The pigeons flew to Queen Duo's apartment.
A galambok Duo királynő lakására repültek.
And they flew into her room again.
És ismét berepültek a szobájába.
Dalim went in to his stepmother's apartment.
Dalim bement a mostohaanyja lakásába.
And he asked her for the pigeons.
És kérte tőle a galambokat.
Of course she asked him for the information.
Természetesen kért tőle információt.
Dalim could not tell her where his life was hidden.
Dalim nem tudta megmondani neki, hol rejtőzik az élete.
"I promise I will ask her today"
„Megígérem, ma megkérdezem tőle"
"But please can I have my pigeons"
„De kérem, megkaphatnám a galambjaimat?"
She didn't give the pigeons back so quickly.
Nem adta vissza olyan gyorsan a galambokat.
But, in the end, he got his pigeons again.
De végül újra megszerezte a galambjait.

After playing, Dalim went to his mother.
Játék után Dalim az anyjához ment.

"Mamma, please tell me where my life is hidden"
„Anya, kérlek, mondd meg, hol rejtőzik az életem"
"What do you mean, child?" asked the mother.
„Hogy érted ezt, gyermekem?" – kérdezte az anya.
She was astonished at the question.
Megdöbbent a kérdésen.
Why would her child ask her this?
Miért kérdezné ezt tőle a gyereke?
"Yes, mamma," replied the child.
– Igen, anya – felelte a gyerek.
"I have heard of a holy mendicant"
„Hallottam egy szent koldulóról"
"He told you something about my life"
„Mesélt neked valamit az életemről"
"He said my life is hidden in something"
„Azt mondta, hogy az életem valamiben el van rejtve"
"Tell me what that thing is"
„Mondd meg, mi az a valami"
"My child, my darling, my treasure"
„Gyermekem, drágám, kincsem"
"My golden moon," his mother pleaded.
– Aranyholdam! – könyörgött az anyja.
"Do not ask such a question"
„Ne tegyél fel ilyen kérdést"
"Cover my enemies' mouths with ashes"
„Fedd be ellenségeim száját hamuval"
"Let my Dalim live forever," she begged.
„Hagyd, hogy az én Dalimjaim örökké éljenek!" – könyörgött.
But the child insisted knowing the secret.
De a gyerek ragaszkodott hozzá, hogy tudja a titkot.
He refused to eat or drink until he knew.
Nem volt hajlandó enni vagy inni, amíg meg nem tudta.
Queen Suo had no choice but to tell him.
Suo királynőnek nem volt más választása, mint elmondani
neki.
Eventually she told him the secret of his life.
Végül elmondta neki élete titkát.

The next day Dalim was playing again.
Másnap Dalim újra játszott.
You can imagine where the pigeons flew.
El tudod képzelni, hová repültek a galambok.
Dalim chased after the birds into the apartment.
Dalim a madarak után eredt a lakásba.
His stepmother told him many sweet words.
A mostohája sok kedves szót mondott neki.
And finally, she got his secret from him.
És végül megtudta tőle a titkát.
She wasted no time to start her wicked plan.
Nem vesztegette az időt, hogy belekezdjen gonosz tervébe.
And she gave orders to her servants.
És parancsokat adott a szolgáinak.
"Get some dried stalk from the hemp plant"
„Szerezz szárított kenderszárat"
"Make sure the stalks are very brittle"
„Ügyelj rá, hogy a szárak nagyon törékenyek legyenek"
Brittle hemp stalks make a cracking sound.
A törékeny kenderszárak pattogó hangot adnak ki.
The sound is similar to the cracking of joints.
A hang hasonló az ízületek reccsenéséhez.
And it sounds like the bones of old people.
És úgy hangzik, mint az öregek csontjai.
She put the brittle hemp stalks under her bed.
A törékeny kenderszárakat az ágya alá tette.
And then she lied on her bed.
És aztán lefeküdt az ágyára.
She wanted to test the hemp stalks.
Ki akarta próbálni a kenderszárakat.
The stalks cracked just as much as she wanted.
A szárak pont annyira repedtek, amennyire csak akarta.
She was satisfied with how her plan was going.
Elégedett volt azzal, ahogy a terve haladt.
She gave more orders to her servants.
További utasításokat adott a szolgáinak.

"Tell the King I am very ill"
„Mondd meg a királynak, hogy nagyon beteg vagyok"
"He must come to see me immediately"
„Azonnal el kell jönnie hozzám"
The king did not love this queen.
A király nem szerette ezt a királynőt.
But he still had a duty to care for her.
De továbbra is kötelessége volt gondoskodni róla.
If she was ill, he had to look after her.
Ha beteg volt, gondoskodnia kellett róla.
The King came to her bedroom.
A király bejött a hálószobájába.
She rolled on the bed in pain.
Fájdalmában forgolódott az ágyon.
The King heard the cracking of her bones.
A király hallotta a csontjai ropogását.
He ordered his best physician to attend her.
Megparancsolta a legjobb orvosának, hogy foglalkozzon vele.
But the queen had thought of this.
De a királynő erre gondolt.
She had already spoken with the physician.
Már beszélt az orvossal.
"There is only one remedy," he told the king.
„Csak egy orvosság van" – mondta a királynak.
"There's a pond in front of the palace"
„Van egy tó a palota előtt"
"In the pond there's a large Boal fish"
„A tóban egy nagy csóka van"
"The remedy is in that fish"
„A gyógyír abban a halban rejlik"
So the king let the physician catch the fish.
A király tehát megengedte az orvosnak, hogy fogja ki a halat.
Meanwhile Dalim was busy playing.
Eközben Dalim játékkal volt elfoglalva.
He knew nothing of his aunt's illness.
Semmit sem tudott a nagynénje betegségéről.
The fish was taken out the water.

A halat kivették a vízből.
Dalim fell to the ground immediately.
azonnal a földre zuhant .
He flopped around on the floor.
Hempergett a padlón.
And he could not breathe.
És nem kapott levegőt.
The guards immediately noticed.
Az őrök azonnal észrevették.
Dalim was taken to his mother's room.
Dalimot az anyja szobájába vitték.
And the King was informed of his son.
És a király értesült a fiáról.
He couldn't believe his son's illness.
Nem tudta elhinni, hogy a fia beteg.
The fish was taken to Queen Duo.
A halat a Queen Duóhoz vitték.
Queen Duo was being saved.
A Queen Duót megmentették.
At the same time Dalim was dying.
Ugyanekkor Dalim haldoklott.
The fish was cut open.
A halat felvágták.
And they found the wooden box.
És megtalálták a faládát.
In the box lay a necklace of gold.
A dobozban egy arany nyaklánc feküdt.
Queen Duo put on the necklace.
A Queen Duo feltette a nyakláncot.
And Dalim died at the very same moment.
És Dalim ugyanabban a pillanatban meghalt.

News of the tragedy reached the king.
A tragédia híre eljutott a királyhoz.
He was plunged into an ocean of grief.
A gyász óceánjába zuhant.
News of Queen Duo's recovery did not help.

A Queen Duo felépülésének híre sem segített.
He wept painful and bitter tears.
Fájdalmas és keserű könnyeket hullatott.
No one thought he would recover.
Senki sem gondolta volna, hogy felépül.
He could not bear to bury his son.
Nem bírta elviselni, hogy el kell temetnie a fiát.
Nor did he allow his body to be burned.
Azt sem engedte, hogy a testét elégessék.
He could not accept that his son had died.
Nem tudta elfogadni, hogy a fia meghalt.
His death was so sudden and senseless.
Olyan hirtelen és értelmetlen volt a halála.
He had the dead body moved to a garden-houses.
A holttestet egy kertes házakba szállíttatta.
This garden-house was in the suburbs.
Ez a kertes ház a külvárosban volt.
Here his son was laid in state.
Itt temették el fiát.
All sorts of provisions were put there.
Mindenféle ellátmányt helyeztek el ott.
Although everyone knew it was unnecessary.
Bár mindenki tudta, hogy felesleges.
The young boy did not need food anymore.
A fiatal fiúnak már nem volt szüksége ételre.
The house was kept locked day and night.
A házat éjjel-nappal zárva tartották.
Dalim had had one very close friend.
Dalimnak volt egy nagyon közeli barátja.
Only this friend was allowed to visit.
Csak ez a barát látogathatta meg.
He was the son of the prime minister.
A miniszterelnök fia volt.
He was entrusted with the key of the house.
Rábízták a ház kulcsát.
Once a day he could visit his dead friend.
Naponta egyszer meglátogathatta halott barátját.

Queen Suo retired after the loss of her son.
Suo királynő fia elvesztése után nyugdíjba vonult.
Now the King spent the nights with Queen Duo.
A király most Duo királynővel töltötte az éjszakákat.
The Queen wanted to avoid suspicion.
A királynő el akarta kerülni a gyanút.
So she took the necklace off at night.
Így hát éjszaka levette a nyakláncot.
But Dalim's life was tied to the necklace.
De Dalim élete a nyaklánchoz volt kötve.
And his death was not so simple.
És a halála sem volt ilyen egyszerű.
He was dead when the queen wore the necklace.
Halott volt, amikor a királynő viselte a nyakláncot.
But when she took the necklace off, he returned to life.
De amikor levette a nyakláncot, a férfi visszatért az életbe.
And so he returned to life every night.
És így minden este visszatért az életbe.
Every morning she put the necklace on again.
Minden reggel újra feltette a nyakláncot.
And so, he died again every morning.
És így minden reggel újra meghalt.
At night he ate whatever food he liked.
Este azt az ételt evett, amit csak szeretett.
Because there was plenty of food for him.
Mert volt neki bőven ennivaló.
He walked around in the premises.
Körbejárt a területen.
And he meditated on the strangeness of his life.
És elmélkedett élete különösségén.
Dalim's friend only visited him during the day.
Dalim barátja csak nappal látogatta meg.
So he always saw him as a lifeless corpse.
Így hát mindig élettelen holttestnek látta őt.
But his body never seemed to change.
De a teste soha nem látszott változni.

There was no sign of putrefaction.
Semmi jele nem volt rothadásnak.
The body was lifeless and pale.
A test élettelen és sápadt volt.
But there were no symptoms of death.
De a halálnak semmilyen tünete nem volt.
It all seemed too strange for him.
Mindez túl furcsa volt számára.
So he decided to watch the corpse more closely.
Így hát úgy döntött, hogy alaposabban szemügyre veszi a holttestet.
And he visited his friend at night.
És este meglátogatta a barátját.
He was astonished at what he saw that night.
Megdöbbentett, amit aznap este látott.
His dead friend was walking about in the garden.
Halott barátja a kertben sétált.
At first he thought Dalim might a ghost.
Először azt hitte, Dalim szellem lehet.
So he went to see if he could touch him.
Így hát odament, hogy megérje-e.
And then he saw it was really his friend.
És akkor látta, hogy valójában a barátja.
Dalim told his friend everything that had happened.
Dalim mindent elmesélt a barátjának, ami történt.
He told him all the circumstances of his death.
Elmondta neki halála minden körülményét.
And soon they solved the mystery.
És hamarosan megoldották a rejtélyt.
They understood why he revived only at night.
Megértették, miért csak éjszaka ébredt fel.
Every night the king came to see Queen Duo.
A király minden este meglátogatta Duo királynőt.
When the King visited, she took off her necklace.
Amikor a király meglátogatta, levette a nyakláncát.
The life of the prince depended on the necklace.
A herceg élete a nyaklánctól függött.

So the two friends worked on a plan.

Így a két barát kidolgozott egy tervet.

Night after night they consulted together.

Éjszakáról éjszakára tanácskoztak egymással.

But they could not think of any feasible scheme.

De semmilyen megvalósítható tervet nem tudtak kitalálni.

Eventually the Gods must have taken pity.

Végül az istenek biztosan megszánták őket.

And they decided to free Dalim.

És úgy döntöttek, hogy kiszabadítják Dalimot.

But we must understand how the Gods work.

De meg kell értenünk, hogyan működnek az istenek.

These things are planned long before.

Ezek a dolgok már jóval előre el vannak tervezve.

The sister of Bidhata-Purusha had had a daughter.

Bidhata-Purusha nővérének volt egy lánya.

Bidhata-Purusha was a great fortune teller.

Bidhata-Purusha nagyszerű jósnő volt.

He had written something on the child's forehead.

Valamit írt a gyerek homlokára.

"This child will marry the dead bridegroom"

„Ez a gyermek a halott vőlegényhez fog feleségül menni"

Her mother was very saddened by this.

Az anyja nagyon elszomorodott emiatt.

She did not want this destiny for her daughter.

Nem ezt a sorsot akarta a lányának.

But she could not argue with him.

De nem vitatkozhatott vele.

He never changed what he had written.

Soha nem változtatott azon, amit írt.

The child became exceedingly beautiful.

A gyermek rendkívül szép lett.

But the mother could not take any pleasure in this.

De az anya nem tudott ebben örömet lelni.

Because she knew the destiny of her child.

Mert tudta gyermeke sorsát.

Eventually the girl came to marriageable age.
Végül a lány elérte a házasságra alkalmas kort.
She had to find a way to avoid her fate.
Meg kellett találnia a módját, hogy elkerülje a sorsát.
So the mother fled the country with her child.
Így az anya elmenekült az országból a gyermekével.
Perhaps she could avoid her dreadful destiny.
Talán elkerülhetné szörnyű sorsát.
But what was written was written.
De ami meg volt írva, meg volt írva.
And fate cannot be overruled like this.
És a sorsot nem lehet így felülírni.
Together they journeyed through the land.
Együtt utaztak be a földet.
You can imagine how fate was working.
El lehet képzelni, hogyan működött a sors.
They wandered past Dalim's resting place.
Elballagtak Dalim nyughelye mellett.
The shade of the evening was approaching.
Az alkony árnyéka közeledett.
"Mother, I am thirsty," said her child.
– Anya, szomjas vagyok – mondta a gyermeke.
"Sit at this gate," replied her mother.
– Ülj le ehhez a kapuhoz – felelte az anyja.
"I will search for water in the village"
„Víz után fogok nézni a faluban"
The girl was curious about the garden.
A lány kíváncsi volt a kertre.
And in the garden she saw strange house.
És a kertben meglátott egy különös házat.
She pushed the gate, which opened itself.
Meglökte a kaput, ami magától kinyílt.
When she went in, she saw a beautiful palace.
Amikor belépett, egy gyönyörű palotát látott.
But she had an uneasy feeling about the palace.
De kellemetlen érzése volt a palotával kapcsolatban.
However, the door had shut itself.

Az ajtó azonban magától becsukódott.
So she had no way of getting out.
Így hát nem volt módja kijutni.

When night came the prince revived.
Amikor leszállt az éj, a herceg magához tért.
As usual, he walked around in the garden.
Szokása szerint most is a kertben sétált.
But this time he saw a female figure.
De ezúttal egy női alakot látott.
The figure was standing near the gate.
Az alak a kapu közelében állt.
Soon he saw that it was a girl.
Hamarosan meglátta, hogy egy lány az.
And he saw she was of unsurpassed beauty.
És látta, hogy páratlanul szép.
"Who are you?" he asked her.
„Ki maga?" – kérdezte tőle.
She told Dalim everything that had happened.
Elmondott Dalimnak mindent, ami történt.
All the details of her little history.
Kis történetének minden részlete.
"My uncle is the divine Bidhata-Purusha"
„A nagybátyám az isteni Bidhata-Purusha"
"He wrote on my forehead at birth"
„Születéskor a homlokomra írt"
"This child will marry the dead bridegroom"
„Ez a gyermek a halott vőlegényhez fog feleségül menni"
"My mother did not want that life for me"
„Anyám nem ezt az életet akarta nekem"
"So we left our house and city"
„Így hát elhagytuk a házunkat és a városunkat"
"And we wandered through the country"
„És barangoltunk az országban"
"We had come to the gate of your palace"
„A palotátok kapujához értünk"
"After our journey I was thirsty"

„Utazásunk után szomjas voltam"
"So my mother went to look for water"
„Szóval anyám elment vizet keresni"
"And now I am standing here before you"
„És most itt állok előtted"
Dalim Kumar knew the meaning of the story.
Dalim Kumar tudta a történet jelentését.
"I am the dead bridegroom," he told the girl.
„Én vagyok a halott vőlegény" – mondta a lánynak.
"It is me who you will marry"
„Engem fogsz feleségül venni"
"Come with me to the house," he asked of her.
„Gyere velem a házba" – kérte tőle.
But the girl wasn't so easily persuaded.
De a lányt nem lehetett ilyen könnyen meggyőzni.
"You are standing and speaking to me"
„Itt állsz és beszélsz hozzám"
"How can you be the dead bridegroom?"
„Hogy lehetsz te a halott vőlegény?"
The prince understood her objection.
A herceg megértette a lány ellenvetését.
"You will understand it afterwards"
„Majd később megérted"
The girl followed the prince into the house.
A lány követte a herceget a házba.
She had been fasting the whole day.
Egész nap böjtölt.
So the prince gave her wonderful food.
Így hát a herceg csodálatos ételt adott neki.
Meanwhile, the girl's mother had come back.
Közben a lány anyja is visszajött.
She was standing at the gates of the garden.
A kert kapujában állt.
But her daughter was not there anymore.
De a lánya már nem volt ott.
She cried out for her daughter.
A lánya után sírt.

But she got no reply from her daughter.
De a lányától nem kapott választ.
So she went looking for her in the village.
Így hát elindult a faluban keresni.

As usual, Dalim's friend came that night.
Mint általában, Dalim barátja eljött aznap este.
Dalim was still entertaining his guest.
Dalim még mindig szórakoztatta a vendégét.
He was not expecting to see a stranger.
Nem számított rá, hogy egy idegent fog látni.
And the girl retold him her story.
És a lány újra elmesélte neki a történetét.
You can imagine his surprise when she told him.
El tudod képzelni a meglepetését, amikor elmondta neki.
He was able to confirm Dalim's story.
Meg tudta erősíteni Dalim történetét.
Soon they had all accepted destiny.
Hamarosan mindannyian elfogadták a sorsukat.
That night they fulfilled their fates.
Azon az éjszakán beteljesítették sorsukat.
They decided to unite the couple in matrimony.
Úgy döntöttek, hogy házasságban egyesítik a párt.
It was going to be impossible to get a priest.
Lehetetlen volt papot találni.
So Dalim's friend performed the hymeneal rites.
Dalim barátja tehát elvégezte a hymeneális szertartásokat.
The friend of the bridegroom left the palace.
A vőlegény barátja elhagyta a palotát.
The newly-weds had the palace to themselves.
Az ifjú házasok birtokolhatták a palotát.
The happy couple did not sleep much that night.
A boldog pár nem sokat aludt aznap éjjel.
So it was long after sunrise that they woke up.
Így hát jóval napkelte után ébredtek fel.
Of course it was only the young wife that woke up.
Természetesen csak a fiatal feleség ébredt fel.

The prince had become a cold corpse again.
A herceg ismét kihűlt holttestté változott.
The queen had put on her necklace.
A királynő feltette a nyakláncát.
And life had departed from him again.
És az élet ismét elszállt belőle.
You can imagine how the young wife felt.
El tudod képzelni, mit érezhetett a fiatal feleség.
She shook her husband to try and wake him.
Megrázta a férjét, hogy felébressze.
She kissed him on his cold lips.
Megcsókolta a hideg ajkait.
But all her efforts were in vain.
De minden erőfeszítése hiábavaló volt.
He was as lifeless as a marble statue.
Olyan élettelen volt, mint egy márványszobor.
The young wife was stricken with horror.
A fiatal feleséget rémület fogta el.
She smote her breast with her fists.
Ökölökkel csapott a mellére.
She struck her forehead with her palms.
A tenyerével a homlokára ütött.
And she tore her hair from her head.
És kitépte a haját a fejéről.
She ran through the garden like a mad woman.
Úgy rohant át a kerten, mint egy őrült.
Dalim's friend did not come during the day.
Dalim barátja nem jött meg napközben.
He did not want to see his friend this way.
Nem akarta így látni a barátját.
The poor girl did not know what to do.
A szegény lány nem tudta, mitévő legyen.
Time could not pass quickly enough.
Az idő nem telt elég gyorsan.
The day seemed as long as a year.
A nap olyan hosszúnak tűnt, mint egy év.
But the even longest day has its end.

De a leghosszabb napnak is vége szakad.
The shades of evening were descending.
Az alkony árnyai leszálltak.
Her dead husband was awakened into consciousness.
Halott férje magához tért.
He rose up from his bed again.
Újra felkelt az ágyáról.
And he embraced his new wife.
És átölelte új feleségét.
Again they ate, drank, and became merry.
Újra ettek, ittak és vígadtak.
His friend made his usual appearance.
A barátja a szokásos megjelenését mutatta.
And the whole night was spent celebrating.
És az egész este ünnepléssel telt.

They spent the next seven years this way.
Így töltötték a következő hét évet.
During the day Dalim was lifeless.
Napközben Dalim élettelen volt.
But at night he came to life.
De éjszaka életre kelt.
And their life was quite usual.
És az életük egészen megszokott volt.
The princess gave her husband two lovely boys.
A hercegnő két gyönyörű fiút adott a férjének.
They were the exact image of their father.
Apjuk pontos másai voltak.
Of course the king and Queens did not know.
A király és a királynő természetesen nem tudott róla.
They did not know they were grandparents.
Nem tudták, hogy nagyszülők.
And they did not know Dalim was alive.
És azt sem tudták, hogy Dalim él.
To be precise I should say he was alive at night.
Pontosabban azt kell mondanom, hogy éjszaka élt.
They all thought he had long been dead.

Mind azt hitték, hogy már rég halott.
They assumed his corpse would now be gone.
Azt feltételezték, hogy a holtteste mostanra eltűnt.
But the heart of Dalim s wife was yearning.
De Dalim feleségének a szíve vágyakozott.
She wanted nothing more than her mother-in-law.
Semmit sem akart jobban, mint az anyósát.
Over the years she had come up with a plan.
Az évek során kidolgozott egy tervet.
Perhaps she could see her mother-in-law.
Talán láthatná az anyósát.
Maybe they could get hold of the necklace.
Talán megszerezhetnék a nyakláncot.
She asked for the consent of her husband.
Kérte a férje beleegyezését.
And he allowed her to disguise herself.
És hagyta, hogy álcázza magát.
She took on the appearance of a female barber.
Női borbély külsejét öltötte magára.
Like every female barber, she needed equipment.
Mint minden női fodrásznak, neki is szüksége volt
felszerelésre.
She took the following tools;
A következő eszközöket vitte magával;
An iron instrument for preparing finger nails.
Vas eszköz ujjkörmök készítéséhez.
Another iron instrument for scraping the feet.
Egy másik vaseszköz a lábak kaparására.
A piece of burnt jhama brick.
Egy darab égetett jhama tégla.
For rubbing the soles of the feet.
A talp dörzsölésére.
And paint for the edges of the feet.
És fesd ki a lábfejek széleit.
She took all her tools with her.
Magával vitte az összes szerszámát.
And she stood at the gate of the King's palace.

És a királyi palota kapujában állt.
I forgot something else she brought.
Elfelejtettem még valamit, amit hozott.
She had come with her two sons.
Két fiával jött.
She spoke with the guards.
Beszélt az őrökkel.
"I work as a barber"
„Borbélyként dolgozom"
"I have come to offer my services"
„Azért jöttem, hogy felajánljam a szolgálataimat"
"I desire to see Queen Suo"
„Látni akarom Suo királynőt"
Queen Suo quickly gave her an interview.
Suo királynő gyorsan interjút adott neki.
The queen was quite fond of the two little boys.
A királynő nagyon szerette a két kisfiút.
They strangely reminded her of her own son.
Furcsa módon a saját fiára emlékeztették.
And she remembered her lost treasure.
És eszébe jutott az elveszett kincs.
Tears fell profusely from her eyes.
Könnyek ömlöttek a szeméből.
She had not the remotest idea who they were.
Fogalma sem volt, kik ők.
Of course we know who they are.
Persze, hogy tudjuk, kik ők.
The two little boys are her grandsons.
A két kisfiú az unokái.
She spoke to the barber.
Szólt a fodrásszal.
"My son died when he was young"
„A fiam meghalt, amikor még kicsi volt"
"I have given up these vanities"
„Feladtam ezeket a hiúságokat"
"I stopped having my feet ceremoniously dyed"
„Abban hagytam, hogy ünnepélyesen befessék a lábamat"

"But I would be glad to see your two fine boys"
„De örülnék, ha láthatnám a két szép fiadat"
The barber agreed to let Queen Suo see her boys.
A borbély beleegyezett, hogy Suo királynő láthassa a fiait.
But she had one question before she went.
De mielőtt elment, volt egy kérdése.
"Are there other ladies in the palace?
„Vannak más hölgyek is a palotában?"
"Someone else I could provide my service to"
„Valaki másnak is felajánlhatnám a szolgáltatásaimat"
She was told there was another queen.
Azt mondták neki, hogy van egy másik királynő is.
And she was also allowed to go to that queen.
És neki is megengedték, hogy elmenjen ahhoz a királynőhöz.
Queen Duo allowed her to prepare her nails.
A Queen Duo megengedte neki, hogy előkészítse a körmeit.
And she was allowed to scrape her feet.
És megengedték neki, hogy megvakarja a lábát.
She painted her feet with alakta.
Alaktával festette be a lábát.
And the queen was very pleased with her skill.
És a királynő nagyon elégedett volt a képességével.
She also enjoyed the sweetness of her disposition.
Élvezte a lány kedves természetét is.
So she booked to have more of her services.
Így hát lefoglalta, hogy több szolgáltatást is igénybe vehessen.
The female barber had come for something else.
A női fodrász valami másért jött.
And she quickly noticed the necklace.
És gyorsan észrevette a nyakláncot.
The necklace was around the Queen's neck.
A nyaklánc a királynő nyakában lógott.

The day of her second visit had come.
Elérkezett a második látogatásának napja.
She gave her eldest son the instructions.
Ő adta az utasításokat legidősebb fiának.

"We are going into the palace again"
„Újra bemegyünk a palotába"
"When in the palace you have to cry"
„Amikor a palotában vagy, sírnod kell"
"Say you would like the queen's necklace"
„Mondd, hogy szeretnéd a királynő nyakláncát"
"Don't stop crying until you have her necklace"
„Ne hagyd abba a sírást, amíg meg nem kapod a nyakláncát"
The female barber went to queen Duo's apartment.
A női borbély Duo királynő lakosztályába ment.
Soon the elder boy started to cry.
Hamarosan az idősebb fiú sírni kezdett.
The boy acted his role well.
A fiú jól játszotta a szerepét.
Nothing would console the boy.
Semmi sem vigasztalhatta a fiút.
"What is wrong?" Queen Duo asked.
„Mi a baj ?" – kérdezte Duo királynő.
They boy could hardly speak.
A fiú alig tudott megszólalni.
"Your necklace is so beautiful"
"Olyan gyönyörű a nyakláncod"
And he continued to sob.
És tovább zokogta.
"Can I please hold the necklace?"
„Megfoghatnám a nyakláncot, kérem?"
Queen Duo did not want to let him.
Duó királynő nem akarta hagyni.
"I cannot part with my necklace"
„Nem tudok megválni a nyakláncomtól"
"It is my most valuable jewel"
„Ez a legértékesebb ékszerem"
But the boy did not stop crying.
De a fiú nem hagyta abba a sírást.
So she took the necklace off her neck.
Így hát levette a nyakláncot a nyakáról.
And she put the necklace into the boy's hand.

És a fiú kezébe adta a nyakláncot.
The boy quickly stopped crying.
A fiú gyorsan abbahagyta a sírást.
And he held the necklace in his hand.
És a kezében tartotta a nyakláncot.
The female barber had finished her work.
A női fodrász befejezte a munkáját.
She was packing up her tools.
Éppen a szerszámait pakolta össze.
And she was about to leave the palace.
És éppen elhagyni készült a palotát.
So the queen wanted the necklace back.
Így a királynő vissza akarta kapni a nyakláncot.
But the boy would not let her have the necklace.
De a fiú nem engedte oda neki a nyakláncot.
His mother attempted to snatch the necklace from him.
Az anyja megpróbálta kiragadni a kezéből a nyakláncot.
But he wept bitterly when she tried.
De keservesen sírt, amikor a nő megpróbálta.
And he cried as if his heart would break.
És úgy sírt, mintha megszakadna a szíve.
The female barber politely asked the queen;
A női borbély udvariasan megkérdezte a királynőt;
"Please let the boy take the necklace home"
„Kérlek, engedd, hogy a fiú hazavigye a nyakláncot"
"He will fall asleep after drinking his milk"
„Elalszik, miután megitta a tejét"
"And then I will bring your necklace back"
„És akkor visszahozom a nyakláncodat"
She could see she had no choice.
Látta, hogy nincs más választása.
The boy would not allow her to take the necklace.
A fiú nem engedte, hogy elvegye a nyakláncot.
So she agreed to the proposal.
Így hát beleegyezett a javaslatba.
"Dalim must now be long dead," she thought.
„Dalim már rég halott lehet" – gondolta.

And she had nothing to worry about.
És semmi okuk nem volt az aggodalomra.

The princess had the prized necklace.
A hercegnőnél volt a becses nyaklánc.
The treasure bound to her husband's life.
A kincs, ami férje életéhez kötődött.
She rushed back to the garden-house.
Visszasietett a kertészházba.
And she gave the necklace to Dalim.
És odaadta a nyakláncot Dalimnak.
Dalim had been alive all morning.
Dalim egész délelőtt életben volt.
It was the first time he saw the sun again.
Most látta meg először a napot.
Their joy of his life knew no bounds.
Életük öröme határtalan volt.
Their friend advised them to go to the palace.
A barátjuk azt tanácsolta nekik, hogy menjenek a palotába.
"Go to the palace tomorrow"
„Menj holnap a palotába"
"Present yourselves to the King and Queen"
„Mutassátok be magatokat a királynak és a királynénak"
"Let them know you're alive and well"
„Tudd meg nekik, hogy élsz és virulsz"
The couple accepted their friend's advice.
A pár megfogadta barátja tanácsát.
And they prepared everything for their arrival.
És mindent előkészítettek az érkezésükre.
An elephant was brought for the prince.
Egy elefántot hoztak a hercegnek.
A pair of ponies were brought for the boys.
Két pónit hoztak a fiúknak.
And there was a grand chaturdala.
És volt egy nagy chaturdala.
It was furnished with curtains of gold lace.
Arany csipkefüggönyökkel volt berendezve.

Word was sent to the king and the Queen Suo.
Üzenetet küldtek a királynak és Suo királynőnek.
"Prince Dalim Kumar is alive and well"
„Dalim Kumar herceg él és virul"
"And he is coming to visit you"
„És meglátogatni fog téged"
"Now he has a wife and two sons"
„Most már felesége és két fia van "
The King and Queen Suo could hardly believe it.
Suo király és királyné alig hitték el.
But they were assured that it was all true.
De biztosították őket arról, hogy mindez igaz.
Queen Duo quickly realized her predicament.
Duó királynő gyorsan felismerte nehéz helyzetét.
And she became overwhelmed with grief.
És elöntötte a bánat.
A band of musicians followed the prince.
Egy zenészekből álló zenekar követte a herceget.
Prince Dalim Kumar approached the palace-gate.
Dalim Kumar herceg közeledett a palota kapujához.
The King and Queen Suo went to the gates.
Suo király és királyné a kapukhoz mentek.
And they welcomed their long-lost son.
És üdvözölték rég elveszett fiukat.
You can imagine how happy they were.
El tudod képzelni, mennyire boldogok voltak.
Dalim told his parents of his death.
Dalim elmondta a szüleinek a halálhírét.
He told them of the pond by the palace.
Mesélt nekik a palota melletti tóról.
And he told them of the fish in the pond.
És mesélt nekik a tóban lévő halakról.
He told them of the wooden box in the fish.
Mesélt nekik a halban lévő faládáról.
He told them of the necklace in the wooden box.
Mesélt nekik a fadobozban lévő nyakláncról.
And he told them the secret of his life.

És elmondta nekik élete titkát.
He told them how he died each night.
Minden este elmesélte nekik, hogyan halt meg.
Of course he also mentioned his new wife.
Természetesen az új feleségéről is beszélt.
The king was inflamed with rage at the news.
A király dühbe gurult a hír hallatán.
He ordered Queen Duo into his presence.
Maga elé rendelte Duo királynőt.
A large hole was dug in the ground.
Egy nagy gödröt ástak a földbe.
The hole was as deep as the height of a man.
A lyuk olyan mély volt, mint egy ember magassága.
Queen Duo was made to stand in the hole.
A Queen Duót a lyukban kellett állni.
Prickly thorns were heaped around her.
Szúrós tövisek hevertek körülötte.
The thorns went up to the crown of her head.
A tövisek egészen a feje búbjáig értek.
And in this manner she was buried alive.
És így temették el élve.

Phakir Chand

Phakir Chand

There was once a king, who had a son.
Volt egyszer egy király, akinek volt egy fia.
The king's minister also had a son.
A király miniszterének is volt egy fia.
The two sons loved each other dearly.
A két fiú nagyon szerette egymást.
And they did everything together.
És mindent együtt csináltak.
The two sons sat and stood up together.
A két fiú együtt ült le és állt fel.
They walked together to the same places.
Együtt sétáltak ugyanarra a helyre.
They ate their meals together.
Együtt ették meg az ételüket.
They slept and got up together.
Együtt aludtak el és keltek fel.
They spent years in each other's company.
Éveket töltöttek egymás társaságában.
One day they both felt a new desire.
Egy nap mindketten új vágyat éreztek.
They wanted to see foreign lands.
Idegen földeket akartak látni.
And so they set out on their journey.
És így útnak indultak.
One of them was the son of a king.
Egyikük egy király fia volt.
One of them was the son of his chief minister.
Egyikük a miniszterelnökének a fia volt.
So of course they were both quite rich.
Szóval persze mindketten elég gazdagok voltak.
But they did not take any servants with them.
De szolgákat nem vittek magukkal.
They went by themselves, on horseback.
Maguk mentek, lóháton.

The horses were beautiful to look at.
Gyönyörűek voltak a lovak.
They were Pakshirajes horses.
Pakshirajes lovai voltak.
Such horses are known as the kings of birds.
Az ilyen lovakat a madarak királyainak nevezik.
The two sons rode together for many days.
A két fiú sok napon át lovagolt együtt.
They passed through extensive plains.
Kiterjedt síkságokon haladtak át.
And the plains were covered with paddy.
És a síkságokat rizs borította.
And they passed through strange cities.
És idegen városokon haladtak át.
And they passed through towns, and villages.
És áthaladtak városokon és falvakon.
They passed through treeless deserts.
Fátlan sivatagokon haladtak át.
And they passed through forests.
És erdőkön haladtak át.
And the forests were dense with trees.
És az erdők sűrűn voltak fákkal.
These forests were the abode of the tiger.
Ezek az erdők voltak a tigrisek lakhelye.
And the bear also lived in these forests.
És a medve is ezekben az erdőkben élt.
One evening they were overtaken by the night.
Egyik este ellepte őket az éjszaka.
They had not seen any human habitations.
Nem láttak semmilyen emberi lakóhelyet.
But it was getting darker and darker.
De egyre sötétebb és sötétebb lett.
So they dismounted beneath a lofty tree.
Így hát leszálltak egy magas fa alatt.
They tied their horses to the tree.
Kikötötték a lovaikat a fához.
And then they climbed up the tree.

És aztán felmásztak a fára.
They covered the branches with thick foliage.
Sűrű lombozattal borították be az ágakat.
So that they could sit on the branches.
Hogy leülhessenek az ágakra.
The tree had grown near a large body of water.
A fa egy nagy vízfelület közelében nőtt.
The water was as clear as the eye of a crow.
A víz olyan tiszta volt, mint egy varjú szeme.
The two friends made themselves comfortable.
A két barát kényelembe helyezte magát.
Of course it wasn't very comfortable in a tree.
Persze nem volt túl kényelmes egy fán.
But it wasn't uncomfortable in the tree either.
De a fában sem volt kellemetlen.
They had decided to spend the night there.
Úgy döntöttek, hogy ott töltik az éjszakát.
They sometimes chatted together in whispers.
Néha suttogva beszélgettek egymással.
They felt whispering was better than talking.
Úgy érezték, a suttogás jobb, mint a beszéd.
Because the region seemed very strange to them.
Mert a vidék nagyon furcsának tűnt számukra.
And soon they were falling into a doze.
És hamarosan szundikálni kezdtek.
But their attention was suddenly jolted.
De a figyelmük hirtelen megrendült.
From the water they heard a noise.
Zajt hallottak a víz felől.
It sounded like the rushing of water.
Úgy hangzott, mint a víz zúgása.
In front of them was a terrible sight!
Szörnyű látvány tárult eléjük!
A huge serpent came from under the water.
Egy hatalmas kígyó bukkant elő a víz alól.
The snake swam ashore and slithered around.
A kígyó partra úszott és ide-oda csúszkált.

But something else attracted their attention.
De valami más is felkeltette a figyelmüket.
The crested hood of the serpent was shining.
A kígyó bíboros csuklyája fénylett.
The snake had a brilliant manikya embedded.
A kígyóba egy ragyogó manikya volt beágyazva.
The jewel shone like a thousand diamonds.
Az ékszer úgy ragyogott, mint ezernyi gyémánt.
The crystal lit up the water in the tank.
A kristály megvilágította a tartályban lévő vizet.
The embankments and trees were irradiated.
A töltéseket és a fákat sugárfertőzés érte.
The serpent doffed the jewel from its crest.
A kígyó levette az ékszert a címeréről.
And the serpent threw the jewel on the ground.
És a kígyó a földre dobta az ékszert.
And then the serpent went in search of food.
És akkor a kígyó élelmet keresni indult.
They could not believe what they had seen.
Nem hitték el, amit láttak.
They stayed in the safety of the tree.
A fa biztonságában maradtak.
But they greatly admired the jewel.
De nagyon csodálták az ékszert.
The ruby shed an ineffable luster.
A rubin kimondhatatlan fényt sugárzott.
Everything had a magical glow around it.
Mindent varázslatos fény vett körül.
They had never seen anything like it.
Soha nem láttak még ehhez hasonlót.
Although, they had heard of this treasure.
Bár hallottak már erről a kincsről.
The jewel equaled the treasures of seven kings.
Az ékszer hét király kincsével volt egyenlő.
But their admiration soon changed to fear.
De csodálatuk hamarosan félelemmé változott.
The serpent came to the foot of their tree.

A kígyó a fájuk tövéhez érkezett.
The serpent had found their horses!
A kígyó megtalálta a lovaikat!
The poor horses had been tied to the tree.
A szegény lovakat kikötötték a fához.
The animals had no way of escaping.
Az állatoknak nem volt lehetőségük elmenekülni.
One by one the serpent ate their horses.
A kígyó egyenként megette a lovaikat.
But the serpent's appetite did not seem satisfied.
De a kígyó étvágya nem látszott kielégíthetetlennek.
They feared they would be the next victims.
Attól féltek, hogy ők lesznek a következő áldozatok.
But their fears were soon relieved.
De a félelmük hamarosan enyhült.
The gigantic cobra had not seen them.
Az óriási kobra nem látta őket.
And eventually the snake left again.
És végül a kígyó ismét elment.
The minister's son saw an opportunity.
A miniszter fia meglátott egy lehetőséget.
This was his chance to take the gem.
Ez volt a lehetősége, hogy elvigye a drágakövet.
But there was one problem they had.
De volt egy problémájuk.
The jewel shone incredibly bright.
Az ékszer hihetetlenül fényesen ragyogott.
The serpent would know what had happened.
A kígyó tudni fogja, mi történt.
But there was a way to overcome this problem.
De volt mód ennek a problémának a leküzdésére.
And the minister's son knew the solution.
És a miniszter fia tudta a megoldást.
He had to cover the stone with horse-dung.
Lótrágyával kellett befednie a követ.
And there was some horse-dung by the tree.
És volt egy kis lótrágya a fa mellett.

He quietly came down from the tree.
Csendben lejött a fáról.
He picked up the horse-dung off the floor.
Felvette a lótrágyát a padlóról.
And he threw the dung upon the precious stone.
És a trágyát a drágakőre szórta.
And then he climbed up into the tree again.
És aztán újra felmászott a fára.
The serpent noticed something had happened.
A kígyó észrevette, hogy valami történt.
The light of the jewel had vanished.
Az ékszer fénye eltűnt.
The serpent rushed back with great fury.
A kígyó nagy dühvel rohant vissza.
The serpent returned to where it had left the stone.
A kígyó visszatért oda, ahol a követ hagyta.
The serpent let out a frightful hiss at the night.
A kígyó ijesztő sziszegést hallatott az éjszakában.
The snake's groans and convulsions were terrible.
A kígyó nyögése és görcsei szörnyűek voltak.
The snake went round and round the jewel.
A kígyó körbe-körbe járt az ékszer körül.
But the stone was covered with horse-dung.
De a követ lótrágya borította.
This way the serpent could not see its treasure.
Így a kígyó nem láthatta meg a kincsét.
Finally, the serpent breathed its last breath.
Végül a kígyó kilehelte utolsó leheletét.

The two friends did not sleep much that night.
A két barát nem sokat aludt aznap éjjel.
In the morning they came down from the tree.
Reggel lejöttek a fáról.
They went to where the crest-jewel was.
Odamentek, ahol a címerékszer volt.
The mighty serpent was still laying there.
A hatalmas kígyó még mindig ott feküdt.

But now the snake's body was perfectly lifeless.

De most a kígyó teste tökéletesen élettelen volt.

The friend of the prince stepped over the dead snake.

A herceg barátja átlépett a döglött kígyón.

And he picked up the dung covered jewel.

És felvette a trágyával borított ékszert.

Both of them went to the bank of the water.

Mindketten a víz partjára mentek.

And they washed the precious stone.

És megmosták a drágakövet.

Finally, all the dung had been washed off.

Végül az összes trágyát lemosták.

And the jewel shone as brilliantly as before.

És az ékszer ugyanolyan ragyogóan ragyogott, mint azelőtt.

The jewel lit up the entire bed of the tank of water.

Az ékszer megvilágította a víztartály teljes medrét.

Now they could see the innumerable fishes.

Most már láthatták a számtalan halat.

But the light also revealed something else.

De a fény valami mást is feltárt.

This astonished them more than all the fishes.

Ez jobban megdöbbentette őket, mint az összes többi hal.

In the bottom of the water there was something.

Volt valami a víz alján.

They could see there were lofty walls.

Látták, hogy magas falak állnak.

The walls were from a magnificent palace.

A falak egy pompás palotából származtak.

The prince's friend was feeling venturesome.

A herceg barátja merésznek érezte magát.

He convinced the king's son to follow him.

Rávette a király fiát, hogy kövesse őt.

And then they wanted to swim to the palace below.

Aztán pedig úszni akartak az alattuk lévő palotába.

The prince's friend took the jewel in his hand.

A herceg barátja a kezébe vette az ékszert.

And they both dived into the waters.

És mindketten a vízbe ugrottak.
Soon they stood at the gate of the palace.
Hamarosan a palota kapujában álltak.
To their surprise the gate was open.
Legnagyobb meglepetésükre a kapu nyitva volt.
They saw no being, human or superhuman.
Semmilyen lényt nem láttak, sem emberit, sem emberfelettit.
So they decided to venture inside the gate.
Így hát úgy döntöttek, hogy bemerészkednek a kapun.
Inside the walls there was a beautiful garden.
A falakon belül egy gyönyörű kert terült el.
In the middle of the garden was a house.
A kert közepén egy ház állt.
No one had ever seen so many flowers.
Még soha senki nem látott ennyi virágot.
There were roses of all imaginable varieties.
Minden elképzelhető rózsafajta volt ott.
There were endless numbers of yellow jessamine.
Végtelen mennyiségű sárga jázmin volt.
And there were numerous white bell flowers.
És számos fehér harangvirág volt.
These flowers were the king of smells.
Ezek a virágok voltak az illatok királyai.
The most scented lily of the valley.
A legillatosabb gyöngyvirág.
There were the flowers from the champaka tree.
Ott voltak a virágok a champaka fáról.
And a thousand other sweet-scented flowers.
És ezernyi más édes illatú virág.
Acres covered with the delicious jessamine.
Hektárok borítják a finom jázminokat.
All the plants were gemmed with flowers.
Minden növényt virág díszített.
And all the flowers were in full bloom.
És minden virág teljes pompájában pompázott.
So the air was loaded with rich perfume.
Így a levegő gazdag illattal volt tele.

A wilderness of sweet scents everywhere.
Édes illatok vadona mindenütt.
They went through this paradise of perfumery.
Átmentek ezen az illatszerparadicsomon.
And eventually they reached the house.
És végül elérték a házat.
The house was surrounded by lofty trees.
A házat magas fák vették körül.
Soon they stood at the door of the house.
Hamarosan ott álltak a ház ajtajában.
Now they could see it was a fairy palace.
Most már láthatták, hogy egy tündérpalota.
The walls were of burnished gold.
A falak fényes aranyból voltak.
Here and there shone diamonds of dazzling hue.
Itt-ott káprázatos árnyalatú gyémántok csillogtak.
But they did not see any beings.
De semmilyen lényt nem láttak.
So they went inside the palace.
Így hát bementek a palotába.
The palace was richly furnished.
A palota gazdagon volt berendezve.
They went from room to room.
Szobáról szobára jártak.
But they did not see anyone.
De senkit sem láttak.
It seemed to be a deserted house.
Egy elhagyatott háznak tűnt.
At last, however, they found a special room.
Végre azonban találtak egy különleges szobát.
In this room there was a young lady.
Ebben a szobában egy fiatal hölgy tartózkodott.
She was sleeping on a golden bed.
Egy aranyágyon aludt.
The young lady was of exquisite beauty.
A fiatal hölgy gyönyörű szépségű volt.
Her complexion was a mixture of red and white.

Arcszíne vörös és fehér keveréke volt.
She seemed to be about sixteen years of age.
Úgy tűnt, tizenhat éves lehet.
The two friends gazed upon her.
A két barát ránézett.
They were enchanted by her beauty.
Elbűvölte őket a szépsége.
But they could not admire her for long.
De nem sokáig csodálhatták.
Because the young lady opened her eyes.
Mert a fiatal hölgy kinyitotta a szemét.
Her eyes seemed like the eyes of a gazelle.
A szemei olyanok voltak, mint egy gazella szemei.
On seeing the strangers she said;
Amikor meglátta az idegeneket, így szólt:
"How have you come here, ye unfortunate men?"
„Hogy kerültetek ide, ti szerencsétlen emberek?"
"Be gone, be gone! I beg of you two"
„Tűnjetek el, tűnjetek el! Kérlek benneteket!"
"This is the abode of a mighty serpent"
„Ez egy hatalmas kígyó lakhelye"
"The serpent which has devoured my parents"
„A kígyó, amely megette a szüleimet"
"And my brothers, and all my relatives"
„És a testvéreim, és minden rokonom"
"I am the only one that he has spared"
„Én vagyok az egyetlen, akit megkímélt"
"Flee for your lives while you still can"
„Meneküljetek életetekből, amíg még tehetitek"
"Or else the serpent will eat you both"
„Különben a kígyó megesz mindkettőtöket"
The prince's friend told her what had happened.
A herceg barátja elmesélte neki, mi történt.
"The serpent has breathed his last breath"
„A kígyó kilehelte utolsó leheletét"
"The snake's body lies lifeless on the floor"
„A kígyó teste élettelenül fekszik a padlón"

"We took the head-jewel of the serpent"

„Elvettük a kígyó fejékszerét"

"The jewel's light showed us to the palace.

„Az ékszer fénye elvezetett minket a palotához."

She thanked the strangers for their bravery.

Megköszönte az idegeneknek a bátorságukat.

"You have freed me from the infernal serpent"

„Megszabadítottál engem a pokoli kígyótól"

"Please live with me in my palace"

„Kérlek, élj velem a palotámban"

"But please promise never to desert me"

„De ígérd meg kérlek, hogy soha nem hagysz el engem"

They gladly accepted the invitation.

Örömmel fogadták a meghívást.

The king's son was smitten with the princess.

A király fia beleszeretett a hercegnőbe.

He adored the charms of the peerless princess.

Imádta a páratlan hercegnő báját.

And he married her after a short time.

És rövid idő múlva feleségül vette.

There was no priest at the palace.

Nem volt pap a palotában.

So the hymeneal knot was tied by other means.

Tehát a hymeneális csomót más módon kötötték meg.

A simple exchange of garlands of flowers.

Virágfüzérek egyszerű cseréje.

The king's son became inexpressibly happy.

A király fia kimondhatatlanul boldog lett.

He delighted in the company of the princess.

Élvezte a hercegnő társaságát.

The prince's friend also had a wife.

A herceg barátjának is volt felesége.

Of course she was living in the upper world.

Természetesen a felső világban élt.

But he participated in his friend's happiness.

De osztozott barátja boldogságában.

The time they spent together passed merrily.

And this is also where she sat.
És itt is ült.
She scrubbed her body with the sand.
A testét dörzsölgette a homokkal.
She washed her hair with the fresh water.
Friss vízzel mosta meg a haját.
And she played with the water for fun.
És szórakozásból játszott a vízzel.
She walked about on the water's edge.
A víz szélén sétált.
And she admired all the scenery around.
És csodálta a körülötte elterülő tájat.
But finally she returned back to her palace.
De végül visszatért a palotájába.
Her husband was still deep in sleep.
A férje még mélyen aludt.
But eventually he had slept enough.
De végül eleget aludt.
She did not tell him about her adventures.
Nem mesélt neki a kalandjairól.
The next day her husband fell asleep again.
Másnap a férje újra elaludt.
And again she paid a visit the upper world.
És ismét meglátogatta a felső világot.
And she remained unnoticed by mortal man.
És a halandó férfi észrevétlen maradt.
Her success was starting to give her courage.
A sikere kezdett bátorságot adni neki.
So she repeated her adventure a third time.
Így hát harmadszor is megismételte kalandját.
The rajah's son was out hunting that day.
A rádzsa fia aznap vadászni volt.
He had his tent not far from the water.
Nem messze volt a víztől a sátra.
His attendants were cooking his meal.
A kísérői főzték az ételét.
So, he wandered about along the water.

Így hát a vízparton bolyongott.
Nearby an old woman was gathering sticks.
A közelben egy idős asszony gallyakat gyűjtött.
She was collecting dried branches of trees.
Száraz faágakat gyűjtött.
She needed the sticks for kindling wood.
Gyújtósnak kellett a fahasáb.
This was when the princess came out the water.
Ekkor jött ki a hercegnő a vízből.
She gazed around and she saw a man.
Körülnézett, és meglátott egy férfit.
And then she saw there was also a woman.
És akkor látta, hogy ott van egy nő is.
The princess knew she didn't want to be seen.
A hercegnő tudta, hogy nem akar feltűnni.
So she went back down to her palace.
Így hát visszament a palotájába.
But the rajah's son had caught a glimpse of her.
De a rádzsa fia megpillantotta őt.
And the old woman gathering sticks saw her too.
És az öregasszony, aki fát szedegetett, is meglátta őt.
The rajah's son stood gazing on the waters.
A rádzsa fia a vizet bámulta.
He had never seen such a beautiful woman.
Még soha nem látott ilyen gyönyörű nőt.
She seemed to him to be a deva-kanyas.
Úgy tűnt neki, mint egy déva-kánjás.
Heavenly goddesses he had read of in old books.
Mennyei istennők, akikről régi könyvekben olvasott.
They are said to visit the upper world.
Azt mondják, hogy meglátogatják a felső világot.
And the upper world is honored to have them.
És a felső világ megtiszteltetésnek érzi őket.
But it is said to happen only rarely.
De állítólag ez csak ritkán fordul elő.
The way that angels only visit rarely.
Ahogy az angyalok is csak ritkán látogatnak meg.

He had seen the princess' unearthly beauty.
Látta a hercegnő földöntúli szépségét.
She had made a deep impression on his heart.
Mély benyomást tett a szívébe.
Although he had seen her only for a moment.
Bár csak egy pillanatra látta.
But her beauty distracted his mind.
De a szépsége elterelte a figyelmét.
He stood there like a statue, for hours.
Órákon át állt ott, mint egy szobor.
All he could do was gaze into the waters.
Csak a vízbe bámulhatott.
In the hope of seeing the lovely figure again.
Abban a reményben, hogy viszontlátom a gyönyörű alakot.
But all his time was spent in vain.
De minden ideje hiába telt.
The princess did not appear again.
A hercegnő többé nem jelent meg.
The rajah's son became mad with love.
A rádzsa fia megőrült a szerelemtől.
He kept muttering, "now here, now gone!"
Folyton azt motyogta: „most itt, most eltűnt!"
He refused to leave the water's edge.
Nem volt hajlandó elhagyni a víz szélét.
His attendants had to forcibly remove him.
Kísérőinek erőszakkal kellett eltávolítaniuk.
They took him to his father's palace.
Elvitték az apja palotájába.
But he was in a state of hopeless insanity.
De reménytelen őrület állapotában volt.
He couldn't be made to speak to anyone.
Nem lehetett rávenni, hogy bárkivel is beszéljen.
And he spent his days sobbing heavily.
És heves zokogással töltötte a napjait.
No others words came out of his mouth.
Más szó nem jött ki a száján.
"Now here, now gone!"

„Most itt, most eltűnt!"
"Now here, now gone!"
„Most itt, most eltűnt!"
You can imagine the rajah's grief.
El tudod képzelni a rádzsa bánatát.
"What could have deranged my son's mind?"
„Mi őríthette meg a fiam elméjét?"
"'Now here, now gone,' what does it mean?"
„Mit jelent az, hogy »Most itt, most eltűnt«?"
He could not unravel the words' meaning.
Nem tudta megfejteni a szavak jelentését.
His attendants couldn't decipher the words either.
A kísérői sem tudták megfejteni a szavakat.
The land's best physicians were consulted.
Az ország legjobb orvosaival konzultáltak.
But their consultation had no effect.
De a konzultációjuknak semmi hatása nem volt.
The sons of æsculapius were not able to help.
Aesculapius fiai nem tudtak segíteni.
No one could ascertain the cause of the madness.
Senki sem tudta megállapítani az őrület okát.
Without knowing the cause there was no cure.
Az ok ismerete nélkül nem volt gyógymód.
The physicians tried to ask the prince.
Az orvosok megpróbálták megkérdezni a herceget.
But all he said was, "now here, now gone!"
De csak annyit mondott: „most itt, most eltűnt!"
The rajah was distracted with grief.
A radzsát a bánat vonta magával.
Day and night he worried for his son.
Éjjel-nappal aggódott a fiáért.
He wished for his son's intellects to return.
Azt kívánta, bárcsak visszatérne fia értelme.
A proclamation was made in the capital.
Kiáltványt adtak ki a fővárosban.
Town criers were sent into the city.
Városi hírvivőket küldtek a városba.

And they beat their drums for attention.
És a dobokat verték, hogy felhívják magukra a figyelmet.
"The rajah's son has lost his mental faculties"
„A rádzsa fia elvesztette az értelmi képességeit"
"The rajah seeks a cure for his son"
„A rádzsa gyógyírt keres fiának"
"A reward is offered for the cure"
„Jutalmat ajánlanak fel a gyógyulásért"
"The hand of the rajah's daughter"
„A rádzsa lányának keze"
"Her hand comes with half his kingdom"
„Kezével jön a királysága fele"
The drum was beaten around the city.
A városban körbeverték a dobot.
But no one felt they could touch the drum.
De senki sem érezte úgy, hogy megérinthetné a dobot.
No one knew the cause of his madness.
Senki sem tudta az őrületének okát.
At last an old woman came forward.
Végre előlépett egy idős asszony.
And she stepped up to touch the drum.
És odalépett, hogy megérintse a dobot.
"I will discover the cause of his madness"
„Fel fogom fedezni az őrületének okát"
"And I will cure him from his disease"
„És én meggyógyítom őt a betegségéből"
She had seen what happened to the boy.
Látta, mi történt a fiúval.
She was at the water's edge that day.
Azon a napon a víz szélén volt.
It was her who was gathering up sticks.
Ő volt az, aki gallyakat gyűjtött.
This woman had a crack-brained son.
Ennek a nőnek volt egy őrjöngő fia.
Her son was named of Phakir-Chand.
A fiát Phakir-Chandnak nevezték el.
So she was called Phakir's mother.

Így hát Phakir anyjának hívták.
The woman was brought before the rajah.
A nőt a radzsa elé vitték.
And the following conversation took place.
És a következő párbeszéd zajlott le.
"You are the woman that touched the drum"
„Te vagy az a nő, aki megérintette a dobot"
"You know the cause of my son's madness?"
„Tudod, mi az oka a fiam őrületének?"
"Yes, oh incarnation of justice!"
„Igen, ó, az igazságosság megtestesülése!"
"I know the cause of your son's madness"
„Tudom, mi az oka a fiad őrületének"
"But I will not say the cause of his madness"
„De nem árulom el az őrületének okát"
"First I will cure your son of his madness"
„Először is kigyógyítom a fiadat az őrületéből"
"How can I believe you are able to?"
„Hogy hihetném el, hogy képes vagy rá?"
"The best physicians of the land have failed"
„Az ország legjobb orvosai is kudarcot vallottak"
"You need not now believe, my king"
„Most már nem kell hinned, királyom"
"Wait till I have performed the cure"
„Várj, amíg elvégeztem a kúrát"
"Many an old woman knows many secrets"
„Sok öregasszony sok titkot tud"
"Secrets wise men are unacquainted with"
„Titkok, amelyekkel a bölcsek nem tisztában vannak"
"Very well, let me see what you can do"
„Rendben van, hadd lássam, mit tudsz csinálni"
"In what time will you perform the cure?"
„Mennyi idő alatt végzik el a kúrát?"
"It is impossible to fix the time"
„Lehetetlen meghatározni az időt"
"Ff course I will begin work immediately"
„Természetesen azonnal elkezdem a munkát"

"But I need your lordship's assistance"
„De szükségem van urad segítségére"
"What help do you require from me?"
„Milyen segítségre van szükséged tőlem?"
"Your lordship will please order a hut"
„Uraságod legyen szíves rendelni egy kunyhót."
"Have the hut raised on the embankment of the water"
„Emeljék fel a kunyhót a vízpartra"
"Where your son first caught the disease"
„Ahol a fiad először elkapta a betegséget?"
"I mean to live in that hut for a few days"
„Néhány napig abban a kunyhóban fogok lakni."
"And please order some of your servants"
„És kérlek, rendelj néhány szolgát."
"They have to be in attendance at a distance"
„Távolságból kell jelen lenniük"
"Tell them to be about a hundred yards away"
„Mondd meg nekik, hogy legyenek körülbelül száz méterre"
"That way I can call them over when we need them"
„Így át tudom hívni őket, amikor szükségünk van rájuk"
The king had listened attentively.
A király figyelmesen hallgatott.
"I will order that to be immediately done"
„Azonnal megparancsolom, hogy ezt megtegyék"
"Do you want anything else?"
„Kérsz még valamit?"
"Those are all the preparations I need"
„Ezek az összes előkészületek, amikre szükségem van"
"But let me remind you of the agreement"
„De hadd emlékeztessem önöket a megállapodásra"
"You promised the hand of your daughter"
„A lányod kezét ígérted"
"And you promised half your kingdom"
„És megígérted a királyságod felét"
"But I can't marry your daughter"
„De nem vehetem feleségül a lányodat"
"Because your daughter has to marry a man"

„Mert a lányodnak férfihoz kell mennie feleségül"
"But I also have a son of marriageable age"
„De van egy házasságképes korú fiam is"
"Allow my son to marry your daughter"
„Engedd meg, hogy a fiam feleségül vegye a lányodat"
"Allow him to have half of your kingdom"
„Engedd meg neki a királyságod felét"
The king was agreed with the terms.
A király beleegyezett a feltételekbe.
"If you find a cure, he marries my daughter"
„Ha találsz rá gyógymódot, feleségül veszi a lányomat"
"And half of my kingdom shall be his"
„És az én országom fele az övé lesz"
A temporary hut was quickly erected.
Gyorsan felépítettek egy ideiglenes kunyhót.
The hut was built on the embankment of the water.
A kunyhót a vízpartra építették.
And Phakir's mother took up her abode.
Phakir anyja pedig beköltözött oda.
An outpost was also erected at some distance.
Bizonyos távolságra egy előőrsöt is felállítottak.
Because the woman might require some attendance.
Mert a nőnek szüksége lehet némi felügyeletre.
Strict orders were given by Phakir's mother.
Phakir anyja szigorú utasításokat adott.
No one was allowed to go near the water.
Senkinek sem volt szabad a víz közelébe mennie.
Only she was allowed to stay by the water.
Csak neki volt szabad a vízparton maradnia.

But let us leave Phakir's mother at the water.
De hagyjuk Phakir anyját a víznél.
Let us hasten down the subterranean palace.
Siessünk le a földalatti palotába.
To see what the prince and the princess are doing.
Hogy lássam, mit csinál a herceg és a hercegnő.
The princess did want to go up again.

A hercegnő újra fel akart menni.
But she now knew that it would be dangerous.
De most már tudta, hogy veszélyes lesz.
And she had given up the idea of a fourth visit.
És feladta a negyedik látogatás gondolatát.
But women generally have greater curiosity.
De a nőknek általában nagyobb a kíváncsiságuk.
And the princess was no exception to the rule.
És a hercegnő sem volt kivétel a szabály alól.
One day her husband was asleep.
Egy nap a férje elaludt.
He always slept after his noonday meal.
Mindig elaludt a déli étkezése után.
She took the snake-jewel in her hand.
A kezébe vette a kígyóékszert.
And she rushed out of the palace.
És kisietett a palotából.
And she came up to the upper world.
És feljött a felső világba.
There was an upheaval in the waters.
Felfordulás támadt a vizekben.
And Phakir's mother was on high alert.
Phakir anyja pedig fokozott készültségben volt.
She was hiding in the hut.
A kunyhóban bujkált.
And she was looking through the chinks.
És a réseken keresztül nézett.
The princess saw no human being nearby.
A hercegnő nem látott emberi lényt a közelben.
So she came to the bank of the water.
Így hát a víz partjára ért.
Phakir's mother showed herself outside the hut.
Phakir anyja megmutatta magát a kunyhó előtt.
And she addressed the princess politely.
És udvariasan szólította meg a hercegnőt.
"Come, my child, thou queen of beauty"
„Gyere, gyermekem, szépség királynője!"

"Come to me, and I will help you to bathe"
„Gyere hozzám, segítek neked fürdeni"
So saying, she approached the princess.
Így szólva, odalépett a hercegnőhöz.
The princess saw she was just an old woman.
A hercegnő látta, hogy csak egy öregasszony.
So she made no resistance to her offer.
Így hát nem tanúsított ellenállást az ajánlatával szemben.
The old woman was washing the princess' hair.
Az idős asszony a hercegnő haját mosta.
And she noticed the bright jewel in her hand.
És észrevette a kezében tartott fényes ékszert.
"Out the jewel here till you are bathed"
„Nesze neked az ékszer, amíg meg nem fürödsz"
Now the jewel was in the hands of Phakir's mother.
Az ékszer most Phakir anyjának kezében volt.
She wrapped the jewel up in a cloth.
Becsomagolta az ékszert egy kendőbe.
And she wrapped the cloth around her waist.
És a dereka köré tekerte a kendőt.
Now the princess was unable to escape.
A hercegnő most már nem tudott elmenekülni.
And Phakir's mother gave the signal.
És Phakir anyja megadta a jelet.
The attendants rushed to the water.
A kísérők a vízhez rohantak.
And they took the princess captive.
És foglyul ejtették a hercegnőt.
The news soon reached the city.
A hír hamarosan elérte a várost.
"Phakir's mother had captured a water-nymph"
„Phakir anyja elfogott egy vízi nimfát"
And the people rejoiced at the news.
És az emberek örültek a hírnek.
All came to see the"daughter of the immortals"
Mindannyian a „halhatatlanok lányát" látogatták meg.
She was brought to the palace.

A palotába vitték.
And she was brought to the rajah's son.
És elvitték a rádzsa fiához.
The rajah's son was still of impaired intellect.
A rádzsa fia még mindig értelmi fogyatékos volt.
But that cloud on his brain soon dissipated.
De az agyában lévő felhő hamarosan eloszlott.
"I have found you! I have found you!"
„Megtaláltalak! Megtaláltalak!"
His eyes had been vacant and lusterless.
A tekintete üres és fénytelen volt.
But now his eyes had the fire of intelligence.
De most a szemében az intelligencia tüze csillant.
He had almost lost the use of his tongue.
Majdnem elvesztette a nyelve használatát.
"Now here, now gone!" was all he had been able to say.
„Most itt, most eltűnt!" – ez volt minden, amit ki tudott
mondani.
But this sense too was restored.
De ez az érzék is helyreállt.
The joy of the rajah knew no bounds.
A rádzsa öröme határtalan volt.
There was great festivity in the city.
Nagy ünnepség volt a városban.
The people praised Phakir-Chand's mother.
Az emberek dicsérték Phakir-Chand anyját.
And everyone soon expected the marriage.
És hamarosan mindenki várta a házasságot.
The rajah's son was to wed the water-nymph.
A rádzsa fiának feleségül kellett vennie a vízi nimfát.
The princess, however, had made a promise.
A hercegnő azonban ígéretet tett.
She told Phakir's mother of her promise.
Elmondta Phakir anyjának az ígéretét.
"I won't as much as look at another man"
„Még csak rá sem nézek egy másik férfira"
"For one year my vows shall last"

„Egy évig tartanak a fogadalmaim"
"The marriage cannot happen in that time"
„A házasság nem jöhet létre ennyi idő alatt"
The rajah's son was somewhat disappointed.
A rádzsa fia némileg csalódott volt.
But he readily agreed to the delay.
De készségesen beleegyezett a halasztásba.
"Delay enhances the sweetness of the pleasure"
„A késleltetés fokozza az élvezet édességét"
Of course the princess spent her time in sorrow.
A hercegnő természetesen bánatban töltötte az idejét.
She spent her days and nights sighing.
Napjait és éjszakáit sóhajtozva töltötte.
And she lamented her idle curiosity.
És bánkódott a puszta kíváncsiságán.
The curiosity that led her to the upper world.
A kíváncsiság, ami a felső világba vezette.
The curiosity that separated her from her husband.
A kíváncsiság, ami elválasztotta a férjétől.
She thought of her unfortunate husband.
Szerencsétlen férjére gondolt.
She had left him all alone below the waters.
Teljesen egyedül hagyta a víz alatt.
And she wept bitter tears each day.
És minden nap keserű könnyeket hullatott.
She wished that she could run away.
Azt kívánta, bárcsak el tudna szökni.
But that would have been impossible.
De ez lehetetlen lett volna.
Because she was immured within walls.
Mert falak közé volt zárva.
And there were walls within the walls.
És falak voltak a falakon belül.
And what use was getting out the palace?
És mi értelme volt kijutni a palotából?
She couldn't get to her husband anyway.
A férjéhez úgysem juthatott el.

She didn't have the serpent jewel.
Nem volt nála a kígyóékszer.
The ladies of the palace tried to comfort her.
A palota hölgyei megpróbálták vigasztalni.
And Phakir's mother tried to divert her mind.
Phakir anyja pedig megpróbálta elterelni a figyelmét.
But their efforts were in vain.
De erőfeszítéseik hiábavalóak voltak.
She took pleasure in nothing.
Semmiben sem lelte örömét.
She hardly spoke to anyone.
Alig beszélt senkivel.
She wept throughout the day.
Egész nap sírt.
And she wept through the night.
És végigsírta az éjszakát.

The year of her vow was drawing to a close.
A fogadalmának éve a végéhez közeledett.
But she was still disconsolate.
De még mindig vigasztalan volt.
The marriage, however, had to be celebrated.
A házasságot azonban meg kellett ünnepelni.
The rajah consulted the astrologers.
A rádzsa asztrológusokkal konzultált.
The day and the hour had been decided.
A nap és az óra el volt döntve.
The nuptial knot was to be tied.
A házassági csomót meg kellett kötni.
Great preparations were made.
Nagy előkészületek történtek.
The confectioners were busy day and night.
A cukrászok éjjel-nappal szorgalmasak voltak.
They prepared all sorts of sweetmeats.
Mindenféle édességet készítettek.
Milkmen supplied the palace with tanks of curds.
A tejesemberek túrótartályokkal látták el a palotát.

Great quantities of gunpowder were manufactured.

Nagy mennyiségű lőport gyártottak.

There were going to be grand fireworks.

Hatalmas tűzijátékra készültek.

Stages were erected everywhere.

Színpadokat emeltek mindenhol.

And musicians were selected to play music.

És zenészeket választottak ki a zenélésre.

All the city assumed an air of mirth.

Az egész város vidám hangulatot árasztott.

All looked forward to the festivities.

Mindenki izgatottan várta az ünnepi műsort.

We must return out attention to the minister's son.

Viszonoznunk kell a figyelmet a miniszter fiára.

He had left his friend in the subterranean palace.

A barátját a földalatti palotában hagyta.

And he had gone to his country.

És elment a hazájába.

He was bringing horses and elephants.

Lovakat és elefántokat hozott.

And he had with him many attendants.

És sok kísérője volt.

For the return of the king's son.

A király fiának visszatéréséért.

And for the return of his lovely princess.

És a gyönyörű hercegnő visszatéréséért.

So that the ceremony had due pomp.

Hogy a szertartás kellő pompával rendelkezzen.

The preparations took him many months.

A felkészülés sok hónapig tartott nála.

But eventually all was prepared.

De végül minden elő volt készítve.

And the minister's son started on his journey.

És a lelkész fia elindult az útjára.

He was accompanied by a long train of elephants.

Hosszú elefántcsont kísérte.

And behind the elephants were horses.
Az elefántok mögött pedig lovak álltak.
And all the horses had their own attendants.
És minden lónak megvolt a saját kísérője.
He reached the water ahead of schedule.
A tervezettnél korábban ért vízhez.
So he had two or three days to spare.
Így két-három szabad napja volt.
Tents were pitched in the mango slopes.
Sátrakat vertek a mangó lejtőin.
So the men and cattle had accommodation.
Így a férfiaknak és a jószágoknak volt szállásuk.
The minister's son kept his eyes on the water.
A lelkész fia a vízre szegezte a szemét.
The sun of the appointed day sank below the horizon.
A kitűzött nap napja lebukott a horizont alá.
But there was no sign of the prince.
De a hercegnek semmi jele nem volt.
Nor did the princess come to the surface.
A hercegnő sem jött fel a felszínre.
He waited two or three days longer.
Még két-három napot várt.
Still the prince did not make his appearance.
A herceg még mindig nem jelent meg.
What could have happened to his friend?
Mi történhetett a barátjával?
And where was his beautiful wife?
És hol volt a gyönyörű felesége?
Had another serpent beaten them to death?
Vajon egy másik kígyó verte agyon őket?
Possibly the mate of the one that had died.
Lehetséges, hogy annak a társa, aki meghalt.
Had they somehow lost the serpent-jewel?
Vajon valahogy elvesztették a kígyóékszert?
Or had they perhaps visited the upper world?
Vagy talán a felső világot járták meg?
And had they been captured in the upper world?

És vajon elfogták őket a felső világban?
Such were the reflections of the prince's friend.
Ilyen gondolatok jártak a herceg barátjának a fejében.
The prince's friend was overwhelmed with grief.
A herceg barátját elöntötte a bánat.
The waters were quite close to the city.
A vizek elég közel voltak a városhoz.
And often the sound of music could be heard.
És gyakran lehetett hallani a zene hangját.
He asked passers-by what that music meant.
Megkérdezte a járókelőket, hogy mit jelent ez a zene.
He was told about the rajah's son.
Meséltek neki a rádzsa fiáról.
And he was told of a wonderful young lady.
És meséltek neki egy csodálatos fiatal hölgyről.
And he was told they were going to marry.
És azt mondták neki, hogy össze fognak házasodni.
And he was told more about the wonderful lady.
És többet is meséltek neki a csodálatos hölgyről.
She had come out of the waters he was waiting by.
Kijött a vízből, amely mellett várt rá.
The marriage ceremony was in two days.
A házasságkötési szertartás két nap múlva volt.
The minister's son made the connection.
A lelkész fia megfejtette az összefüggést.
The wonderful young lady was the wife of his friend.
A csodálatos fiatal hölgy a barátjának a felesége volt.
He resolved, therefore, to go into the city.
Elhatározta tehát, hogy bemegy a városba.
And he was going to find out all he could.
És mindent ki akart deríteni, amit csak lehetett.
If he could, he would rescue the princess.
Ha tehetné, megmentené a hercegnőt.
He told the attendants to go home.
Azt mondta a kísérőknek, hogy menjenek haza.
And he told them to take the elephants.
És azt mondta nekik, hogy vigyék el az elefántokat.

And he told them to take the horses.

És azt mondta nekik, hogy vigyék el a lovakat.

And he himself went to the city.

És ő maga is elment a városba.

And he took up his abode in the house of a Brahman.

És egy bráhman házában telepedett le.

First, he rested from his journey.

Először is, kipihente az útját.

Then the prince's friend had his dinner.

Aztán a herceg barátja megvacsorázott.

And then he spoke to the Brahman.

És akkor beszélt a bráhmannal.

"Throughout the city there are musicians and bands"

„Zenészek és zenekarok vannak szerte a városban"

"What is the cause of all the celebrations?

„Mi az oka az egész ünneplésnek?"

The Brahman was rather surprised.

A bráhman meglehetősen meglepődött.

"From what part of the world have you come?"

„A világ melyik részéről jöttél?"

"What rock have you been living under?"

„Milyen szikla alatt éltél eddig?"

"Have you not heard the wonderful news?"

„Nem hallottad a csodálatos hírt?"

"A young lady of heavenly beauty"

„Mennyei szépségű ifjú hölgy"

"She rose out of the waters"

„Kiemelkedett a vízből"

"And she is going to the son of our rajah"

„És a rádzsánk fiához megy."

The prince's friend wanted to know more.

A herceg barátja többet akart tudni.

The information could be useful.

Az információ hasznos lehet.

"I have not heard of this news"

„Még nem hallottam erről a hírről"

"I have come from a distant country"

„Egy távoli országból jöttem"
"The story has not reached us yet"
„A történet még nem ért el hozzánk"
"Will you kindly tell me the particulars?"
„Lenne szíves elmondani a részleteket?"
The Brahman was happy to relay the story.
A bráhman örömmel mesélte el a történetet.
"The rajah's son went out hunting"
„A rádzsa fia vadászni ment"
"It must have been about this time last year"
„Tavaly ilyenkor lehetett"
"They pitched their tents by the waters in the suburbs"
„A külvárosokban, a vizek mellett verték fel sátraikat"
"One day, the rajah's son was walking near the water"
„Egy nap a rádzsa fia a víz közelében sétált."
"On this day, he saw a young woman"
„Ezen a napon meglátott egy fiatal nőt"
"I have to mention she was of uncommon beauty"
„Meg kell említenem, hogy rendkívüli szépségű volt"
"She had risen from the depth of the waters"
„A vizek mélyéről jött fel"
"She gazed about for a minute or two"
„Egy-két percig körülnézett"
"And then the beautiful lady disappeared"
„És aztán eltűnt a gyönyörű hölgy"
"The rajah's son, however, had seen her"
„A rádzsa fia azonban meglátta őt"
"He had been struck by her heavenly beauty"
„Lenyűgözte mennyei szépsége"
"And so he became desperately enamored by her"
„És így kétségbeesetten beleszeretett"
"Indeed, she had affected him greatly"
„Valóban, nagy hatással volt rá"
"And his mental faculties gave way to passion"
„És szellemi képességei utat engedtek a szenvedélynek"
"He was carried home as a mad man"
„Őrültként vitték haza"

"He spoke no words except a few"
„Néhány szót kivéve nem szólt"
"'now here, now gone!' was all he said"
„»most itt, most eltűnt!« – csak ennyit mondott."
"The rajah sent for all the best physicians"
„A rádzsa a legjobb orvosokat hívatta"
"They tried to restore his son to reason"
„Megpróbálták visszaállítani a fiának az észjárását"
"But the physicians were powerless"
„De az orvosok tehetetlenek voltak"
"At last the rajah made a proclamation"
„Végre a rádzsa kihirdette a kijelentést"
"And he had the drum beat around the kingdom"
„És ő dobolta végig a királyságot"
"There was a reward for anyone who cured his son"
„Jutalmat kapott bárki, aki meggyógyította a fiát"
"They would become the rajah's son-in-law"
„A rádzsa vejei lesznek"
"And they would get half the kingdom"
„ És megkapnák a királyság felét"
"An old woman answered the call of the drum"
„Egy idős asszony válaszolt a dob hívására"
"All knew her as Phakir's mother"
„Mindenki Phakir anyjaként ismerte"
"She said she could cure the rajah's son"
„Azt mondta, meg tudja gyógyítani a rádzsa fiát."
"She had a hut built outside the town"
„Épített egy kunyhót a városon kívül."
"In the suburbs, next to the waters"
„A külvárosban, a vízparton"
"An in the hut she took her abode"
„És a kunyhóban telepedett le"
"She also had some huts erected close by"
„Néhány kunyhót is építtetett a közelben."
"And in those huts attendants waited"
„És azokban a kunyhókban a kísérők vártak"
"In case she might need their help"

„Ha esetleg szüksége lenne a segítségükre"
"It seems the goddess rose from the waters"
„Úgy tűnik, az istennő felemelkedett a vízből"
"Phakir's mother and the attendants seized her"
„Phakir anyja és a kísérők lefogták őt"
"And they carried her in a palki to the palace"
„És egy palkiban vitték a palotába"
"The rajah's son saw the water-nymph"
„A rádzsa fia meglátta a vízi nimfát"
"And he was soon restored to his senses"
„És hamarosan magához tért"
"They would have married there and then"
„Ott és akkor összeházasodtak volna"
"But the water goddess had made a vow"
„De a vízistennő fogadalmat tett"
"She wouldn't look at a man for one year"
„Egy évig nem nézett férfira"
"The year of the vow is now over"
„A fogadalomtétel éve véget ért"
"The music is from the rajah's palace"
„A zene a rádzsa palotájából szól"
"This, in brief, is the story"
„Röviden ennyi a történet"
The prince's friend could put the story together.
A herceg barátja össze tudta rakni a történetet.
"a truly wonderful story!"
„Egy igazán csodálatos történet!"
"So where is Phakir's mother?"
„Szóval hol van Phakir anyja?"
"And where is Phakir-Chand himself?"
„És hol van maga Phakir-Chand?"
"Has he received the hand of the rajah's daughter?"
„Megkapta a rádzsa lányának a kezét?"
"And has he received half the kingdom?"
„És megkapta a királyság felét?"
The Brahman could also answer these questions.
A bráhmin ezekre a kérdésekre is választ tudna adni.

"No, they have not married yet"
„Nem, még nem házasodtak össze"
"And he doesn't yet have half the kingdom"
„És még a királyság felét sem birtokolja"
"And, I should say, he is a dimwitted lad"
„És, azt kell mondanom, hogy egy ostoba fiú"
"In fact, no one knows where the lad is"
„Valójában senki sem tudja, hol van a fiú"
"He has been away from home for more than a year"
„Több mint egy éve nincs otthon"
"That is his manner," he explained.
– Ez az ő modora – magyarázta.
"He stays away for a long time"
„Sokáig távol marad"
"And then suddenly he comes home"
„És aztán hirtelen hazajön"
"And then suddenly he leaves again"
„És aztán hirtelen újra elmegy"
"I believe his mother expects him to come soon"
„Azt hiszem, az anyja arra számít, hogy hamarosan
megérkezik."
This was very useful information.
Ez nagyon hasznos információ volt.
"What is he like?" he asked.
„Milyen ember?" – kérdezte.
"And what does he do when he returns home?"
– És mit csinál, amikor hazaér?
These questions the Brahman could also answer.
Ezekre a kérdésekre a bráhmin is választ tudott adni.
"Well, he is about your height"
„Nos, körülbelül olyan magas, mint te."
"Though he is somewhat younger than you"
„Bár valamivel fiatalabb nálad"
"He wears a small piece of cloth round his waist"
„Egy kis darab szövetet visel a dereka körül."
"And he rubs his body with ashes"
„És hamuval dörzsöli be a testét"

"He carries the branch of a tree in his hand"
„Egy faágat tart a kezében"
"And there is a tune to which he dances"
„És van egy dallam, amire táncol"
"He comes to the door of the hut of his mother"
„Anyja kunyhójának ajtajához érkezik"
"And he sings 'dhoop! dhoop! dhoop!'"
"És azt énekli, hogy "dhoop! dhoop! dhoop!"
"His articulation is very indistinct"
„A kiejtése nagyon zavaros"
"'Come, stay with your mother,' she says"
„ Gyere, maradj anyádnál" – mondja.
"And he always gives the same answer"
„És mindig ugyanazt a választ adja"
"'No, I won't remain,' he says unintelligibly"
„Nem, nem maradok" – mondja érthetetlenül.
"You should hear him when he wants to say yes"
„Hallanod kellene, amikor igent akar mondani"
"To answer in the affirmative he says 'hoom'"
„Igenlő válaszként azt mondja: »húm«"
A flood of light entered the prince's friend.
Fényáradat áradt a herceg barátjára.
He now saw very well how matters stood.
Most már nagyon jól látta, hogyan állnak a dolgok.
The princess must have taken the snake-jewel.
A hercegnő biztosan elvitte a kígyóékszert.
And she must have left the palace alone.
És biztosan egyedül hagyta el a palotát.
And she was captured without the king's son.
És a király fia nélkül fogták el.
Phakir's mother must have the snake-jewel.
Phakir anyjánál kell lennie a kígyóékszernek.
His friend was still below the water.
A barátja még mindig a víz alatt volt.
The prince had no means of escape.
A hercegnek nem volt módja a menekülésre.
He could imagine his friends desolate state.

El tudta képzelni barátai sivár állapotát.

And he could imagine how hopeless he must be.

És el tudta képzelni, mennyire reménytelen lehet.

The prince's friend was filled with grief.

A herceg barátját bánat töltötte el.

But that was not cause to give up hope.

De ez nem volt ok a remény feladására.

Perhaps he could rescue his friend.

Talán megmenthetné a barátját.

"I must get the jewel from the old woman"

„Meg kell szereznem az ékszert az öregasszonytól"

"Can I not do it by personating Phakir-Chand?"

„Nem tehetném meg úgy, hogy Phakir-Chandnak adom ki magam?"

"His mother is expecting him soon"

„Hamarosan várja az édesanyja"

"Maybe I can rescue the princess the same way"

„Talán ugyanígy megmenthetem a hercegnőt"

He resolved to act the role of Phakir-Chand.

Elhatározta, hogy eljátssza Phakir-Chand szerepét.

In the morning he left the Brahman's house.

Reggel elhagyta a bráhmin házát.

And he went to the outskirts of the city.

És elment a város szélére.

He divested himself of his usual clothing.

Levetkőzött a szokásos ruháiból.

Around his waist he put a narrow piece of cloth.

A dereka köré egy keskeny darab szövetet tett.

The cloth scarcely reached his knees.

A kendő alig ért a térdéig.

And he rubbed his body well with ashes.

És jól bedörzsölte a testét hamuval.

And finally he broke some twigs off a tree.

És végül letört néhány gallyat egy fáról.

And thus he was ready to play his role.

És így készen állt a szerepének eljátszására.

He went to the door of the hut of Phakir's mother.
Phakir anyjának kunyhójához ment.
And he commenced the operation by dancing.
És tánccal kezdte a műveletet.
He danced in a most violent manner.
A legvadabb módon táncolt.
And he sung to the tune of"dhoop! dhoop! dhoop!"
És a „dhoop! dhoop! dhoop!" dallamára énekelt.
The dancing attracted the notice of the old woman.
A tánc felkeltette az idős asszony figyelmét.
The critical moment had come.
Elérkezett a kritikus pillanat.
The old woman looked to her door.
Az idős asszony az ajtajára nézett.
"Phakir-Chand, my son, have you come?"
„Phakir-Chand, fiam, megjöttél?"
"my darling; the gods have become propitious to us"
„Drágám, az istenek kegyesek lettek hozzánk"
Her supposed son uttered the monosyllable, "hoom"
A feltételezett fia kimondta az egyszótagú „húm" szót.
And he danced more violent than before.
És hevesebben táncolt, mint azelőtt.
And he waved the twig in his hand.
És meglengette a gallyat a kezében.
"this time you must not go away"
„Ezúttal nem szabad elmenned"
"you must remain with me"
„velem kell maradnod"
"no, I won't remain," said the prince's friend.
– Nem, nem maradok – mondta a herceg barátja.
"remain with me," the mother tried again.
„Maradj velem" – próbálkozott újra az anya.
"i'll get you married to the rajah's daughter"
„Feleségül adom a radzsa lányához"
"will you marry, Phakir-Chand?"
„Férjhez mész, Phakir-Chand?"
The minister's son replied—"hoom, hoom"

A lelkész fia így válaszolt: „Hum, humm!"
And he danced even more like a madman.
És még inkább úgy táncolt, mint egy őrült.
"will you come with me to the rajah's house?"
„Eljössz velem a radzsa házához?"
"I'll show you a princess of uncommon beauty"
„Megmutatok neked egy rendkívüli szépségű hercegnőt"
"She rose from the waters"
„Felkelt a vízből"
"hoom, hoom," was the answer from his lips.
„Hum, humm" – hangzott a válasz a szájából.
And his feet stomped violently to"dhoop! dhoop!"
És a lábai vadul dobogtak, hogy „dhúp! dhúp!"
"Do you wish to see a jewel, Phakir?"
„Akarsz látni egy ékszert, Phakir?"
"The crest jewel of the serpent"
„A kígyó címerékszere"
"The treasure of seven kings"
„Hét király kincse"
"hoom, hoom," was the reply.
„Hum, humm" – hangzott a válasz.
The old woman went back into the hut.
Az öregasszony visszament a kunyhóba.
And she brought out the snake-jewel.
És elővette a kígyóékszert.
She put the jewel into the hand of her supposed son.
Az ékszert a feltételezett fia kezébe adta.
The minister's son took the snake-jewel.
A lelkész fia elvette a kígyóékszert.
He wrapped the jewel up in the piece of cloth.
Becsomagolta az ékszert a kendődarabba.
And he wrapped the cloth around his waist.
És a dereka köré tekerte a kendőt.
Phakir's mother was delighted beyond measure.
Phakir anyja mérhetetlenül el volt ragadtatva.
Her son had come at just the right time.
A fia pont jókor jött.

She went to the rajah's house.
Elment a rádzsa házához.
She announced the news of Phakir's appearance.
Bejelentette Phakir megjelenésének hírét.
And also in order to show Phakir the princess.
És azért is, hogy megmutassa Phakirnak a hercegnőt.
They were given access to the rajah's palace.
Bejutást kaptak a rádzsa palotájába.
And all parts of the palace were open to them.
És a palota minden része nyitva állt előttük.
The old woman had saved the rajah's son.
Az idős asszony megmentette a rádzsa fiát.
So she was the most important person in the kingdom.
Tehát ő volt a legfontosabb személy a királyságban.
She took her supposed son around the palace.
Körbevitte állítólagos fiát a palotában.
And she took him to the princess' room.
És bevitte a hercegnő szobájába.
Phakir's mother introduced her son to the princess.
Phakir anyja bemutatta fiát a hercegnőnek.
You can imagine the princess was not best impressed.
El tudod képzelni, hogy a hercegnő nem volt túl lenyűgözve.
She did not appreciate the company of a madman.
Nem értékelte egy őrült társaságát.
A madman, half naked, and covered in ash.
Egy őrült, félmeztelen, hamuval borítva.
And he kept dancing in a wild manner.
És vadul táncolt tovább.

The three had spent the day together.
A három fiú együtt töltötte a napot.
It was soon going to be sunset.
Hamarosan napnyugta lett volna.
The woman asked her son to come with her.
Az asszony megkérte a fiát, hogy jöjjön vele.
But the supposed Phakir-Chand refused to comply.

De az állítólagos Phakir-Chand nem volt hajlandó
engedelmeskedni.
He said he would stay there that night.
Azt mondta, hogy aznap éjjel ott marad.
His mother tried to persuade him to come with her.
Az anyja megpróbálta rábeszélni, hogy jöjjön vele.
But he persisted in his determination.
De kitartott az elhatározása mellett.
He said he would remain with the princess.
Azt mondta, a hercegnővel marad.
Phakir's mother went home without him.
Phakir anyja nélküle ment haza.
And she told the guards to look after her son.
És megmondta az őröknek, hogy vigyázzanak a fiára.
Eventually all the palace retired to rest.
Végül az egész palota nyugovóra tért.
The supposed Phakir spoke to the princess again.
Az állítólagos Phakir ismét beszélt a hercegnővel.
But this time he spoke in his own voice.
De ezúttal a saját hangján szólalt meg.
"Princess! do you not recognize me?"
„Hercegnő! Nem ismersz meg engem?"
"I am the prince's friend"
„Én a herceg barátja vagyok"
"I am the friend of your princely husband"
„A hercegi férjed barátja vagyok"
The princess was astonished for a moment.
A hercegnő egy pillanatra megdöbbent.
"Who? the prince's friend?"
„Ki? A herceg barátja?"
"Oh, my husband's best friend"
„ Ó, a férjem legjobb barátja"
"Please rescue me from this terrible captivity"
„Kérlek, ments meg ebből a szörnyű fogságból"
"This is worse than death"
„Ez rosszabb, mint a halál"
"All of this is my own fault"

„Mindez az én hibám"
"Rescue me, oh please, thou best of friends!"
„Ments meg, ó, kérlek, legjobb barátom!"
She then burst into tears.
Aztán sírva fakadt.
The prince's friend spoke again.
A herceg barátja újra megszólalt.
"Do not be disconsolate"
„Ne legyél vigasztalhatatlan"
"I will try my best to rescue you"
„Mindent megteszek, hogy megmentselek"
"I will try to have you out of here tonight"
„Megpróbállak ma este kihozni innen"
"But you must do whatever I tell you"
„De meg kell tenned, amit mondok"
The princess trusted the prince's friend.
A hercegnő megbízott a herceg barátjában.
"I will do anything you tell me"
„Bármit megteszek, amit mondasz"
After this the supposed Phakir left the room.
Ezután az állítólagos Phakir elhagyta a szobát.
He passed through the courtyard of the palace.
Áthaladt a palota udvarán.
Some of the guards challenged him.
Néhány őr riadt rá.
"hoom hoom!" he replied.
„Hum hum!" – válaszolta.
"I'm just going out for a minute"
„Csak kimegyek egy percre"
"And then I will come back again"
„És akkor majd újra visszajövök"
They understood that it was the madcap Phakir.
Megértették, hogy az őrült Phakir az.
True to his word he did come back shortly.
Szavához híven, hamarosan visszatért.
And again he went to the princess.
És ismét elment a hercegnőhöz.

An hour afterwards he again went out.
Egy óra múlva megint kiment.
And again he was challenged by the guards.
És ismét szembeszálltak vele az őrök.
He made the same reply as at the first time.
Ugyanazt a választ adta, mint az első alkalommal.
The guards began to talk among themselves.
Az őrök beszélgetni kezdtek egymás között.
"This Phakir surely has no sense"
„Ennek a Phakirnak biztosan nincs esze."
"He will go out and come in all night"
„Egész éjjel ki-be fog jönni"
"Let us leave him to do what he likes"
„Hagyjuk, hogy azt tegye, amit akar"
"There's no use guarding him all night"
„Nincs értelme egész éjjel őrizni őt"
The minister's son had worn down the guards.
A lelkész fia letarolta az őröket.
And he was looking for a way to escape.
És kereste a módját a menekülésnek.
He kept going in and out until three at night.
Éjjel háromig járt ki-be.
This time there were no guards there.
Ezúttal nem voltak ott őrök.
Because all the guards had fallen asleep.
Mert az összes őr elaludt.
He was overjoyed at the auspicious circumstance.
Nagyon örült a kedvező körülményeknek.
Then he went back to the princess.
Aztán visszament a hercegnőhöz.
"Now, princess, is the time for escape"
„Most jött el a szökés ideje, hercegnőm!"
"The guards are all asleep"
„Az őrök mind alszanak"
"You must mount on my back"
„Fel kell ülnöd a hátamra"
"Tie the locks of your hair round my neck"

„Kösd a hajtincseidet a nyakam köré"
"And keep tight hold of me"
„És szorosan ölelj engem"
The princess did what she was asked of.
A hercegnő megtette, amit kértek tőle.
He passed unchallenged through the courtyard.
Ellenállás nélkül haladt át az udvaron.
And he had a lovely burden on his back.
És egy szép teher volt a hátán.
Eventually he got to the gate of the palace.
Végül odaért a palota kapujához.
And he went through without being challenged.
És kihívás nélkül végigcsinálta.
Then they went to the outskirts of the city.
Aztán a város szélére mentek.
Eventually he reached the outer suburbs.
Végül elérte a külső külvárosokat.
They reached the water from which the princess had risen.
Elérték a vizet, amelyből a hercegnő felkelt.
The princess rejoiced at her escape.
A hercegnő örült a menekülésének.
But she was still trembling with fear.
De még mindig remegett a félelemtől.
The prince's friend untied the snake-jewel.
A herceg barátja kioldotta a kígyóékszert.
And together they ascended into the water.
És együtt emelkedtek fel a vízbe.
And soon they found back to the subterranean palace.
És hamarosan visszataláltak a földalatti palotába.
You can imagine how happy the prince was.
El lehet képzelni, milyen boldog volt a herceg.
He had nearly died of grief.
Majdnem belehalt a bánatba.
And you can imagine the princess' happiness too.
És el tudod képzelni a hercegnő boldogságát is.
All the three of them were mad with joy.
Mindhárman őrjöngtek az örömtől.

For three days they remained in the palace.
Három napig maradtak a palotában.
And they retold the prince the whole story.
És elmesélték a hercegnek az egész történetet.
They told of how the princess was seized.
Elmesélték, hogyan fogták el a hercegnőt.
They told him of her captivity in the palace.
Elmondták neki a palotában való fogságáról.
They described the marriage that was planned.
Leírták a tervezett házasságot.
They told him of the old woman.
Meséltek neki az idős asszonyról.
And they told him all about her Phakir-Chand.
És mindent elmondtak neki a Phakir-Chandjáról.
They told him how he had impersonated him.
Elmondták neki, hogyan adta ki magát neki.
And they told him how he freed the princess.
És elmondták neki, hogyan szabadította ki a hercegnőt.
I don't need to tell you how grateful they were.
Nem kell mondanom, mennyire hálásak voltak.
The prince's friend truly was a good friend.
A herceg barátja valóban jó barát volt.
They thanked him in the warmest terms.
A legmelegebb szavakkal köszönték meg neki.
And they vowed to always follow his counsel.
És megfogadták, hogy mindig követni fogják a tanácsát.

They were all resolved to return home.
Mindannyian elhatározták, hogy hazatérnek.
They wanted to return to their native country.
Vissza akartak térni szülőhazájukba.
The king's son, the minister's son, and the princess.
A király fia, a miniszter fia és a hercegnő.
They left the subterranean palace together.
Együtt hagyták el a földalatti palotát.
They lighted the passage with the snake-jewel.
Kígyóékszerrel világították meg a folyosót.

And they made their way to the upper world.
És elindultak a felső világ felé.
They had neither elephants nor horses waiting for them.
Sem elefántok, sem lovak nem vártak rájuk.
So they had no choice but to travel on foot.
Így nem volt más választásuk, mint gyalog utazni.
The two friends had been bred in the lap of luxury.
A két barátot fényűző körülmények között nevelték.
Both of them found walking troublesome.
Mindketten nehezen boldogultak a járással.
But the princess found it infinitely more troublesome.
De a hercegnő ezt sokkal nehezebbnek találta.
She was used to even finer treatment.
Hozzá volt szokva a még finomabb bánásmódhoz.
The stones of the road were too rough for her.
Az út kövei túl durvák voltak neki.
And the rough stones wounded her tender feet.
És a durva kövek megsebesítették érzékeny lábait.
Eventually her feet became very sore.
Végül nagyon fájni kezdett a lába.
At times the king's son carried her on his shoulders.
A király fia időnként a vállán vitte.
The load he was carrying was of course lovely.
A teher, amit cipelt, természetesen gyönyörű volt.
But although lovely, she was heavy to carry.
De bár gyönyörű volt, nehéz volt cipelni.
And she could not be carried a great distance.
És nem lehetett messzire vinni.
And therefore she too had to walk often.
És ezért neki is gyakran kellett gyalogolnia.
One evening they arrived beneath a tree.
Egyik este megérkeztek egy fa alá.
There were no visible signs of human habitations.
Emberi lakhatásnak semmilyen látható jele nem volt.
So they decided to make the tree their sleeping place.
Így hát úgy döntöttek, hogy a fát teszik meg alvóhelyükké.
The prince's friend offered to keep guard.

A herceg barátja felajánlotta, hogy őrködik.
"Both of you can go to sleep"
"Mindketten elmehettek aludni"
"I will keep watch over you both tonight"
„Ma este vigyázni fogok mindkettőtökre"
"In order to prevent any danger"
„Minden veszély megelőzése érdekében"
The royal couple soon dozed off.
A királyi pár hamarosan elszundított.
And they were locked in the arms of sleep.
És az álom karjaiba zárták őket.
The faithful friend of the prince did not sleep.
A herceg hűséges barátja nem aludt.
He stayed awake and watched for danger.
Ébren maradt és figyelt a veszélyre.
It so happened they camped under a special tree.
Történt, hogy egy különleges fa alatt táboroztak.
In the tree swung the nest of two birds.
A fán két madár fészke himbálózott.
The immortal birds Bihangama and Bihangami.
Bihangama és Bihangami halhatatlan madarak.
These birds were endowed with human speech.
Ezek a madarak emberi beszéddel voltak felruházva.
And they could also see into the future.
És a jövőbe is láthattak.
The minister's son listened the bird's conversation.
A lelkész fia hallgatta a madár beszélgetését.
He was more than a little astonished at what he heard!
Egy kicsit megdöbbentett, amit hallott!
Bihangama: "The prince's friend risked his own life"
Bihangama: „A herceg barátja kockáztatta az életét"
"He did everything for the safety of his friend"
„Mindent megtett a barátja biztonságáért"
"But more dangers will befall the king's son"
„De a király fiát további veszélyek fogják lesújtani"
"And he will find it difficult to save the prince"
„És nehezen fogja megmenteni a herceget"

Bihangami: "Why is that?"

Bihangami: „Miért van ez?"

Bihangama: "Many dangers await the king's son"

Bihangama: „Sok veszély leselkedik a király fiára"

"The prince's father will hear of his son's approach"

„A herceg apja hallani fog fia közeledtéről"

"He will send for him an elephant and some horses"

„Elefántot és néhány lovat fog küldeni érte."

"And he will arrange attendants to meet him"

„És kísérőket fog rendelni eléje"

"The king's son will ride the elephant"

„A király fia elefánton fog lovagolni"

"But he will fall from the back of the elephant"

„De le fog esni az elefánt hátáról"

"And he will die from his fall from the elephant"

„És bele fog halni, hogy leesik az elefántról"

Bihangami: "But suppose someone prevented this?"

Bihangami: „De mi van, ha valaki ezt megakadályozza?"

"Suppose the king's son is not going to ride on the elephant"

„Tegyük fel, hogy a király fia nem fog elefánton felülni"

"What might happen if he rides on a horse instead?"

„Mi történhet, ha inkább lovon ül?"

"Will he not in that case be saved?"

„Ebben az esetben nem üdvözül?"

Bihangama: "Yes, in that case he would escape that fate"

Bihangama: „Igen, ebben az esetben elkerülné ezt a sorsot."

"But then a fresh danger would await him"

„De akkor újabb veszély várna rá"

"When the king's son is in sight of his father's palace"

„Amikor a király fia meglátja apja palotáját"

"When he is in the act of passing through the lion-gate"

„Amikor éppen az oroszlánkapun halad át"

"In that moment the lion-gate will fall upon him"

„Abban a pillanatban rászakad az oroszlánkapu"

"And the stones will crush him to death"

„És a kövek halálra fogják taposni"

Bihangami: "But suppose someone gets there first"
Bihangami: „De tegyük fel, hogy valaki előbb odaér."
"Suppose someone destroys the lion-gate"
„Tegyük fel, hogy valaki lerombolja az oroszlánkaput"
"If that happens the king's son couldn't go through the lion-gate"
„Ha ez megtörténik, a király fia nem mehet át az Oroszlánkapun"
"Will not the king's son in that case be saved?"
„Vajon ebben az esetben nem menekül meg a király fia?"
Bihangama: "Yes, in that case he would escape his fate"
Bihangama: „Igen, ebben az esetben elkerülné a sorsát."
"But then a fresh danger would await him"
„De akkor újabb veszély várna rá"
"When the king's son reaches the palace"
„Amikor a király fia megérkezik a palotába"
"When he sits at a feast prepared for him"
„Amikor lakomára ül, amit neki készítettek"
"The head of a fish will be cooked for him"
„A hal fejét fogják neki sütni"
"He will put into his mouth the head of the fish"
„A szájába veszi a hal fejét"
"But the head of the fish will stick in his throat"
„De a hal feje a torkában ragad"
"And he will choke to death on the head of the fish"
„És megfullad a hal fején"
Bihangami: "But suppose someone snatches the fish"
Bihangami: „De tegyük fel, hogy valaki elkapja a halat."
"Suppose someone takes the head of the fish from his plate"
„Tegyük fel, hogy valaki leveszi a hal fejét a tányérjáról."
"Suppose he can't put the fish's head in his mouth"
„Tegyük fel, hogy nem tudja a hal fejét a szájába venni."
"Will not the king's son in that case be saved?"
„Vajon ebben az esetben nem menekül meg a király fia?"
Bihangama: "Yes, in that case he will escape his fate"
Bihangama: „Igen, ebben az esetben megmenekül a sorsától."
"But a fresh danger would await him"

„De újabb veszély várt rá"
"When the prince and princess retire after dinner"
„Amikor a herceg és a hercegnő vacsora után visszavonulnak"
"When they go into their sleeping apartment"
„Amikor bemennek a hálószobájukba"
"They will lie together in bed"
„Együtt fognak feküdni az ágyban "
"A terrible cobra will come into the room"
„Egy szörnyű kobra fog bejönni a szobába"
"And the cobra will bite the king's son to death"
„És a kobra halálra fogja harapni a király fiát"
Bihangami: "But suppose someone was in the room"
Bihangami: „De tegyük fel, hogy valaki van a szobában."
"Suppose this person was waiting for the snake"
„Tegyük fel, hogy ez a személy a kígyóra várt."
"And suppose that this person cuts the snake into pieces"
„És tegyük fel, hogy ez a személy darabokra vágja a kígyót"
"Will not the king's son in that case be saved?"
„Vajon ebben az esetben nem menekül meg a király fia?"
Bihangama: "Yes, in that case he will escape his fate"
Bihangama: „Igen, ebben az esetben megmenekül a sorsától."
"In that case the life of the king's son will be saved"
„Ebben az esetben a király fiának élete megmenekül"
"But he who saves him can't repeat these words"
„De aki megmenti őt, nem ismételheti meg ezeket a szavakat"
"If he tells his secret he will be turned into marble"
„Ha elárulja a titkát, márványrá változik"
Bihangami: "Can the statue be returned to life?"
Bihangami: „Vissza lehet kelteni az életre a szobrot?"
Bihangama: "Yes, the marble statue can be restored to life"
Bihangama: „Igen, a márványszobor életre kelthető"
"The princess will give birth to a child"
„A hercegnő gyermeket fog szülni"
"They must wash the statue with the blood of the infant"
„A szobrot a csecsemő vérével kell lemosniuk"
The prophetical birds had spoken until that point.
A prófétai madarak addig a pontig szóltak.

But then they were interrupted by the craw of crows.
De aztán varjak károgása zavarta meg őket.
The eastern sky tinted in a reddish hue.
A keleti égbolt vöröses árnyalatba színeződött.
And the travelers beneath the tree bestirred themselves.
És a fa alatt utazók megmozdultak.
The prophetic conversation came to an end.
A prófétai beszélgetés véget ért.
But the prince's friend had heard everything.
De a herceg barátja mindent hallott.

The next morning they continued their journey.
Másnap reggel folytatták útjukat.
The prince, the princess, and the prince's friend.
A herceg, a hercegnő és a herceg barátja.
Soon they met the king's procession.
Hamarosan találkoztak a királyi menettel.
There was an elephant, a horse, and a palki.
Volt ott egy elefánt, egy ló és egy palki.
And there was a large number of attendants.
És szép számmal voltak jelen kísérők.
These animals and men had been sent by the king.
Ezeket az állatokat és embereket a király küldte.
The king heard his son was with his friend.
A király hallotta, hogy a fia a barátjával van.
And he had heard that his son had married.
És hallotta, hogy a fia megnősült.
And he heard they were not far from the capital.
És hallotta, hogy nincsenek messze a fővárostól.
The elephant had been richly caparisoned.
Az elefántot gazdagon feldíszítették.
The elephant was intended for the prince.
Az elefántot a hercegnek szánták.
The framework of the palki was of silver.
A palki váza ezüstből volt.
The palki was meant for the princess.
A palkit a hercegnőnek szánták.

And the horse was for the prince's friend.
És a ló a herceg barátjának volt .
The prince was about to mount on the elephant.
A herceg éppen felülni készült az elefántra.
But then his friend spoke to him.
De aztán a barátja megszólította.
"Allow me to ride on the elephant, please"
„Engedd meg, hogy felüljek az elefántra, kérlek"
"And you can ride back on horseback"
„És visszalovagolhatsz lóháton"
The prince was not a little surprised.
A herceg nem kicsit meglepődött.
The proposal had been made in a very cold manner.
A javaslatot nagyon hideg hangon tették.
Maybe his friend felt a little too entitled.
Talán a barátja egy kicsit túl jogosultnak érezte magát.
And the king's son was slightly annoyed.
És a királyfi kissé bosszús volt.
But he remembered what his friend had done for him.
De eszébe jutott, mit tett érte a barátja.
And he remembered how he saved the princess.
És eszébe jutott, hogyan mentette meg a hercegnőt.
So he mounted the horse without objecting.
Így hát ellenvetés nélkül felült a lóra.
But his mind became somewhat alienated from him.
De az elméje némileg elidegenedett tőle.
The procession towards the capital started again.
A menet ismét megindult a főváros felé.
After some time they came in sight of the palace.
Egy idő múlva meglátták a palotát.
The lion-gate had been gaily adorned.
Az oroszlános kaput vidáman díszítették fel.
There was a grand reception for the prince.
Nagy fogadást rendeztek a hercegnek.
And the princess was equally anticipated.
És a hercegnőt ugyanúgy várták.
But the prince's friend seemed to have an objection.

De a herceg barátjának látszólag ellenvetése volt.
"I want the lion-gate to be broken down"
„Azt akarom, hogy leromolják az oroszlánkaput"
The prince was astounded at the proposal.
A herceg megdöbbent a javaslaton.
The request was very out of the ordinary.
A kérés nagyon rendhagyó volt.
And he had given no reason for his demand.
És nem adott okot a követelésére.
But he remembered all his friend had done for him.
De eszébe jutott minden, amit a barátja tett érte.
And he remembered how he saved the princess.
És eszébe jutott, hogyan mentette meg a hercegnőt.
So he complied with the wish of his friend.
Így hát teljesítette barátja kívánságát.
And the beautiful lion-gate was torn down.
És a gyönyörű oroszlános kaput lerombolták.
But his mind became even more estranged from him.
De az elméje még jobban elidegenedett tőle.
The procession now went into the palace.
A menet most bevonult a palotába.
The king gave a warm reception to his son.
A király meleg fogadtatásban részesítette fiát.
He welcomed his daughter-in-law equally warmly.
Ugyanilyen melegen üdvözölte a menyét.
And he was very pleased to see the prince's friend.
És nagyon örült, hogy látja a herceg barátját.
The story of their adventures was related.
Kalandjaik története elmesélődött.
The king expressed great astonishment at the tale.
A király nagy csodálkozásának adott hangot a történet
hallatán.
And his courtiers were equally impressed.
És udvaroncai ugyanilyen lenyűgözve voltak.
All praised the minister's son's devotion.
Mindannyian dicsérték a lelkész fiának odaadását.
And the ladies of the palace praised the princess.

A palota hölgyei pedig dicsérték a hercegnőt.
The connoisseurs of beauty praised the princess.
A szépség ínyencei dicsérték a hercegnőt.
Her complexion was a mixture of milk and vermilion.
Arcszíne tej és vérvörös keveréke volt.
Her neck was like that of a swan.
A nyaka olyan volt, mint egy hattyúé.
Her eyes were like those of a gazelle.
A szemei olyanok voltak, mint egy gazelláé.
Her lips were as red as the berry bimba.
Az ajkai olyan vörösek voltak, mint a bogyós bimba.
Her cheeks were as lovely as they could be.
Olyan gyönyörű volt az arca, amennyire csak lehetett.
And her nose was straight and high.
És az orra egyenes és magas volt.
Her hair reached down to her ankles.
A haja a bokájáig ért.
Her walk was as graceful as that of a young elephant.
Járása olyan kecses volt, mint egy fiatal elefánté.
The princess whom destiny had brought to them.
A hercegnő, akit a sors hozott nekik.
They sat around her wanting to know everything.
Körülötte ültek, és mindent tudni akartak.
And they put to her a thousand questions.
És ezernyi kérdést tettek fel neki.
They asked her about her parents.
Kérdezgették a szüleiről.
They asked her about the subterranean palace.
Kérdezték tőle a földalatti palotát.
And they asked her all about the serpent.
És mindent megkérdeztek tőle a kígyóról.
The serpent which had killed all her relatives.
A kígyó, amely megölte az összes rokonát.
Soon it was time for the new arrivals to dine.
Hamarosan elérkezett az újonnan érkezők vacsorájának ideje.
The dinner was served up in dishes of gold.
A vacsorát aranytálakban szolgálták fel.

All sorts of delicacies were on the table.
Mindenféle finomság került az asztalra.
The most conspicuous dish was the head of a rohita fish.
A legfeltűnőbb étel egy rohita hal feje volt.
The large fish's head was placed in a golden cup.
A nagy hal fejét egy aranypohárba helyezték.
And the cup was placed near the prince's plate.
A csészét pedig a herceg tányérja közelébe helyezték.
All were eating and retelling the adventure.
Mindannyian ettek és elmesélték a kalandot.
And suddenly the prince's friend snatched the head.
És hirtelen a herceg barátja elkapta a fejét.
He took the fish's head from the prince's plate.
Levette a hal fejét a herceg tányérjáról.
"Let me, prince, eat this rohita's head"
„Hadd egyem meg ennek a rohita fejét, herceg!"
The king's son was quite indignant.
A király fia igencsak felháborodott.
But he remembered all his friend had done for him.
De eszébe jutott minden, amit a barátja tett érte.
And he remembered how he saved the princess.
És eszébe jutott, hogyan mentette meg a hercegnőt.
And so he made no objection to the request.
És így nem emelt kifogást a kérés ellen.
But he could not hide his terrible rage.
De nem tudta leplezni szörnyű dühét.
Of course the prince's friend noticed this.
Természetesen a herceg barátja észrevette ezt.
But there was nothing else he could have done.
De nem tehetett volna mást.
His conduct, however strange, was necessary.
Bármilyen furcsa is volt a viselkedése, szükséges volt.
It was for the safety of his friend's life.
A barátja életének biztonsága érdekében tette.
Nor could he tell his friend the reason.
A barátjának sem tudta megmondani az okát.
Else he would be transformed into a marble statue.

Különben márványszoborrá változna.
Soon the dinner was going to be over.
Hamarosan vége lett a vacsorának.
The prince's friend had one more request.
A herceg barátjának volt még egy kérése.
The two friends had spent every night together.
A két barát minden estéjét együtt töltötte.
But tonight he wanted to go to his own house.
De ma este a saját házába akart menni.
The prince was also shocked at his strange conduct.
A herceget is megdöbbentette a furcsa viselkedése.
But he remembered all his friend had done for him.
De eszébe jutott minden, amit a barátja tett érte.
And he remembered how he saved the princess.
És eszébe jutott, hogyan mentette meg a hercegnőt.
And he also agreed to this request of his friend.
És beleegyezett barátja ezen kérésébe is.
The prince's friend, however, had other plans.
A herceg barátjának azonban más tervei voltak.
He had no intentions of going to his own house.
Esze ágában sem volt a saját házába menni.
He was resolved to avert the last peril.
Elhatározta, hogy elhárítja az utolsó veszedelmet.
The last thing to threaten the life of his friend.
Az utolsó dolog, ami veszélyeztetheti barátja életét.
Accordingly, he took a sword into his hand.
Ennek megfelelően kardot fogott a kezébe.
And he stealthily entered the royal room.
És lopva belépett a királyi szobába.
The room of the prince and the princess.
A herceg és a hercegnő szobája.
He ensconced himself under the bedstead.
Bebújt az ágy alá.
The bed was furnished with mattresses of down.
Az ágy pehelymatracokkal volt berendezve.
The mosquito curtains were of the richest silk.
A szúnyogfüggönyök a leggazdagabb selyemből voltak.

And all the bedding was laced with gold.

És az összes ágynemű arannyal volt kirakva.

Soon the prince and princess came into the bedroom.

Hamarosan a herceg és a hercegnő belépett a hálószobába.

They undressed themselves and went to bed.

Levetkőztek és lefeküdtek.

And soon the royal couple were asleep.

És hamarosan a királyi pár elaludt.

At midnight he heard the slithering of a snake.

Éjfélkor egy kígyó tekerését hallotta.

The sound was coming from a water passage.

A hang egy vízfolyás felől jött.

A snake of gigantic size entered the room.

Egy hatalmas kígyó lépett be a szobába.

The serpent climbed up the frame of the bed.

A kígyó felmászott az ágy keretére.

The minister's son rushed out with the sword.

A lelkész fia karddal a kezében kirohant.

And he killed the serpent with one blow.

És egyetlen csapással megölte a kígyót.

And then he cut the snake into smaller pieces.

Aztán kisebb darabokra vágta a kígyót.

He put the pieces in the dish for holding betel-leaves.

A darabokat a bétellevél tartására szolgáló tálba tette.

But as he did this, he spilled a drop of blood.

De miközben ezt tette, kiöntött egy csepp vért.

The drop of blood fell on the breast of the princess.

A vércsepp a hercegnő keblére hullott.

Because the mosquito curtains had not been let down.

Mert a szúnyogfüggönyök nem voltak leengedve.

He worried for the health of the princess.

Aggódott a hercegnő egészségéért.

The blood might be of some sort of poison.

A vér valamilyen méreg lehet.

So he resolved to lick up the blood.

Így hát elhatározta, hogy felnyalja a vért.

But he could not look at the naked princess.

De nem tudott a meztelen hercegnőre nézni.
It would have been a great sin.
Nagy bűn lett volna.
So he blindfolded himself with seven-fold cloth.
Így hát hétszeres kendővel bekötötte a szemét.
And he licked off the drop of blood.
És lenyalta a vércseppet.
But just at this time the princess awoke.
De éppen ekkor ébredt fel a hercegnő.
Her scream roused her husband from his sleep.
A sikoly felriasztotta férjét álmából.
And he could not believe what he was seeing.
És nem tudta elhinni, amit lát.
The prince fell into a great rage.
A herceg nagy dühbe gurult.
And he was prepared to kill his friend.
És készen állt megölni a barátját.
But he gave his friend a chance to speak.
De lehetőséget adott a barátjának, hogy megszólaljon.
"Please, my friend, restrain your anger"
„Kérlek, barátom, fékezd meg a haragodat!"
"I have done this only to save your life"
„Csak azért tettem ezt, hogy megmentsem az életedet"
The prince was more confused than before.
A herceg jobban zavarodott volt, mint azelőtt.
"I do not understand what you mean"
„Nem értem, mire gondolsz"
"From the time we came out of the subterranean palace"
„Attól a pillanattól kezdve, hogy kijöttünk a földalatti
palotából"
"You have been behaving in a most extraordinary way"
„Elég különös módon viselkedtél"
"First, you insisted on riding my elephant"
„Először is ragaszkodtál hozzá, hogy meglovagold az
elefántomat."
"The elephant my father had sent for me"
„Az elefánt, amit apám küldött nekem"

"I thought it was vain of you to ask"
„Azt hittem, hiúság volt tőled megkérdezni"
"But I remembered what you had done for me"
„De eszembe jutott, mit tettél értem"
"And I decided to let the matter pass"
„És úgy döntöttem, hogy elengedem az ügyet"
"And instead I rode back on horseback"
„És ehelyett lóháton lovagoltam vissza"
"Secondly, you insisted on destroying the lion-gate"
„Másodszor, ragaszkodtál az oroszlánkapu lerombolásához"
"The lion-gate my father had adorned for me"
„Az oroszlános kapu, amelyet apám díszített nekem"
"I thought it was strange of you to ask"
„Furcsának találtam, hogy megkérdezted"
"But I remembered what you had done for me"
„De eszembe jutott, mit tettél értem"
"And I decided to let the matter pass"
„És úgy döntöttem, hogy elengedem az ügyet"
"And I had the lion-gate destroyed"
„És leromboltattam az oroszlánkaput"
"Thirdly, at dinner you behaved most shamefully"
„Harmadszor, vacsoránál igen szégyenteljesen viselkedtél."
"You snatched the rohita's head from my plate"
„Kikaptad a rohita fejét a tányéromból"
"And you insisted on eating the fish head"
„És te ragaszkodtál hozzá, hogy megegyed a halfejet"
"I thought you felt too entitled"
„Azt hittem, túl jogosultnak érzed magad"
"But I remembered what you had done for me"
„De eszembe jutott, mit tettél értem"
"So I decided to let the matter pass"
„Úgy döntöttem, hogy nem foglalkozom a témával"
"You then pretended that you were going home"
„Aztán úgy tettél, mintha hazamennél"
"And I was very glad you were going home"
„És nagyon örültem, hogy hazamentél"
"Because you had made yourself very disagreeable"

„Mert nagyon kellemetlenné tetted magad"
"And now you are actually in my bedroom"
„És most tényleg a hálószobámban vagy"
"You are bending over the naked bosom of my wife"
„A feleségem meztelen keble fölé hajolsz"
"You must have had some evil plan"
„Biztos valami gonosz terved volt"
"And now you pretend you are saving my life"
"És most úgy teszel, mintha megmentenéd az életemet"
"But I don't believe you want to save my life"
„De nem hiszem, hogy meg akarod menteni az életemet"
"I believe you want to destroy my wife's chastity"
„Azt hiszem, el akarod pusztítani a feleségem szüzességét."
The prince's friend knew how things looked.
A herceg barátja tudta, hogyan néznek ki a dolgok.
"Oh, do not harbor such thoughts in your mind"
„Ó, ne dédelgess ilyen gondolatokat a fejedben!"
"Please do not think badly against me"
„Kérlek, ne gondolj rosszat rólam"
"The gods know what I have done"
„Az istenek tudják, mit tettem"
"They know I did it to save your life"
„Tudják, hogy azért tettem, hogy megmentsem az életedet"
"You would see the reasonableness of my conduct"
„Látnád a viselkedésem ésszerűségét"
"But I don't have liberty to state my reasons"
„De nincs jogom kifejteni az indokaimat"
The prince asked him to explain himself.
A herceg megkérte, hogy magyarázza el, mit gondol.
"And why are you not at liberty?"
„És miért nem vagy szabad?"
"Who has put a seal upon your mouth?"
„Ki pecsételte meg a szádat?"
And the prince's friend answered.
És a herceg barátja válaszolt.
"Destiny has put a seal upon my mouth"
„A sors pecsétet tett a számra"

"If I told you, I would be transformed into marble"
„Ha elmondanám, márvánryrá változnék"
The prince grew angrier with his friend.
A herceg egyre dühösebb lett a barátjára.
"You should be transformed into a marble statue!"
„Márványszoborrá kellene változnod!"
"You must take me to be a simpleton"
„Biztos bolondnak nézel engem"
"You can't expect me to believe this nonsense"
"Nem várhatod el tőlem, hogy elhiggyem ezt az ostobaságot "
The minister's son made one last request.
A miniszter fia egy utolsó kérést tett.
"Do you wish me then, friend, for me to tell you?
„Akkor azt kívánod, barátom, hogy elmondjam neked?"
"You would make your friend turn into stone?"
„Kővé változtatnád a barátodat?"
The prince wanted to hear the reason.
A herceg hallani akarta az okát.
He did not care about the consequences.
Nem törődött a következményekkel.
"Tell me, or else you are a dead man"
„Mondd el, különben halott ember vagy"
The prince's friend wanted to clear his name.
A herceg barátja tisztázni akarta a nevét.
He wanted no foul accusations brought against him.
Nem akart semmilyen aljas vádat emelni ellene.
And he deemed it his duty to reveal the secret.
És kötelességének tartotta felfedni a titkot.
Even if this would put his life at risk.
Még akkor is, ha ezzel az életét veszélyeztetné.
He again warned the prince not to ask him.
Ismét figyelmeztette a herceget, hogy ne kérdezze meg tőle.
But the prince remained inexorable.
De a herceg kérlelhetetlen maradt.
The prince's friend then told him his secret.
A herceg barátja ezután elmondta neki a titkát.
"While sleeping under a lofty tree one night"

„Egyik éjjel, miközben egy magas fa alatt aludtam"
"I overheard a conversation between two birds.
„Kihallgattam egy beszélgetést két madár között.
"The prophesizing birds Bihangama and Bihangami"
„A prófétáló madarak, Bihangama és Bihangami"
"Bihangama predicted all the dangers in your life"
„Bihangama megjósolta az életed minden veszélyét"
"First the bird predicted your father would send an elephant"
„Először a madár megjósolta, hogy apád elefántot fog küldeni."
"The bird said you would fall from the elephant"
„A madár azt mondta, hogy le fogsz esni az elefántról"
"And the bird said you would die from the fall"
„És a madár azt mondta, hogy meghalsz az eséstől"
At this point the minister's son's legs turned to stone.
Ezen a ponton a lelkész fiának kővé dermedt a lába.
"See? my legs have already turned to stone"
„Látod? A lábaim már kővé váltak"
"Go on with your story," said the prince.
– Folytasd a történetedet – mondta a herceg.
And the prince's friend continued the story.
És a herceg barátja folytatta a történetet.
"The bird said the lion-gate would be gaily decorated"
„A madár azt mondta, hogy az oroszlános kaput vidáman fogják feldíszíteni"
"And the bird said the lion-gate would collapse on you"
„És a madár azt mondta, hogy az oroszlánkapu rád fog omlani"
"If the lion-gate had fallen on you, you would have died"
„Ha rád omlott volna az oroszlánkapu, meghaltál volna"
At this point the minister's son's torso turned to stone.
Ezen a ponton a lelkész fiának törzse kővé változott.
But the prince insisted the minister's son continues.
A herceg azonban ragaszkodott ahhoz, hogy a miniszter fia folytassa.
"Go on with your story," said the prince.

– Folytasd a történetedet – mondta a herceg.
"The bird said there would be the head of a fish"
„A madár azt mondta, hogy egy hal feje lesz."
"And the bird predicted you would choke on the fish"
„És a madár megjósolta, hogy megfulladsz a haltól"
Now his head was the only thing not of stone.
Most már csak a feje nem kőből volt.
"See? my whole body has turned to stone"
„Látod? Az egész testem kővé változott"
"If I continue, I will become a man of stone"
„Ha így folytatom, kőből lettem"
"Do you wish me to tell the rest"
„Elmondjam a többit?"
"Go on with your story," said the prince.
– Folytasd a történetedet – mondta a herceg.
"Very well, I will go on to the end"
„Rendben van, akkor a végéig folytatom"
"But you may repent after I tell you"
„De megbánhatod, miután elmondom neked"
"And you may wish to restore me to life"
„És talán vissza akarsz hozni az életbe"
"I will tell you how to reverse the spell"
„Megmondom, hogyan kell visszafordítani a varázslatot"
"In a few months the princess will bear a child"
„Néhány hónap múlva a hercegnő gyermeket szül"
"Wait for the birth of the child"
„Várjuk meg a gyermek születését"
"Besmear my statue with the infant's blood"
„Fesd be szobromat a csecsemő vérével"
"Only then will I be restored back to life"
„Csak akkor térhetek vissza az életbe"
The last word left his lips, and he turned to stone.
Az utolsó szó elhagyta a száját, és kővé dermedt.
The princess jumped out of bed.
A hercegnő kiugrott az ágyból.
She opened the vessel for betel-leaves and spices.

Kinyitotta az edényt, hogy bétellevél és fűszerek legyenek benne.

And she saw the pieces of a serpent.

És meglátta egy kígyó darabjait.

The prince and the princess were now convinced.

A herceg és a hercegnő most már meg voltak győződve.

They saw the good faith of their departed friend.

Látták eltávozott barátjuk jóhiszeműségét.

They saw the benevolence of his actions.

Látták tettei jóindulatát.

They went to the marble statue.

Odamentek a márvány szoborhoz.

But the statue of their friend was lifeless.

De barátjuk szobra élettelen volt.

They let out a loud cry lamentation.

Hangos jajveszékelést hallattak.

But their cries were to no purpose.

De a kiáltásaik hiábavalóak voltak.

Because the statue was not moved by tears.

Mert a szobrot nem a könnyek mozdították meg.

The prince and princess knew what they had to do.

A herceg és a hercegnő tudták, mit kell tenniük.

They concealed the marble figure in a safe place.

Biztonságos helyre rejtették a márványfigurát.

And they waited for the birth of their child.

És várták gyermekük születését.

In process of time the hour came.

Idővel elérkezett az óra.

The princess's travail had arrived.

Elérkezett a hercegnő vajúdása.

The princess bore a beautiful boy.

A hercegnő gyönyörű fiút szült.

The child was the perfect image of his mother.

A gyermek anyja tökéletes mása volt.

The beauty of their child was striking.

Gyermekük szépsége lenyűgöző volt.

And they were in awe of him.

És csodálattal voltak iránta.
They would have spared his life.
Megkímélték volna az életét.
But they remembered their best friend.
De emlékeztek a legjobb barátjukra.
They remembered all he had done for them.
Emlékeztek mindarra, amit értük tett.
But now he was a lifeless stone.
De most élettelen kővé változott.
And they remembered the vows they had made.
És emlékeztek a tett fogadalmakra.
And they cut the child into two.
És kettévágták a gyereket.
They besmeared the statue with the child's blood.
A gyermek vérével bekenték a szobrot.
And their friend became animated back to life.
És barátjuk visszatért az életbe.
They were glad to see him alive again.
Örültek, hogy újra élve látták.
But the prince's friend was overwhelmed with grief.
De a herceg barátját elöntötte a bánat.
Because he saw the new-born in a pool of blood.
Mert látta az újszülöttet vértócsában.
So he picked up the dead infant.
Így hát felemelte a halott csecsemőt.
He carefully wrapped the child in a towel.
Gondosan törölközőbe csavarta a gyereket.
And he resolved to get the child restored to life.
És elhatározta, hogy életre kelti a gyermeket.
He consulted all the physicians of the country.
Az ország összes orvosával konzultált.
They all told him the same thing.
Mind ugyanazt mondták neki.
A cure can be found for any illness.
Bármilyen betegségre lehet gyógyírt találni.
But life requires the spark of life.
De az élethez az élet szikrája kell.

When the spark is gone, it is beyond their jurisdiction.
Amikor a szikra kialszik, az már túl van a hatáskörükön.
And so they had to go on with their lives.
Így hát tovább kellett élniük az életüket.

Eventually the prince's friend returned to his wife.
Végül a herceg barátja visszatért a feleségéhez.
She was a devoted worshipper of the goddess kali.
Kali istennő odaadó imádója volt.
She was the only one who could return life.
Ő volt az egyetlen, aki visszaadhatta az életet.
His wife was living in a distant town.
A felesége egy távoli városban élt.
So he set out on a journey to the town.
Így hát útra kelt a város felé.
His wife still lived in her father's house.
A felesége még mindig az apja házában lakott.
Adjoining the house there was a garden.
A ház mellett egy kert volt.
And in the garden there was a tree.
És volt egy fa a kertben.
The child had been stored in that tree.
A gyereket abban a fában tárolták.
His wife was overjoyed to see her husband.
A felesége nagyon örült, hogy látja a férjét.
She had not seen him for a long time.
Régóta nem látta.
But she was surprised when she saw him.
De meglepődött, amikor meglátta.
Her husband was very melancholy that day.
A férje nagyon melankolikus volt aznap.
He spoke very little to his wife.
Nagyon keveset beszélt a feleségével.
And his wife knew that he was not himself.
És a felesége tudta, hogy nem önmaga.
He was brooding over something in his mind.
Valami felett merengett a fejében.

She asked the reason for his melancholy.

Megkérdezte a melankóliájának okát.

But he kept quiet, and wouldn't tell her.

De ő hallgatott, és nem volt hajlandó elmondani neki.

One night they were lying together in bed.

Egyik este együtt feküdtek az ágyban.

The wife got up and left the marital bed.

A feleség felkelt és elhagyta a hitvesi ágyat.

She opened the door and went into the garden.

Kinyitotta az ajtót és bement a kertbe.

Her husband had not been able to sleep well.

A férje nem tudott jól aludni.

Therefore he awoke from the movement of his wife.

Ezért felesége mozgására ébredt fel.

He heard her leave in the dead of the night.

Hallotta, hogy elmegy az éjszaka közepén.

And he was determined to follow her.

És eltökélte, hogy követi őt.

But he was also determined not to be noticed.

De azt is eltökélte, hogy nem veszik észre.

She went to a temple of the goddess kali.

Kali istennő templomába ment.

The temple was at no great distance from her house.

A templom nem volt messze a házától.

She worshipped the goddess with flowers.

Virágokkal imádta az istennőt.

And she worshiped the goddess with sandal-wood perfume.

És szantálfa illattal imádta az istennőt.

"Oh mother kali! have mercy upon me"

„Ó, Kali anya! Könyörülj rajtam!"

"Deliver me out of all my troubles"

„Szabadíts meg minden bajomból"

The goddess replied to the woman.

Az istennő válaszolt az asszonynak.

"Why, what further grievance have you?

„Mi más panaszod van még?"

"You long prayed for the return of your husband"

„Régóta imádkoztál a férjed visszatéréséért"
"And your prayers have been answered"
„És az imáid meghallgatásra találtak"
"Your husband has returned to you"
„A férjed visszatért hozzád"
"So then, what ails thee now?"
„Akkor mi bajod van most?"
The woman answered the goddess.
A nő válaszolt az istennőnek.
"True, oh mother, my husband has come to me"
„Igaz, ó, anya, eljött hozzám a férjem"
"But he has come to me in a melancholy mood"
„De melankolikus hangulatban jött hozzám"
"He hardly speaks to me when I speak to him"
„Alig szól hozzám, amikor én beszélek hozzá"
"He takes no delight in me when he is with me"
„Nem gyönyörködik bennem, amikor velem van"
"All he does is sit melancholy in a corner"
„Csak melankolikusan ül egy sarokban"
The goddess replied to her devotee.
Az istennő válaszolt hívének.
"Ask your husband why he feels melancholy"
„Kérdezd meg a férjedtől, miért melankolikus"
"When he tells you, let me know the reason"
„Ha elmondja, mondd el az okát"
The minister's son overheard the conversation.
A miniszter fia meghallotta a beszélgetést.
But he stayed unnoticed by the goddess.
De az istennő észrevétlen maradt.
And his wife did not notice him either.
És a felesége sem vette észre őt.
He quietly slunk away before his wife.
Csendben elosont a felesége elől.
And he returned back to bed before her.
És előbb tért vissza az ágyba, mint ő.
The following day the wife asked her husband.
Másnap a feleség megkérdezte a férjét.

"My dear husband, why are you in a melancholy mood?"
„Kedves férjem, miért vagy ilyen melankolikus hangulatban?"
Her husband retold the whole story.
A férje újra elmesélte az egész történetet.
He told her about the jewel serpent.
Mesélt neki az ékszerkígyóról.
He told her about the subterranean palace.
Mesélt neki a földalatti palotáról.
He told her about the princess being captured.
Elmesélte neki, hogy a hercegnőt elfogták.
He told her how he freed the princess.
Elmondta neki, hogyan szabadította ki a hercegnőt.
And he told her about Bihangama and Bihangami.
És mesélt neki Bihangamáról és Bihangamiról.
He told her how he had turned to stone.
Elmesélte neki, hogyan vált kővé.
And he told her how he was returned back to life.
És elmesélte neki, hogyan tért vissza az életbe.
So he told her also about the killing of the child.
Így hát elmondta neki a gyermek meggyilkolását is.
That night his wife left the bed again.
Azon az estén a felesége ismét felkelt az ágyból.
And she returned to the goddess kali's temple.
És visszatért Káli istennő templomába.
And she told the goddess of her husband's melancholy.
És elmondta az istennőnek férje melankóliáját.
The goddess listened intently to what was said.
Az istennő figyelmesen hallgatta a mondottakat.
"Bring the child here and I will restore it to life"
„Hozzátok ide a gyermeket, és én életre keltem"
The next night she left the marital bed again.
Másnap este ismét elhagyta a hitvesi ágyat.
She went to the tree in the garden.
Odament a kertben lévő fához.
And she took the child from the tree.
És levette a gyermeket a fáról.
And she took the child to the goddess kali.

És elvitte a gyermeket Káli istennőhöz.

And the goddess kali returned the child back to life.

És Káli istennő visszahozta a gyermeket az életbe.

The prince's friend was entranced with joy.

A herceg barátját elbűvölte az öröm.

He picked up the reanimated child.

Felvette az újraélesztett gyermeket.

And he ran as fast as he could to his friend.

És amilyen gyorsan csak tudott, odaszaladt a barátjához.

And he gave him his child, alive and well.

És odaadta neki a gyermekét, élve és egészségesen.

They all rejoiced with exceedingly great joy.

Mindnyájan rendkívül nagy örömmel örvendeztek.

And they lived together happily till the day of their death.

És boldogan éltek együtt haláluk napjáig.

The Indignant Brahman
A felháborodott brahman

There was once a poor Brahman.
Élt egyszer egy szegény bráhman.
This poor Brahman had a wife.
Ennek a szegény bráhmannak volt egy felesége.
And he also had four children.
És neki is négy gyermeke volt.
He was a very poor man.
Nagyon szegény ember volt.
And he had no resources in the world.
És semmilyen erőforrása nem volt a világon.
He lived from the charity of others.
Mások jótékonyságából élt.
During marriages he earned well.
A házasságok alatt jól keresett.
And he earned well during funerals.
És jól keresett a temetések alatt.
But his parishioners did not marry daily.
De a hívei nem házasodtak naponta.
And they did not die every day either.
És ők sem haltak meg mindennap.
It was difficult to make the two ends meet.
Nehéz volt a két véglet összehozása.
His wife often rebuked him.
A felesége gyakran megdorgálta.
"Why can you not support me?"
„Miért nem tudsz támogatni?"
"Our children run around naked"
„A gyerekeink meztelenül rohangálnak"
"And they suffer from hunger"
„És éhségtől szenvednek"
Though poor, he was a good man.
Bár szegény volt, jó ember volt.
And he was diligent in his devotions.
És szorgalmas volt az áhítatában.

Every day he said his prayers.
Minden nap elmondta az imáit.
He prayed at the same time each day.
Minden nap ugyanabban az időben imádkozott.
His tutelary deity was the Goddess Durga.
Óvó istensége Durga istennő volt.
She is the consort of Shiva.
Ő Shiva hitvese.
She is the creative energy of the universe.
Ő az univerzum teremtő energiája.
Every day he wrote the name of Durga.
Minden nap leírta Durga nevét.
He wrote the name in red ink.
Piros tintával írta fel a nevet.
At least one hundred and eight times.
Legalább száznyolcszor.
He did not drink or eat till he did this.
Addig nem ivott és nem evett, amíg ezt meg nem tette.
throughout the day he uttered prayers.
egész nap imádkozott.
"O Durga! have mercy upon me"
„Ó, Durga, könyörülj rajtam!"
He prayed whenever he felt anxious.
Imádkozott, valahányszor szorongást érzett.
And he often felt anxious.
És gyakran érzett szorongást.
Because he lived in poverty.
Mert szegénységben élt.
He prayed when his worries were too much.
Imádkozott, amikor túl sok volt az aggodalom.
And there were many things he worried about.
És sok minden aggasztotta.
He worried about his wife and children.
Aggódott a feleségéért és a gyermekeiért.
And he worried about supporting them.
És aggódott amiatt, hogy támogassa-e őket.

One day he was very sad.

Egy nap nagyon szomorú volt.

On this day he went to a forest.

Ezen a napon elment az erdőbe.

The forest was far outside the village.

Az erdő messze kint volt a falun kívül.

He let out all his grief.

Kiadta magából minden bánatát.

And he wept bitter tears.

És keserű könnyeket hullatott.

"O Durga! O Mother Bhagavati!"

"Ó Durga! Ó Bhagavati anya!"

"Please put an end to my misery?"

„Kérlek, vess véget a szenvedésemnek?"

"I wish I were alone in the world"

„Bárcsak egyedül lennék a világon"

"Then my poverty wouldn't worry me"

„Akkor a szegénységem nem aggasztana"

"But thou hast given me a wife"

„De feleséget adtál nekem"

"And my wife has given me children"

„És a feleségem gyerekeket szült nekem"

"O Mother, I beg of you"

„Ó, Anyám, kérlek téged"

"Give me the means to support them"

„Add meg nekem az eszközöket, hogy támogassam őket"

Shiva and his wife Durga happened to be there.

Shiva és felesége, Durga történetesen ott voltak.

They were taking their morning walk.

Éppen a reggeli sétájukat tartották.

The Goddess Durga saw the Brahman at a distance.

Durga istennő távolról meglátta a bráhmant.

"O Lord of Kailas, do you see that Brahman?"

„Ó, Kailas Ura, látod azt a Brahmant?"

"He is always taking my name on his lips"

„Mindig a nevemre gondol"

"He prays I deliver him from his troubles"

„Azt kéri, hogy szabadítsam meg a bajaitól"
"Can we not do something for the poor Brahman?"
„Nem tehetnénk valamit a szegény bráhmanért?"
"He is oppressed with many cares"
„Sok gond gyötri"
"And he deeply cares for his growing family"
„És mélységesen törődik növekvő családjával"
"We should make his life more comfortable"
„Kényelmesebbé kellene tennünk az életét"
"Because the poor man never has enough to eat"
„Mert a szegény embernek soha nincs elég ennivalója"
"And his family doesn't have enough to eat either"
„És a családjának sincs elég ennivalója"
"Let us give him a pot"
„Adjunk neki egy edényt"
"A pot with an infinite supply of murukku"
„Egy fazék végtelen mennyiségű murukkuval"
The divine consort was right.
Az isteni hitvesnek igaza volt.
The Lord of Kailas agreed to the proposal.
Kailas ura beleegyezett a javaslatba.
On the spot he created a magical pot.
A helyszínen varázserleget készített.
Durga went to the poor Brahman.
Durga elment a szegény bráhmanhoz.
"O Brahman! My loyal devotee"
„Ó, Brahman! Hűséges hívem!"
"I have often thought of your pitiable case"
„Gyakran gondoltam a szánalmas esetedre"
"Your repeated prayers have moved my compassion"
„Ismételt imáitok együttérzést keltettek bennem"
"Here is a pot for you"
„Itt van neked egy fazék"
"You must turn the pot upside down"
„Fejjel lefelé kell fordítani az edényt"
"And then you must shake the pot"
„És akkor meg kell rázni az edényt"

"The finest murukku will pour out"
„A legfinomabb murukku fog kiáradni"
"The murukku will keep pouring out forever"
„A murukku örökké ömleni fog"
"Until you put the pot upright again"
„Amíg újra fel nem állítod a fazekat"
"You can eat as much murukku as you like"
„Annyi murukkut ehetsz, amennyit csak akarsz."
"Your wife and children will hunger no more"
„Feleséged és gyermekeid többé nem fognak éhezni"
"And you can sell the murukku if you like"
„És eladhatod a murukkut, ha akarod."
The Brahman was delighted beyond measure.
A bráhman mérhetetlenül el volt ragadtatva.
He had received a truly valuable treasure.
Egy igazán értékes kincset kapott.
He made his deepest obeisance to the goddess.
Mély hódolatát fejezte ki az istennő előtt.
And he expressed his eternal gratefulness.
És kifejezte örök háláját.

The Brahman had started walking home.
A bráhman elindult hazafelé.
But first he had to test his magical pot.
De először ki kellett próbálnia a varázserlegét.
He wanted to see if the pot really worked.
Látni akarta, hogy a fazék tényleg működik-e.
He turned the pot upside down.
Fejjel lefelé fordította az edényt.
And he shook the pot, as instructed.
És megrázta az edényt, ahogy utasították.
Lo and behold! The pot really did work.
Lám, lám! A fazék tényleg működött.
The finest murukku fell to the ground.
A legfinomabb murukku a földre hullott.
He tied the sweetmeat in his sheet.
A lepedőjébe kötötte az édességet.

And he walked on, towards his village.
És továbbment, a faluja felé.
By noon the Brahman had gotten hungry.
Délre a bráhman megéhezett.
But he could not eat without his ablutions.
De mosakodás nélkül nem tudott enhi.
First, he had to say his prayers.
Először is, el kellett mondania az imáit.
There was an inn on his way.
Útközben egy fogadó állt.
Close to the inn there was a water tank.
A fogadó közelében volt egy víztartály.
So, he intended to halt there.
Tehát ott szándékozott megállni.
In order to bathe and say his prayers.
Hogy fürödhessen és elmondhassa az imáit.
After this he could eat all the murukku.
Ezután meg tudta enni az összes murukkut.
The Brahman sat at the innkeeper's shop.
A bráhman a fogadós boltjában ült.
The shopkeeper was smoking tobacco.
A boltos dohányzott.
He put the pot near the shopkeeper.
A boltos közelébe tette a cserépedényt.
And he asked him to look after the pot.
És megkérte, hogy vigyázzon a fazékra.
"Please take special care of this pot"
„Kérlek, különösen vigyázz erre a fazékra"
"I must bathe and say my prayers"
„Meg kell fürödnöm és imádkoznom kell"
"Please look after this pot for me"
„Kérlek, vigyázz nekem erre a fazékra"
"Make sure nothing happens to this pot"
„Győződj meg róla, hogy semmi sem történik ezzel a fazékkal"
He thought it was a strange request.
Furcsa kérésnek tartotta.

But he agreed to look after the pot.

De beleegyezett, hogy vigyáz a fazékra.

And the Brahman gave him the pot.

És a bráhman odaadta neki az edényt.

He besmeared his body with mustard oil.

Mustárolajjal kente be a testét.

And he went to do his ablutions.

És elment megmosakodni.

The innkeeper grew curious about the pot.

A fogadós kíváncsi lett a fazékra.

"This pot must have something valuable in it"

„Biztos van valami értékes ebben a fazékban"

"Why else would he be so careful?"

– Különben miért lenne ennyire óvatos?

His curiosity had been excited.

Kíváncsisága felkeltette az érdeklődését.

So, he opened the pot.

Szóval, kinyitotta a cserépedényt.

To his surprise the pot was empty.

Legnagyobb meglepetésére a fazék üres volt.

"What can be the meaning of this?"

„Mi lehet ennek az értelme?"

"Why does he care so much for an empty pot?"

„Miért érdekli ennyire egy üres fazék?"

He began to examine the pot more carefully.

Alaposabban elkezdte vizsgálgatni az edényt.

During his inspection he turned the pot upside down.

A vizsgálat során fejjel lefelé fordította az edényt.

And then the finest murukku fell out from the pot.

És akkor a legfinomabb murukku kiesett a fazékból.

And the murukku didn't stop falling out.

És a murukku nem hagyta abba a hullást.

The innkeeper called his wife and children.

A fogadós magához hívta a feleségét és a gyermekeit.

He wanted them to witness what had happened.

Azt akarta, hogy tanúi legyenek a történteknek.

An unexpected stroke of good fortune!

Egy váratlan szerencsecsapás!
The pot gave copious showers of sugared paddy.
A fazék bőséges cukrozott rizsáport árasztott.
He filled all his pots and jars.
Megtöltötte az összes edényét és korsóját.
He knew he had to have this pot.
Tudta, hogy meg kell szereznie ezt a fazékot.
So, he replaced the pot with another one.
Így hát kicserélte az edényt egy másikra.
He had a pot of the same size and color.
Volt egy ugyanolyan méretű és színű cserépje.

The Brahman had finished his ablutions.
A bráhman befejezte a mosakodást.
He had performed all of his devotions.
Elvégezte az összes áhítatát.
He came back to the shop in wet clothes.
Vizes ruhában jött vissza a boltba.
He was still reciting holy texts of the Vedas.
Még mindig a Védák szent szövegeit szavalta.
He put back on his dry clothes.
Visszavette a száraz ruháit.
In red ink he wrote the name of Durga.
Piros tintával írta Durga nevét.
He wrote her name one hundred and eight times.
Száznyolcszor leírta a nevét.
After doing this he broke his fast.
Miután ezt megtette, megtörte a böjtöt.
And he ate the murukku he had in his sheet.
És megette a lepedőjében lévő murukkut.
He was refreshed from the meal.
Felfrissült az étkezéstől.
Now he could resume his journey home.
Most már folytathatta útját hazafelé.
So he called to the innkeeper.
Így szólt a fogadósnak.
"Please could I get my pot back"

„Kérem, visszakaphatnám a tégelyem?"
The innkeeper gave him back his pot.
A fogadós visszaadta neki a korsóját.
"There, sir, here is your pot"
„Tessék, uram, itt a cserépedénye"
"The pot is exactly where you had put it"
„A fazék pontosan ott van, ahová tetted."
"Your pot is just as you left it"
„A cserépedényed pont olyan, ahogy hagytad"
"I made sure no one has touched your pot"
„Biztosítottam benne, hogy senki nem nyúlt a tégelyedhez"
The Brahman didn't suspect a thing.
A bráhman semmit sem gyanított.
He picked up the pot.
Felvette a cserépedényt.
And he proceeded on his journey home.
És folytatta útját hazafelé.

On his journey he had to think.
Útja során gondolkodnia kellett.
He congratulated his good fortune.
Gratulált a szerencséjéhez.
"My wife will be most pleasantly surprised!"
„A feleségem nagyon kellemesen fog meglepődni!"
"The children will devour the murukku!"
„A gyerekek felfalják a murukkut!"
"I shall soon become rich"
„Hamarosan gazdag leszek"
"I will be able to lift my head up high"
„Emelhetem majd a fejem magasra"
The pains of travelling had been reduced.
Az utazás fáradalmai enyhültek.
Now his problems were much more pleasant.
Most már sokkal kellemesebbek voltak a problémái.
Only anticipation made the journey difficult.
Csak a várakozás nehezítette meg az utazást.
He finally reached his home again.

Végre ismét hazaért.
He called to his wife and children.
Odahívta a feleségét és a gyermekeit.
"Look at what I have brought"
„Nézd csak, mit hoztam"
"This pot is an unfailing source of wealth".
„Ez a fazék a gazdagság kimeríthetetlen forrása."
"We will never have to struggle again"
„Soha többé nem kell küzdenünk"
"I will turn the pot upside down"
„Fel fogom fordítani az edényt"
"And then you will see something.
„És akkor meglátsz valamit."
"Something you've never seen before"
„Valami, amit még soha nem láttál"
"A stream of the finest murukku will flow"
„A legfinomabb murukku patakja fog ömleni"
You can imagine what his wife was thinking.
El lehet képzelni, mire gondolt a felesége.
"My husband has gone mad," she thought.
„A férjem megőrült" – gondolta.
She was soon confirmed in her opinion.
Véleményét hamarosan megerősítették.
Nothing fell from the pot, as promised.
Ahogy ígérték, semmi sem esett ki a fazékból.
He turned the pot upside down again and again.
Újra meg újra fejjel lefelé fordította az edényt.
The Brahman was overwhelmed with grief.
A bráhmant bánat gyötrte.
He realized that he had been tricked.
Rájött, hogy átverték.
The innkeeper must have swapped the pot.
A fogadós biztosan kicserélte az edényt.
He must have stolen Durga's pot.
Biztosan ellopta Durga cserepét.
And he must have replaced the pot with a normal one.
És biztosan egy normálisra cserélte a cserepet.

He went back to the innkeeper the next day.

Másnap visszament a fogadóshoz.

And he accused him of having changed his pot.

És azzal vádolta, hogy megváltoztatta az edényét.

At first the innkeeper acted surprised.

A fogadós először meglepettnek tettette magát.

Then he pretended to be angry at the accusation.

Aztán úgy tett, mintha dühös lenne a vádra.

Finally, he chased him out of his shop.

Végül kizavarta a boltjából.

He had no way of getting the pot back.

Esélye sem volt rá, hogy visszaszerezze a bankot.

The Brahman knew what he had to do.

A bráhman tudta, mit kell tennie.

He went to see the goddess Durga again.

Újra meglátogatta Durga istennőt.

Siva and Durga honored him with their presence.

Siva és Durga megtisztelték őt jelenlétükkel.

Durga spoke to the poor Brahman.

Durga a szegény bráhmanhoz szólt.

"So, you have lost the pot I gave you"

„Szóval, elvesztetted a fazékot, amit adtam neked."

"I take pity on your situation"

"Sajnálom a helyzetedet"

"Here is another magical pot"

„Itt egy újabb varázscserép"

"Take this pot, and make good use of it"

„Fogd ezt az edényt, és használd jól!"

The Brahman was elated with joy.

A bráhmant öröm töltötte el.

He made obeisance to the divine couple.

Hódolatát fejezte ki az isteni pár előtt.

And he took the pot with him.

És magával vitte a fazekat.

Again he had to see if the pot worked.

Megint ellenőriznie kellett, hogy működik-e a fazék.

He turned the pot upside down.
Fejjel lefelé fordította az edényt.
And he shook the pot as before.
És megrázta az edényt, mint azelőtt.
And he waited for the murukku to fall out.
És várta, hogy kiessen a murukku.
But no, horror of horrors!
De nem, borzalmak borzalma!
Murukku did not fall from the pot.
Murukku nem esett ki a fazékból.
Instead of murukku, demons jumped out.
Murukku helyett démonok ugrottak elő.
They began to beat the astonished Brahman.
Elkezdték verni a megdöbbent bráhmant.
The Brahman received punches and kicks.
A bráhman ütéseket és rúgásokat kapott.
But he kept his presence of mind.
De megőrizte a józan eszét.
He turned the pot the right way up.
Helyesre fordította az edényt.
And he covered the pot up again.
És újra letakarta az edényt.
Fortunately his quick thinking worked.
Szerencsére a gyors gondolkodása bevált.
The demons disappeared as soon as he did this.
A démonok azonnal eltűntek, amint ezt megtette.
The Brahman tried to understand what this meant.
A bráhmin megpróbálta megérteni, mit jelent ez.
It must be to punish the innkeeper!
Biztosan azért van, hogy megbüntesse a fogadóst!
So he went to the innkeeper again.
Így hát ismét elment a fogadóshoz.
He gave him the new pot.
Odaadta neki az új edényt.
He begged of him to look after the pot.
Könyörgött neki, hogy vigyázzon a fazékra.
Just like he had done before.

Pont úgy, ahogy korábban is tette.

He went for his ablutions and prayers.

Elment megmosdani és imádkozni.

The innkeeper was delighted.

A fogadós el volt ragadtatva.

He had been given a second godsend.

Második áldásban részesült.

He agreed to take the greatest care of the pot.

Beleegyezett, hogy a legnagyobb gonddal fog vigyázni a fazékra.

He waited for the Brahman to go.

Megvárta, míg a bráhman elmegy.

And he called his wife and children.

És odahívta a feleségét és a gyermekeit.

"This is another pot from the Brahman"

„Ez egy újabb edény a Brahmantól"

"This time I hope it is not murukku"

„Remélem, ezúttal nem murukku lesz."

"I hope this pot is full of sandesa"

„Remélem, ez a fazék tele van szandesával"

"Come, be ready with the baskets"

„Gyertek, legyetek készen a kosarakkal"

"I will turn the pot upside down"

„Fel fogom fordítani az edényt"

"And then I will shake the pot"

„És akkor megrázom az edényt"

And he did what he said he would do.

És azt tette, amit ígért.

But the room did not fill with food.

De a szoba nem telt meg étellel.

This time the room filled with demons.

Ezúttal a szoba tele volt démonokkal.

The demons caught hold of the innkeeper.

A démonok megragadták a fogadóst.

And the demons also caught his family.

És a démonok elkapták a családját is.

And the demons beat them mercilessly.

És a démonok könyörtelenül verték őket.
They would have completely destroyed the shop.
Teljesen lerombolták volna a boltot.
But the victims ran to the Brahman.
De az áldozatok a bráhmanhoz menekültek.
The Brahman had returned from his ablutions.
A bráhman visszatért a mosakodásból.
The Brahman showed mercy to them.
A bráhmin irgalmasságot tanúsított irántuk.
And he accepted their request.
És elfogadta a kérésüket.
But there was one condition to his help.
De a segítségének volt egy feltétele.
"I will only help if I get my pot back"
„Csak akkor segítek, ha visszakapom a tégelyem"
The innkeeper didn't have much choice.
A fogadósnak nem sok választása volt.
He had to accept the Brahman's conditions.
El kellett fogadnia a bráhmana feltételeit.
The Brahman put the pot upright again.
A bráhman ismét függőleges helyzetbe állította az edényt.
And he put the lid on the pot.
És rátette a fedőt az edényre.
He took his pot back from the innkeeper.
Visszavette a korsóját a fogadóstól.
And he returned back to his village.
És visszatért a falujába.
Now the Brahman had two magical pots.
A bráhminnak most két varázsereje volt.
The Brahman shut the door of his house.
A bráhmin becsukta háza ajtaját.
And he called his family again.
És újra felhívta a családját.
He turned the murukku-pot upside down.
Fejjel lefelé fordította a murukku-edényt.
And he shook the murukku-pot as before.
És megrázta a murukku-edényt, mint azelőtt.

This time the magic pot worked.
Ezúttal a varázskanna működött.
An endless stream of the finest murukku.
A legfinomabb murukku végtelen folyama.
The family devoured the sweetmeat.
A család falta az édességet.
They ate to their hearts' content.
Ízlésük szerint ettek.
All the pots and pans were filled.
Minden fazekat és serpenyőt megtöltöttek.

The next day the Brahman became confectioner.
Másnap a bráhman cukrász lett.
He opened a shop in his house.
Boltot nyitott a házában.
And he sold the best murukku.
És a legjobb murukkut árulta.
The whole village came to the Brahman's house.
Az egész falu a bráhmin házához jött.
They all wanted to buy the wonderful murukku.
Mindannyian meg akarták venni a csodálatos murukkut.
They had never seen such murukku in their life.
Még soha életükben nem láttak ilyen murukkut.
It was the most delicious murukku they ever had.
Ez volt a legfinomabb murukku, amit valaha ettek.
No one had ever made anything like this dessert.
Ehhez a desszerthez hasonlót még soha senki nem készített.
The reputation of the Brahman's murukku spread.
A bráhman murukkujának híre elterjedt.
Soon people from outside the city came.
Hamarosan érkeztek a városon kívülről érkezők.
Cartloads of the sweetmeat were sold every day.
Naponta szekérnyi édességet adtak el.
The Brahman quickly became very rich.
A bráhman gyorsan nagyon meggazdagodott.
He built a large brick house.
Épített egy nagy téglaházat.

And he lived like a nobleman of the land.
És úgy élt, mint egy földesúr.
Once, however, his luck almost changed.
Egyszer azonban majdnem megfordult a szerencséje.
His children had taken the wrong pot.
A gyerekei rossz edényt vittek el.
A large number of demons came out.
Nagyszámú démon jött ki.
And they caught hold of the Brahman's wife.
És megragadták a bráhman feleségét.
And they also caught his children.
És elfogták a gyerekeit is.
They were striking them mercilessly.
Kíméletlenül sújtották őket.
Fortunately the Brahman came back into the house.
Szerencsére a bráhman visszatért a házba.
He turned the pot back to its proper position.
Visszafordította az edényt a megfelelő helyére.
He wanted to prevent a similar catastrophe.
Meg akart akadályozni egy hasonló katasztrófát.
So the Brahman had a private room built.
Így a bráhmin külön szobát építtetett.
And he put the pot in a secret place.
És elrejtette az edényt egy titkos helyen.
Mortals, however, do not have the luck of Gods.
A halandóknak azonban nincs akkora szerencséjük, mint az isteneknek.
Uninterrupted prosperity is not their fortune.
A megszakítás nélküli jólét nem az ő szerencséjük.
The demon-pot had been put out of the way.
A démonedényt félretették.
But why might accident not befall the murukku pot?
De miért ne történhetne baleset a murukku edényben?
One day the Brahman and his wife were absent.
Egy napon a bráhmin és a felesége távol voltak.
The children decided to shake the pot.
A gyerekek úgy döntöttek, hogy megrázzák az edényt.

Each of them wanted to do the honors.
Mindegyikük el akarta végezni a megtiszteltetést.
So there was a fight to get the pot.
Így aztán harc folyt a fazék megszerzéséért.
In the struggle the pot fell to the ground.
A küzdelemben a fazék a földre esett.
Like any other earthen pot, it broke.
Mint bármelyik másik agyagedény, ez is eltört.
Eventually the Braham came back home again.
Végül Braham visszatért otthonába.
You can imagine how the news grieved him.
El tudod képzelni, mennyire megviselte a hír.
Of course the children were well cudgeled.
A gyerekeket persze jól megölelgették.
But anger could not replace the pot.
De a harag nem helyettesíthette az edényt.
After some days he went to the forest again.
Néhány nap múlva ismét elment az erdőbe.
He offered many a prayer for Durga's favor.
Sokat imádkozott Durga kegyéért.
At last Siva and Durga appeared to him.
Végre megjelent neki Siva és Durga.
They listened to how the pot had been broken.
Hallgatták, hogyan törték el a fazékot.
Durga decided to give him another pot.
Durga úgy döntött, ad neki még egy edényt.
But this pot was accompanied with a caution.
De ezt az edényt óvatosság kísérte.
"Brahman, take care of this pot"
„Brahman, vigyázz erre az edényre"
"Do not break or lose this pot again"
„Ne törd össze és ne veszítsd el ezt az edényt újra"
"Next time I will not give you another pot"
„Legközelebb nem adok neked egy újabb edényt"
The Brahman made obeisance to the Gods.
A bráhmana hódolatot intézett az istenekhez.
And he went straight back to his house.

És egyenesen visszament a házába.
This time he did not halt at the innkeepers'.
Ezúttal nem állt meg a fogadósoknál.
He shut the door of his house.
Becsukta a háza ajtaját.
He called his family to him.
Magához hívta a családját.
And he turned the pot upside down.
És fejjel lefelé fordította az edényt.
And then he began to shake the pot.
És akkor elkezdte rázni az edényt.
They were only expecting murukku.
Csak murukkura számítottak.
But this time it was not murukku.
De ezúttal nem murukku volt.
A stream of beautiful sandesa poured out.
Gyönyörű szandesa-patak ömlött ki.
It was the finest sandesa you can imagine.
Ez volt a legfinomabb szantálfa, amit el tudsz képzelni.
It truly was the food of Gods.
Valóban istenek eledele volt.
The Brahman set up another shop.
A bráhman egy másik boltot is nyitott.
Now he was selling sandesa.
Most szandesát árult.
The fame of his shop soon drew large crowds.
Boltja híre hamarosan nagy tömegeket vonzott.
People came from all over the country.
Az ország minden részéről érkeztek emberek.
At all festivals and marriage feasts.
Minden ünnepen és menyegzői lakomán.
And at all funeral celebrations in the area.
És a környék összes temetési szertartásán.
No one bought any other sandesa.
Senki sem vett más sandesát.
All day long the pot produced sandesa.
A fazék egész nap szandesát termelt.

Gigantic jars were filled with sweet.
Óriási üvegek voltak tele édességgel.
And the jars were sent all over the country.
És az üvegeket az egész országba küldték.

The Brahman's wealth made the Zemindar jealous.
A bráhman vagyona féltékennyé tette a zemindarokat.
In these days all villages had a Zemindar.
Akkoriban minden faluban volt egy Zemindar.
He had heard strange things about the sandesa.
Furcsa dolgokat hallott a szandesáról.
He heard the dessert came from a magic pot.
Hallotta, hogy a desszert egy varázsedényből készül.
So he devised a plan to get this pot.
Így hát tervet eszelt ki, hogy megszerezze ezt a fazékot.
His son was going to get married.
A fia megházasodni készült.
To celebrate there was a great feast.
Az ünneplésre nagy lakomát rendeztek.
Many hundreds of people were invited.
Sok száz embert hívtak meg.
Mountain-loads of sandesa were required.
Hegyekre való mennyiségű szandesára volt szükség.
The Zemindar made a proposal to the Brahman.
A zemindar javaslatot tett a bráhmannak.
"Bring the magical pot to my house"
„Hozd a varázserleget a házamba"
At first the Brahman refused to bring the pot.
A bráhman először nem volt hajlandó elhozni az edényt.
But the Zemindar insisted.
De a Zemindar ragaszkodott hozzá.
"I will have hundreds of guests"
„Több száz vendégem lesz"
"I will need mountains of sandesa"
„Szükségem lesz szandesa hegyekre"
"More sandesa than you can carry"
„Több szandesa, mint amennyit elbírsz"

"Bring the vessel to my house"
„Hozd a hajót a házamba"
"It will be easier for you and me"
„Könnyebb lesz neked és nekem is"
Eventually the Brahman agreed.
Végül a bráhmin beleegyezett.
Himalayas of sandesa were shaken out.
A szandesa Himalája megremegett.
But the Zemindar got hold of the pot.
De a Zemindar megszerezte a fazékot.
The Zemindar insulted the Brahman.
A Zemindar megsértette a bráhmant.
And he chased him out of his house.
És kiűzte a házából.
The Brahman didn't give vent to anger.
A bráhman nem engedett szabadjára haragját.
Instead, he quietly went back to his house.
Ehelyett csendben visszament a házába.
He went to the private room.
Bement a különszobába.
And he took out the demon-pot.
És elővette a démonedényt.
He came back to the Zemindar's house.
Visszajött a Zemindar házába.
And he went to the door of the Zemindar.
És a Zemindar ajtajához ment.
He turned the pot upside down.
Fejjel lefelé fordította az edényt.
And then shook the magical pot.
Aztán megrázta a varázserleget.
A hundred demons fell out of the pot.
Száz démon esett ki a fazékból.
The chaos was impossible to describe.
A káoszt lehetetlen volt leírni.
The unearthly visitors flooded the party.
A földöntúli látogatók elárasztották a bulit.
They caught hundreds of the guests.

Több száz vendéget fogtak el.
And the demons beat them mercilessly.
És a démonok könyörtelenül verték őket.
The women were dragged by their hair.
A nőket a hajuknál fogva rángatták.
The Zemindar was chased from room to room.
A Zemindart szobáról szobára kergették.
The demons' mischief was getting out of hand.
A démonok csínytevései kezdtek kicsúszni az irányítás alól.
Someone had to put an end to their mischief.
Valakinek véget kellett vetnie a huncutságaiknak.
Else all the men would have been killed.
Különben az összes férfit megölték volna.
And the house would have been torn to the ground.
És a házat a földdel romba döntötték volna.
The Zemindar fell at the feet of the Brahman.
A Zemindar a bráhman lábai elé borult.
And he begged to be shown mercy.
És könyörgött, hogy irgalmat tanúsítsanak iránta.
The Brahman showed him great mercy.
A bráhman nagy irgalmat tanúsított iránta.
And he put the demons back in the pot.
És visszatette a démonokat a fazékba.
The Zemindar never disturbed the Brahman again.
A Zemindar soha többé nem zavarta meg a bráhmant.
Nor was he disturbed by anyone else.
Senki más sem zavarta.
And he lived for many happy years.
És sok boldog évet élt.

The Story of the Rakshasas
A Rákshaszák története

There was once a poor dimwitted Brahman.
Élt egyszer egy szegény, ostoba brahman.
This dimwitted man had a wife, but no children.
Ennek a buta embernek volt felesége, de gyermekei nem.
But him not having children was probably for the best.
De valószínűleg az volt a legjobb, hogy nem voltak gyerekei.
Because he was barely able to meet his own needs.
Mert alig tudta kielégíteni a saját szükségleteit.
And he could hardly supply enough for his wife.
És alig tudott eleget adni a feleségének.
But his dimwittedness was not even his biggest problem.
De a butasága nem is volt a legnagyobb problémája.
This dimwitted man was also a rather lazy man!
Ez a buta ember egy meglehetősen lusta ember is volt!
He was averse to making any long journeys.
Ideges volt minden hosszú utazástól.
Had he travelled further he might have had enough.
Ha messzebbre utazott volna, talán elege lett volna.
He could have got presents from rich men.
Kaphatott volna ajándékokat gazdag emberektől.
This would have enabled them to live comfortably.
Ez lehetővé tette volna számukra a kényelmes életet.
There was a great king in a neighbouring country.
Volt egy nagy király a szomszédos országban.
The mother of the great king had just died.
A nagy király anyja éppen akkor halt meg.
So this king was celebrating the funeral obsequies.
Tehát ez a király temetési szertartást tartott.
And the funeral was celebrated with great pomp.
A temetést pedig nagy pompával ünnepelték.
Brahmans and beggars were coming from faraway lands.
Messzi vidékekről brahmanok és koldusok érkeztek.
They all came expecting to receive rich presents.
Mindannyian gazdag ajándékok reményében jöttek.

The Brahman's wife requested him to also go.

A bráhman felesége megkérte, hogy ő is menjen el.

"Seize this opportunity and get us a little money"

„Ragadd meg ezt a lehetőséget, és szerezz nekünk egy kis pénzt"

But his constitutional indolence stood in the way.

De alkotmányos tétlensége útját állta ennek.

The woman, however, gave her husband no rest.

Az asszony azonban nem hagyott nyugodni a férjének.

Finally she extorted from him the promise.

Végül kikényszerítette tőle az ígéretet.

He promised his wife that he would go.

Megígérte a feleségének, hogy elmegy.

The good woman, accordingly, cut down a plantain tree.

A jó asszony ennek megfelelően kivágott egy banánfát.

And she burnt the plantain tree to ashes.

És hamuvá égette a banánfát.

With the ashes she cleaned the clothes of her husband.

A hamuval tisztára mossa férje ruháit.

And she made his clothes as white as any cleaner could.

És olyan fehérre festette a ruháit, amilyenre csak egy takarítónő képes volt.

Her husband was going to the palace of a great king.

A férje egy nagy király palotájába készült.

The king could not be approached by men in rags.

A királyhoz nem közeledhettek rongyos férfiak.

Besides, Brahman are bound to appear neat and clean.

Emellett a bráhminoknak tisztának és rendezettnek kell lenniük.

At last, one morning the Brahman left his house.

Végre egy reggel a bráhmin elhagyta házát.

And he made his way to the palace of the great king.

És elindult a nagy király palotája felé.

I have already mentioned he was a dimwitted man.

Már említettem, hogy egy ostoba ember volt.

He did not inquire which road he should take.

Nem kérdezte meg, melyik utat kellene választania.

Instead, he walked on and on without directions.
Ehelyett csak ment tovább és tovább, mindenféle iránymutatás
nélkül.
And he followed wherever his nose pointed him.
És követte, amerre az orra mutatta.
I don't need to say he was not on the right road.
Mondanom sem kell, hogy nem a helyes úton járt.
The regions he wandered became less and less inhabited.
A vidékek, amelyeken vándorolt, egyre ritkábban lakottak
lettek.
Soon he met no human being for many miles.
Hamarosan mérföldeken át egyetlen emberi lénnyel sem
találkozott.
But there were many other things he saw there.
De sok más dolgot is látott ott.
Things he had never seen in all his life.
Olyan dolgok, amiket még soha életében nem látott.
He saw hillocks of cowries on the roadside.
Kauri dombokat látott az út szélén.
Cowries were shells used as money in those times.
A kauri kagylókat pénzként használták azokban az időkben.
He kept going and saw hillocks of jewels.
Továbbment, és drágakövekből álló halmokat látott.
Next, he saw hillocks of four-anna pieces.
Ezután négy anna darabokból álló halmokat látott.
Further along were hillocks of eight-anna pieces.
Távolabb nyolcannás darabokból álló halmok álltak.
And further yet were hillocks of rupees.
És még távolabb rúpiák halmai álltak.
But the Brahman's surprise did not end there.
De a bráhmana meglepetése ezzel nem ért véget.
Next there was a hill of burnished gold-mohurs.
Ezután egy csiszolt arany-mohurokból álló domb következett.
The burnished gold-mohurs were shining brightly.
A fényesre csiszolt arany-mohurok fényesen ragyogtak.
Because the gold-mohurs had been freshly minted.
Mivel az aranymohurokat frissen verték.

Close to the hill of gold-mohurs was a large house.

Az aranymohurok dombjának közelében egy nagy ház állt.

The house looked like the palace of a powerful king.

A ház úgy nézett ki, mint egy hatalmas király palotája.

At the door stood a lady of exquisite beauty.

Az ajtóban egy gyönyörű szépségű hölgy állt.

The lady, seeing the Brahman, said;

A hölgy, meglátva a bráhmant, így szólt:

"Come to me, my beloved husband"

„Gyere hozzám, szeretett férjem"

"You married me when I was young"

„Fiatal koromban feleségül vettél"

"But you never came back after our marriage"

„De a házasságunk után soha nem jöttél vissza"

"Though I have been daily expecting you"

„Bár minden nap vártam rád"

"Blessed be this day," said the lady.

„Áldott legyen ez a nap" – mondta az asszony.

"On this day I see the face of my husband"

„Ezen a napon látom a férjem arcát"

"Come, my sweet, come in," she asked of him.

– Gyere be, édesem – kérte tőle.

"You must be fatigued from your long journey"

„Biztos elfáradtál a hosszú utazástól"

"Wash your feet and rest, and eat and drink"

„Mossátok meg lábatokat, pihenjetek, egyetek és igyatok!"

"And after that we shall make ourselves merry"

„És azután majd vígadni fogunk"

The Brahman was astonished beyond measure.

A bráhman mérhetetlenül megdöbbent.

He had no recollection marrying twice.

Nem emlékezett rá, hogy kétszer nősült volna.

He remembered marrying the wife he left at home.

Emlékezett rá, hogy feleségül vette a feleségét, akit otthon hagyott.

But he did not remember marrying this lady.

De nem emlékezett rá, hogy feleségül vette ezt a hölgyet.

But he remembered that he was a Kulin Brahman.
De emlékezett rá, hogy ő egy Kulin bráhman.
Perhaps his father got him married as a child.
Talán az apja gyerekként adta férjhez.
But what he thought did not matter much.
De hogy mit gondolt, az nem sokat számított.
The woman was certain he was her husband.
A nő biztos volt benne, hogy a férje.
And he had no reason to say he was not her husband.
És semmi oka nem volt azt mondani, hogy nem a férje.
Because her beauty was more than he could fathom.
Mert a szépsége több volt, mint amit felfoghatott volna.
As beautiful as the Goddesses of Indra's heaven.
Olyan gyönyörű, mint Indra mennyországának istennői.
And he was sure that she was wealthy too.
És biztos volt benne, hogy a nő gazdag is.
These thoughts went through the Brahman's mind.
Ezek a gondolatok futottak át a bráhman elméjén.
But the lady interrupted his flow of thought.
De a hölgy félbeszakította gondolatainak áradását.
"Are you doubting whether I am your wife?"
„Kételkedsz abban, hogy a feleséged vagyok?"
"Have you lost all memories of that happy event?
„Elvesztetted már az összes emlékedet arról a boldog
eseményről?"
"All the pomp and circumstance of our nuptials"
„Esküvőnk minden pompája és körülményei"
"Come in, beloved; this is your house"
„Gyere be, kedvesem, ez a te házad!"
"Because whatever is mine is thine also"
„Mert ami az enyém, az a tiéd is"
The fair lady easily persuaded the Brahman.
A szép hölgy könnyen meggyőzte a bráhmant.
And he succumbed to her loving entreaties.
És engedett a szerető könyörgéseinek.
And he went into the house of the lady.
És bement az asszony házába.

The house was not an ordinary one.
A ház nem volt egy átlagos ház.
The house was in fact a magnificent palace.
A ház valójában egy pompás palota volt.
All the apartments were large and lofty.
Minden lakás tágas és magas volt.
Every room in the palace was richly furnished.
A palota minden szobája gazdagon volt berendezve.
But one thing surprised the Brahman very much.
Egy dolog azonban nagyon meglepte a bráhmant.
There was no other person in all the house.
Senki más nem volt az egész házban.
The only one there was the lady herself.
Az egyetlen ott lévő hölgy maga volt.
He could not account for the strange phenomenon.
Nem tudta megmagyarázni a különös jelenséget.
They meet anyone on their walks either.
Sétájuk során ők is találkoznak bárkivel.
The fact was that the lady was not a human being.
A helyzet az volt, hogy a hölgy nem emberi lény volt.
What the lady really was was a Rakshasi.
A hölgy valójában egy Rakshasi volt.
She had eaten up the king and queen.
Megette a királyt és a királynőt.
And she had eaten all the members of the royal family.
És megette a királyi család összes tagját.
And gradually she had eaten their servants too.
És fokozatosan a szolgáikat is megette.
This was why there were no humans far and wide.
Ezért nem voltak emberek messze földön.
The Rakshasi and the Brahman now lived together.
A Rakshasi és a Brahman most már együtt éltek.
After a week the former said to the latter;
Egy hét múlva az előbbi így szólt az utóbbihoz:
"I am very anxious to see my sister"
„Nagyon várom, hogy láthassam a nővéremet"
"As you know, my sister is your other wife"

„Mint tudod, a húgom a másik feleséged ."
"You must go and fetch my sister; your other wife"
„Menj, és hozd el a húgomat; a másik feleségedet."
"Then we shall all live together happily"
„Akkor mindannyian boldogan fogunk együtt élni"
"You must go to get her early tomorrow"
„Holnap korán el kell menned érte."
"I will give you clothes and jewels for her"
„Ruhákat és ékszereket adok neked érte"
Next morning the Brahman set out for his home.
Másnap reggel a bráhmin elindult hazafelé.
He was furnished with fine clothes.
Finom ruhákkal volt ellátva.
And he wore around his wrists costly ornaments.
És drága ékszereket viselt a csuklója körül.

The poor woman was in great distress.
A szegény asszony nagy bajban volt.
The funeral ceremony of the king's mother was over.
A király anyjának temetési szertartása véget ért.
All the Brahmans and Pandits had returned.
A bráhminok és panditák mind visszatértek.
And they were loaded with donations.
És tele voltak adományokkal.
But her husband had not returned.
De a férje nem tért vissza.
No one could give any news of him.
Senki sem tudott hírt adni felőle.
Because no one had seen him there.
Mert ott senki sem látta.
The woman therefore could only come to one conclusion.
A nő tehát csak egyetlen következtetésre juthatott.
He must have been murdered on the road by highwaymen.
Biztosan útonállók gyilkolták meg az úton.
She was in this terrible suspense.
Ebben a szörnyű bizonytalanságban volt.
But then one day she heard some rumors.

De aztán egy nap pletykákat hallott.

People in her village were talking about her husband.

A falujában az emberek a férjéről beszéltek.

They said they saw him coming back.

Azt mondták, látták visszajönni.

And they said he was dressed in fine clothes.

És azt mondták, hogy elegáns ruhákban volt.

And they said he had fine jewels for his wife.

És azt mondták, hogy szép ékszerei vannak a feleségének.

And sure enough the Brahman soon appeared.

És valóban, hamarosan megjelent a bráhman.

And he was carrying fine jewels for his wife.

És finom ékszereket vitt a feleségének.

On seeing his wife the Brahman thus accosted her;

Amikor a bráhman meglátta feleségét, így szólt hozzá:

"Come with me, my dearest wife"

„Gyere velem, drága feleségem"

"I have found my first wife"

„Megtaláltam az első feleségemet"

"She lives in a stately palace"

„Egy előkelő palotában lakik"

"Near her palace are hillocks of rupees"

„A palotája közelében rúpiák halmai vannak"

"And there is a large hill of gold-mohurs"

„És ott egy nagy domb arany-mohurokkal"

"Why should you pine away in wretchedness?"

„Miért kellene elsorvadnod a nyomorúságban?"

"Why would you stay in this horrible place?"

„Miért maradnál ezen a szörnyű helyen?"

"Come with me to the house of my first wife"

„Gyere velem az első feleségem házába"

"There we shall all live together happily"

„Ott fogunk mindannyian boldogan együtt élni"

At first, she thought her half-witted man had gone mad.

Először azt hitte, hogy a félész embere megőrült.

She could not imagine the hillocks of rupees.

El sem tudta képzelni a rúpiákból álló halmokat.

And she could not imagine a hill of gold-mohurs.

És el sem tudott képzelni egy aranymohurokból álló dombot.

But then she saw how he was beautifully dressed.

De aztán meglátta, milyen szépen van felöltözve.

Beautiful clothes of exquisite silks and satins.

Gyönyörű ruhák, kiváló selyemből és szaténból.

Ornaments set with diamonds and precious stones.

Gyémántokkal és drágakövekkel kirakott díszek.

Clothes fit for the queen of the land.

Ruhák, amelyek illettek az ország királynőjéhez.

Clothes only princesses were in the habit of putting on.

Olyan ruhákat, amiket csak a hercegnők szoktak felvenni.

She concluded in her mind that something was amiss:

Gondolatban arra a következtetésre jutott, hogy valami nincs rendben:

Her stupid husband must have been tricked.

A hülye férjét biztosan átverték.

He must have fallen into the meshes of a Rakshasi.

Biztosan egy Rakshasi hálójába került.

The Brahman, however, insisted his wife went with him.

A bráhman azonban ragaszkodott hozzá, hogy a felesége vele menjen.

"Feel free to stay here and pine away in poverty"

„Nyugodtan maradj itt és sorvadj el szegénységben"

"As for me, I will return to the palace of my first wife"

„Ami engem illet, visszatérek első feleségem palotájába"

The good woman did her best to stop her husband.

A jó asszony mindent megtett, hogy megállítsa a férjét.

But in the end she resolved to go with him.

De végül úgy döntött, hogy vele megy.

Perhaps she could judge the matter better at the palace.

Talán a palotában jobban meg tudná ítélni a dolgot.

They set out accordingly the next morning.

Ennek megfelelően másnap reggel útra keltek.

They went the same road the Brahman had travelled.

Ugyanazon az úton mentek, amelyen a bráhmin járt.

The woman was not a little surprised by what she saw.
A nő nem kicsit meglepődött a látottakon.
She saw the hillocks of cowries and of jewels.
Látta a kauri és az ékszerek dombjait.
And she saw hillocks of eight-anna pieces.
És nyolcannás darabokból álló halmokat látott.
And she saw the hillocks of rupees too.
És a rúpiákból álló halmokat is látta.
And last of all she saw a lofty hill of gold-mohurs.
És végül egy magas, arany-mohurokból álló dombot látott.
She saw also an exceedingly beautiful lady.
Látott egy rendkívül szép hölgyet is.
The lady of the palace was hastening towards her.
A palota úrnője sietve közeledett felé.
The lady fell on the neck of the Brahman woman.
A hölgy a bráhman asszony nyakába borult.
And she wept tears of joy, and said:
És örömkönnyeket hullatott, és így szólt:
"Welcome, beloved sister!"
„Üdvözlünk, szeretett húgom!"
"This is the happiest day of my life!"
„Ez életem legboldogabb napja!"
"I see the face of my dearest sister again!"
„Újra látom a legkedvesebb húgom arcát!"
The husband and his two wives entered the palace.
A férj és két felesége bevonult a palotába.
Now he was lodged in a stately mansion.
Most egy előkelő kastélyban szállásolták el.
The most delectable food appeared, as if by enchantment.
A legfinomabb étel mintha varázslat hatására jelent volna meg.
He was caressed and endeared by his two wives.
Két felesége simogatta és szerette.
Both wives did their best to make him happy.
Mindkét feleség mindent megtett, hogy boldoggá tegye.
Both wives did their best to make him comfortable.
Mindkét feleség mindent megtett, hogy jól érezze magát.

His two wives were competing for his love.
Két felesége versengett a szerelméért.
The Brahman had a jolly time of it.
A bráhmana vidáman szórakozott.
He was steeped in an ocean of enjoyment.
Elmerült az élvezet óceánjában.
The Brahman lived in this state of Elysian pleasure.
A bráhman ebben az elíziumi gyönyörűség állapotában élt.
Some fifteen or sixteen years he spent this way.
Úgy tizenöt vagy tizenhat évet töltött így.
During this time his two wives presented him with two sons.
Ez idő alatt két felesége két fiút ajándékozott neki.
The Rakshasi's son was the elder.
A Rakshasi fia volt az idősebb.
He looked more like a god than a human being.
Inkább istennek tűnt, mint embernek.
He was named Sahasra-Dal.
Sahasra-Dalnak hívták.
His name meant the thousand-branched.
A neve ezerágúakat jelentett.
The son of the Brahman woman was a year younger.
A bráhman asszony fia egy évvel fiatalabb volt.
He was named Champa-Dal
Champa-Dalnak hívták.
His name meant the branch of a champaka tree.
A neve egy champaka fa ágát jelentette.
The two brothers loved each other dearly.
A két testvér nagyon szerette egymást.
They were both sent to the same school.
Mindkettőjüket ugyanabba az iskolába küldték.
The school was several miles distant from the palace.
Az iskola néhány mérföldnyire volt a palotától.
Every day they rode their two little ponies to school.
Minden nap két kis pónijukkal lovagoltak az iskolába.
The Brahman woman had always been suspicious.
A bráhman asszony mindig is gyanakvó volt.

A thousand little circumstances gave her clues.
Ezer apró körülmény adott neki támpontot.
She knew her sister-in-law was not a human being.
Tudta, hogy a sógornője nem emberi lény.
She was sure her sister-in-law was a Rakshasi.
Biztos volt benne, hogy a sógornője Rakshasi.
But her suspicion had not yet ripened into certainty.
De a gyanúja még nem érett bizonyossággá.
Because the Rakshasi exercised great self-restraint.
Mivel a Rakshasi nagy önmérsékletet gyakorolt.
She never did anything which human beings did not do.
Soha nem tett semmi olyat, amit az emberek ne tettek volna.
But she couldn't hide her demonic nature forever.
De nem tudta örökre elrejteni démoni természetét.
Her demonic nature was eventually going to reveal itself.
Démoni természete végül felfedte magát.

The Brahman had little to keep him busy.
A bráhmannak nem sok dolga akadt.
In order to pass his time he went hunting.
Hogy elüsse az idejét, vadászni ment.
The first day he returned with an antelope.
Az első napon egy antiloppal tért vissza.
The antelope was laid in the courtyard of the palace.
Az antilopot a palota udvarán fektették le.
The Rakshasi saw the antelope with great interest.
A Rakshasi nagy érdeklődéssel figyelte az antilopot.
At the sight of the raw meat her mouth began to water.
A nyers hús láttán összefutott a nyál a szájában.
The antelope was never taken to the kitchen.
Az antilopot soha nem vitték be a konyhába.
Instead, the Rakshasi took the antelope to another room.
Ehelyett a Rakshasi egy másik szobába vitte az antilopot.
In this room she began devouring the antelope.
Ebben a szobában kezdte felfalni az antilopot.
The Brahman woman saw everything from a secret room.
A bráhman asszony mindent látott egy titkos szobából.

Her Rakshasi sister tore a leg off the antelope.

A rakshasi nővére letépte az antilop egyik lábát.

She saw how she opened her tremendous jaw.

Látta, hogyan tátja szét hatalmas állkapcsát.

And in one mouthful she swallowed up the leg.

És egy falattal lenyelte a combot.

The other limbs were devoured in the same manner.

A többi végtagot ugyanígy falták fel.

And opening her jaw even further, she swalled the body.

És még jobban kinyitva az állkapcsát, lenyelte a testet.

Only a little bit of the meat was kept for the kitchen.

A húsnak csak egy kis részét tartották meg a konyhának.

On the second day the Brahman caught another antelope.

A második napon a bráhmana egy újabb antilopot fogott.

On the third day the Brahman caught another antelope.

A harmadik napon a bráhmana egy újabb antilopot fogott.

The Rakshasi was unable to restrain her appetite.

A Rakshasi képtelen volt visszafogni az étvágyát.

The raw flesh brought out her demonic nature.

A nyers hús felszínre hozta démoni természetét.

And she devoured each antelope like the last.

És minden egyes antilopot felfalt, mint az előzőt.

On the third day the Brahman woman expressed her surprise.

A harmadik napon a bráhman asszony meglepetésének adott hangot.

"Nearly three whole antelopes have disappeared"

„Közel három egész antilop tűnt el"

"All that is left is a little bit of meat"

„Csak egy kis hús maradt belőle"

The Rakshasi did not appreciate the accusation.

A Rakshasi nem értékelte a vádat.

"Do I eat raw flesh?" she asked fiercely.

„Nyers húst ehetek?" – kérdezte dühösen.

"Perhaps you do eat raw flesh," replied the Brahman woman.

– Talán mégis eszel nyers húst – felelte a bráhman asszony.

"I have nothing to prove the contrary"

„Nincs semmi, amivel bizonyíthatnám az ellenkezőjét"

The Rakshasi knew she had been discovered.

A Rakshasi tudta, hogy lelepleződtek.

Her eyes became even fiercer than before.

A tekintete még vadabb lett, mint azelőtt.

And she vowed to get her revenge.

És megfogadta, hogy bosszút áll.

The Brahman woman concluded her fate was sealed.

A bráhman asszony arra a következtetésre jutott, hogy sorsa megpecsételődött.

She thought her husband would meet the same fate.

Azt gondolta, hogy a férjére is ez a sors vár.

She did not expect her son to be spared either.

Azt sem várta, hogy a fia életben maradjon.

That night she hardly slept at all.

Azon az éjszakán alig aludt valamit.

The Rakshasi had prevented her from seeing her husband.

A Rakshasi megakadályozta, hogy láthassa a férjét.

Early next morning Champa-Dal went to school.

Másnap kora reggel Champa-Dal iskolába ment.

Before he went to school she gave her son a golden bottle.

Mielőtt iskolába ment, a nő adott a fiának egy aranyüveget.

In the golden bottle was her own breast milk.

Az arany cumisüvegben a saját anyateje volt.

"Carefully watch the colour of the milk"

„Figyelj oda a tej színére!"

"If the milk turns red, your father has been killed"

„Ha a tej pirosra színeződik, apádat megölték."

"If the milk turns redder, then I have been killed"

„Ha a tej vörösebb lesz, akkor meghaltam"

"If the milk turns red you must gallop away"

„Ha a tej pirosra vált, el kell vágtatnod."

"Gallop as fast as your horse can carry you"

„Vágtass olyan gyorsan, ahogy a lovad elbír"

"If you do not run away, you will be devoured"

„Ha nem futsz el, felfalnak"

That morning the Rakshasi made a suggestion to her husband.
Azon a reggelen a Rakshasi javaslatot tett a férjének.
"Let us bathe in the river this morning"
„Fürödjünk meg a folyóban ma reggel"
She would not take no for an answer.
Nem fogadott el nemet választ.
The river was some distance from the palace.
A folyó némi távolságra volt a palotától.
The Brahman followed her as meekly as a lamb.
A bráhman olyan szelíden követte, mint egy bárány.
The Brahman woman saw that her doom was near.
A bráhman asszony látta, hogy közeleg a végzete.
But it was beyond her power to avert the catastrophe.
De a katasztrófa elhárítása meghaladta az ő erejét.
The Brahman and the Rakshasi did indeed reach the river.
A bráhman és a ráksasi valóban elérték a folyót.
Soon after the Rakshasi changed into her real dimensions.
Röviddel ezután a Rakshasi visszanyerte valódi alakját.
She tore the Brahman limb from limb.
Végtagról végtagra tépte a brahmant.
She devoured him like she had devoured the antelope.
Úgy falta fel, ahogy az antilopot falta fel.
Then she ran back to her palace.
Aztán visszaszaladt a palotájába.
The wive's fate was the same as the Brahman's.
A feleség sorsa ugyanaz volt, mint a bráhminé.

Young Champ Dal had done as his mother instructed.
A fiatal Champ Dal az anyja utasítása szerint cselekedett.
He was diligently observing the golden bottle.
Szorgalmasan vizsgálgatta az aranypalackot.
He paid special attention to the colour of the milk.
Különös figyelmet fordított a tej színére.
He was horror-struck to find the milk redden a little.
Rémülten látta, hogy a tej kissé vörösödik.
"My father has been killed," he cried.

„Meghalt az apám!" – kiáltotta.
Soon after the milk completely reddened.
Nem sokkal ezután a tej teljesen vörössé vált.
"Now my mother has been killed too," he cried.
„Most az anyámat is megölték!" – kiáltotta.
Quickly he rushed to mount his pony.
Gyorsan rohant, hogy felüljön a pónijára.
His half-brother, Sahasra-Dal, was surprised.
A féltestvére, Sahasra-Dal, meglepődött.
"Where are you going, Champa?"
– Hová mész, Csampá?
"Why are you crying, brother?"
„Miért sírsz, testvér?"
"Let me accompany you to wherever you are going"
„Hadd kísérjelek el bárhová is mész"
But Champa-Dal now feared his brother.
De Champa-Dal most félt a testvérétől.
"Oh! do not come to me," he objected.
– Ó, ne gyere hozzám! – tiltakozott.
"Your mother has devoured my father and mother"
„Anyád felfalta apámat és anyámat"
"Don't you come and devour me"
„Ne gyere és ne falj fel engem!"
"I will not devour you," he promised his brother.
„Nem foglak felfalni" – ígérte a testvérének.
"I'll save you," he promised his brother.
– Megmentelek – ígérte a testvérének.
And he galloped after his brother, Champa-Dal.
És vágtatott a testvére, Csampá-Dal után.
Soon his mother, the Rakshasi, appeared at a distance.
Hamarosan anyja, a Rakshasi, feltűnt a távolban.
She demanded Champa-Dal to come to her.
Követelte, hogy Champa-Dal jöjjön el hozzá.
But Champa-Dal knew better than to go to the Rakshasi.
De Csampá-Dal tudta, hogy jobb, ha nem megy a Raksasihoz.
"Champa-Dal will not come to you, but I will"
„Champa-Dal nem fog eljönni hozzád, de én igen."

And instead, Sahasra-Dal went to his mother.
És ehelyett Sahasra-Dal az anyjához ment.
The young prince always carried a sword with him.
A fiatal herceg mindig kardot hordott magánál.
With his sword he cut off his mother's head.
Kardjával levágta anyja fejét.
Champa-Dal had not stayed to witness this.
Champa-Dal nem maradt, hogy ezt tanúja legyen.
He had galloped off as far as his pony could carry him.
Olyan messzire vágtatott, ameddig a pónija elbírta.
Because he was running for his life.
Mert az életéért futott.
But Sahasra-Dal soon caught up with his brother.
De Sahasra-Dal hamarosan utolérte a testvérét.
And he told him that his mother was no more.
És azt mondta neki, hogy az anyja nincs többé.
This was small consolation to Champa-Dal.
Ez csekély vigasz volt Csampai-Dalnak.
The Rakshasi had already devoured both his parents.
A Rakshasi már mindkét szülőjét felfalta.
But he could still not trust Sahasra-Dal's friendship.
De Sahasra-Dal barátságában még mindig nem bízhatott.
They both rode as fast as their horses could carry them.
Mindketten olyan gyorsan lovagoltak, ahogy csak a lovaik bírták.
And their horses could carry them very far.
És a lovaik nagyon messzire el tudták vinni őket.
Because their horses were Pakshirajes horses.
Mert a lovaik Pakshirajes lovai voltak.
Pakshirajes horses are the kings of birds.
A pakshirajesi lovak a madarak királyai.
On their horses they travelled over hundreds of miles.
Lovaikon több száz mérföldet tettek meg.
An hour or two before sundown they reached a village.
Naplemente előtt egy-két órával értek egy faluba.
Here they became the guests of a respectable family.
Itt egy előkelő család vendégei lettek.

But the two brothers saw the family was in gloom.
De a két testvér látta, hogy a család lehangolt.
Something was agitating the family very much.
Valami nagyon felkavarta a családot.
Some of the family held private consultations.
A család néhány tagja magánbeszélgetéseket tartott.
And others in the family were weeping.
És a család többi tagja is sírt.
The mother was the eldest lady in the house.
Az anya volt a legidősebb asszony a házban.
"I will go, as I am the eldest," she said.
– Elmegyek, mivel én vagyok a legidősebb – mondta.
"I have lived long enough"
„Elég sokáig éltem már"
"At most my life would be cut short by a year or two"
„Legfeljebb egy-két évvel rövidülne meg az életem"
The youngest member of the house was a little girl.
A ház legfiatalabb tagja egy kislány volt.
"I will go, as I am young," she said.
– Elmegyek, mivel fiatal vagyok – mondta.
"I am useless to the family"
„Haszontalan vagyok a család számára"
"If I die, I shall not be missed"
„Ha meghalok, nem fognak hiányozni"
The head of the house was the son of the old lady.
A ház feje az idős asszony fia volt.
"I am the representative of the family," he said.
„Én vagyok a család képviselője" – mondta.
"It is but reasonable that I should give up my life"
„Ésszerű, hogy feladjam az életemet"
He also had a younger brother.
Volt egy öccse is.
"You are the pillar of the family," he said.
„Te vagy a család oszlopa" – mondta.
"If you go the whole family is ruined"
„Ha elmész, az egész család tönkremegy"
"It is not reasonable that you should go"

„Nem lenne ésszerű, hogy elmennél"
"I will go, as I shall not be much missed"
„Megyek, mert nem fogok nagyon hiányozni"
The two strangers listened to all this conversation.
A két idegen végighallgatta ezt a beszélgetést.
You can imagine their curiosity was not little.
Elképzelheted, hogy nem volt csekély a kíváncsiságuk.
They wondered what the discussion could be about.
Kíváncsiak voltak, miről is szólhat a vita.
Sahasra-Dal took the risk of being thought meddlesome.
Sahasra-Dal vállalta a kockázatot, hogy tolakodónak tartsák.
"What is the subject of your consultations?"
„Mi a konzultációk témája?"
"What is the reason for your deep miserable?"
„Mi az oka a mély nyomorúságodnak?"
"Why are your words full of countenances?"
„Miért olyan gúnyosak a szavaid?"
The head of the house gave the following answer.
A házfőnök a következő választ adta.
"There is something you must know, me worthy guests"
„Valamit tudnotok kell, méltó vendégeim"
"These lands are infested by a terrible Rakshasi"
„Ezeket a földeket egy szörnyű Rakshasi lepte el"
"This Rakshasi has depopulated all the regions here"
„Ez a Rakshasi néptelenítette el az összes régiót itt"
"This town, too, would have been depopulated"
„Ez a város is elnéptelenedett volna"
"But that our king became suppliant to the Rakshasi"
„De hogy királyunk a Rakshasi könyörgőjévé vált"
"He begged her to show mercy to us his people"
„Könyörögve kérte tőle, hogy irgalmasságot tanúsítson irántunk, népe iránt"
The Rakshasi replied to the king.
A Rakshasi válaszolt a királynak.
"I will consent to show mercy to your subjects"
„Beleegyezek, hogy irgalmasságot tanúsítsak alattvalóid iránt"
"But there is one condition for my mercy"

„De van egy feltétele az irgalmamnak"
"Every night I demand one human being"
„Minden este egy emberi lényt követelek"
"I don't mind if it is a male or a female"
„Nekem mindegy, hogy férfi vagy nő"
"Put the human being in a temple for me to feast"
„Tedd az embert egy templomba, hogy lakomázhassak"
"If I get a human being every night I will rest satisfied"
„Ha minden este emberi lényhez jutok, elégedetten alszom."
"Promise me this and I will commit no further depredations"
„Ígérd meg ezt, és nem követek el több gaztettet"
"Your subjects will be spared from my ravenous hunger"
„Alattvalóid megmenekülnek az én farkaséhségemtől"
"Our king had no other alternative than to agree"
„Királyunknak nem volt más választása, mint beleegyezni"
"What human can ever hope to contend against a Rakshasi?"
„Melyik ember reménykedhet abban, hogy felveszi a versenyt egy Rakshasival?"
"From that day the king made a new law"
„Attól a naptól kezdve új törvényt hozott a király"
"Every family has to send one member to the temple"
„Minden családnak el kell küldenie egy tagot a templomba"
"To appease the wrath of the terrible Rakshasi"
„Hogy lecsillapítsa a szörnyű Rakshasi haragját"
"To satisfy the endless hunger of the Rakshasi"
„Hogy kielégítse a Rakshasi végtelen éhségét"
"All the families in this neighbourhood have had their turn"
„A környék összes családja sorra került"
"This night it is the turn of our family"
„Ma este a családunkon a sor"
"One of us is to devote ourself to destruction"
„Valaki közülünk a pusztulásnak szenteli magát"
"We are therefore discussing who should go to the Rakshasi"
„Ezért azt vitatjuk meg, hogy kinek kellene a Rakshasihoz mennie."

"You can now perceive the cause of our distress"
„Most már megérthetitek nyomorúságunk okát"
The two friends consulted together for a few minutes.
A két barát néhány percig tanácskozott.
After this time they concluded their consultation.
Ezt követően befejezték a konzultációjukat.
Sahasra-Dal was the spokesman for the brothers.
Sahasra-Dal volt a testvérek szóvivője.
"Most worthy host, do not any longer be sad"
„Méltóságos házigazda, ne szomorkodj többé!"
"You have been very kind to us"
„Nagyon kedvesek voltatok hozzánk"
"We have resolved to requite your hospitality"
„Úgy döntöttünk, hogy viszonozzuk a vendégszeretetüket"
"We will go to the temple instead of you"
„Mi megyünk a templomba helyettetek"
"We shall go as your representatives"
„Mi a képviselőitekként megyünk"
"We will become the food of the Rakshasi"
„A Rakshasi eledele leszünk"
The whole family protested against the proposal.
Az egész család tiltakozott a javaslat ellen.
They declared that guests were like gods.
Azt hirdették, hogy a vendégek olyanok, mint az istenek.
"The host must ensure the comfort of the guests"
„A házigazdának gondoskodnia kell a vendégek kényelméről"
"The guests must not suffer for the host"
„A vendégeknek nem szabad szenvedniük a házigazda miatt"
But the two strangers could not be persuaded.
De a két idegent nem lehetett meggyőzni.
"We will stand as proxies for your family"
„Közvetítőként fogunk állni a családodért"
There was a great deal of objection to the proposal.
Nagy ellenvetések merültek fel a javaslattal szemben.
But eventually the guests persuaded their hosts.
De végül a vendégek meggyőzték a házigazdáikat.
Finally the hosts consented to the arrangement.

Végül a házigazdák beleegyeztek a megállapodásba.

Sahasra-Dal and Champa-Dal rode off on their horses.
Sahasra-Dal és Champa-Dal ellovagoltak lovaik hátán.
Immediately after candle light they reached the temple.
Gyertyagyújtás után azonnal megérkeztek a templomba.
They went into the temple, and shut the door.
Bementek a templomba, és bezárták az ajtót.
Sahasra told his brother to go to sleep.
Sahasra azt mondta a testvérének, hogy menjen aludni.
"I will guard over your sleep"
„Őrizni fogom az álmodat"
"I will watch out for the terrible Rakshasi"
„Vigyázni fogok a szörnyű Rakshasira"
Champa was soon in a fine sleep.
Csampá hamarosan szépen elaludt.
Sahasra lay awake, waiting for the Rakshasi.
Sahasra ébren feküdt, és a rakshasira várt.
Nothing happened during the early hours of the night.
A kora esti órákban semmi sem történt.
But then the gong of the king's bell sounded.
De ekkor megszólalt a királyi harang gongja.
It was midnight, the dead hour of the night.
Éjfél volt, az éjszaka legmélyebb órája.
Sahasra heard the sound as of a rushing tempest.
Sahasra úgy hallotta a hangot, mint egy tomboló vihar hangját.
He used the knowledge he had of Rakshasas.
A Rakshasákkal kapcsolatos tudását használta fel.
He concluded the Rakshasi was nigh.
Arra a következtetésre jutott, hogy a Rakshasi közel van.
A thundering knock was heard at the door.
Dübörgő kopogás hallatszott az ajtón.
The following words accompanied the knock at the door:
A következő szavak kísérték az ajtón való kopogást:
"How, mow, khow! A human being I smell"
„Hogy, nyírás, khow! Emberi lény szagát érzem"

"Who keeps guard inside this temple?"
„Ki őrködik ebben a templomban?"
To this question Sahasra-Dal made the following reply:
Erre a kérdésre Sahasra-Dal a következő választ adta:
"Sahasra-Dal keeps guard inside this temple"
„Sahasra-Dal őrködik ebben a templomban"
"Champa-Dal keeps guard inside this temple"
„Champa-Dal őrködik ebben a templomban"
"Two winged horses keep guard inside this temple"
„Két szárnyas ló őrködik ebben a templomban"
Rakshasa blood flowed through Sahasra-Dal's veins.
Rakshasa vére folyt Sahasra-Dal ereiben.
The Rakshasi knew Sahasra-Dal was not human.
A rakshasi tudták, hogy Sahasra-Dal nem ember.
And so the Rakshasi turned away with a groan.
És így a Rakshasi egy nyögéssel elfordult.
After an hour the Rakshasi returned to the temple.
Egy óra múlva a Rakshasi visszatért a templomba.
The Rakshasi thundered at the door again.
A Rakshasi ismét dörögve dörgött az ajtón.
"How, mow, khow! A human being I smell"
„Hogy, nyírás, khow! Emberi lény szagát érzem"
"Who keeps guard inside this temple?"
„Ki őrködik ebben a templomban?"
To this question Sahasra-Dal again replied:
Erre a kérdésre Sahasra-Dal ismét így válaszolt:
"Sahasra-Dal keeps guard inside this temple"
„Sahasra-Dal őrködik ebben a templomban"
"Champa-Dal keeps guard inside this temple"
„Champa-Dal őrködik ebben a templomban"
"Two winged horses keep guard inside this temple"
„Két szárnyas ló őrködik ebben a templomban "
The Rakshasi again groaned and went away.
A Rakshasi ismét felnyögött, majd elment.
At two o'clock the Rakshasi appeared once more.
Két órakor a Rakshasi ismét megjelent.
And at three o'clock the Rakshasi came again.

És három órakor a Rakshasi újra megjelent.

Each time the Rakshasi made the same inquiry.

A Rakshasi minden alkalommal ugyanazt a kérdést tette fel.

And each time the Rakshasi left with a groan.

És a Rakshasi minden alkalommal egy nyögéssel távozott.

After three o'clock, however, Sahasra-Dal felt very sleepy.

Három óra után azonban Sahasra-Dal nagyon álmosnak érezte magát.

He could not any longer keep awake.

Már nem bírt ébren maradni.

He therefore roused Champa.

Ezért felkeltette Csampát.

And he told him to keep guard over the temple.

És megparancsolta neki, hogy őrizze a templomot.

"The Rakshasi will come again in an hour"

„A Rakshasi egy óra múlva újra eljön"

"The Rakshasi will ask who keeps guard here"

„A Rakshasi meg fogja kérdezni, ki őrködik itt"

"You must mention Sahasra's name first"

„Először Sahasra nevét kell megemlítened."

Having given these instructions he went to sleep.

Miután ezeket az utasításokat kiadta, elaludt.

At four o'clock the Rakshasi again made her appearance.

Négy órakor a Rakshasi ismét megjelent.

The Rakshasi thundered at the door, and said:

A Rakshasi mennydörögve dörgött az ajtón, és így szólt:

"How, mow, khow! A human being I smell"

„Hogy, nyírás, khow! Emberi lény szagát érzem"

"Who keeps guard inside this temple?"

„Ki őrködik ebben a templomban?"

Champa-Dal was in a terrible fright.

Csampá-Dalt rettenetesen félelem fogta el.

He had forgotten the instructions of his brother.

Elfelejtette a bátyja utasításait.

"Champa-Dal keeps guard inside this temple"

„Champa-Dal őrködik ebben a templomban"

"Sahasra-Dal keeps guard inside this temple"

„Sahasra-Dal őrködik ebben a templomban"
"Two winged horses keep guard inside this temple"
„Két szárnyas ló őrködik ebben a templomban"
The Rakshasi uttered a shout of exultation.
A Rakshasi ujjongó kiáltást hallatott.
And the Rakshasi laughed how only demons can laugh.
És a Rakshasi úgy nevetett, ahogy csak a démonok tudnak nevetni.
With a dreadful noise the door broke open.
Szörnyű zaj kíséretében kivágódott az ajtó.
The noise roused Sahasra from his sleep.
A zaj felriasztotta Sahasrát álmából.
Within a moment he sprung to his feet.
Egy pillanaton belül talpra ugrott.
He had his sword with him not only by day.
Nemcsak nappal volt nála a kardja.
He had his sword with him by night too.
Éjszaka is magánál hordta a kardját.
His sword was as supple as a palm-leaf.
Kardja olyan hajlékony volt, mint egy pálmalevél.
And he cut off the head of the Rakshasi.
És levágta a Rakshasi fejét.
The huge mountain of a body fell to the ground.
Egy hatalmas testhegy zuhant a földre.
The body made a great noise when it fell.
A test nagy zajt csapott, amikor leesett.
And the body covered many surrounding acres.
És a test sok környező hektárt beborított.
Sahasra-Dal kept the severed head of the Rakshasi.
Sahasra-Dal megtartotta a rakshasi levágott fejét.
And he slept again with the head near him.
És újra elaludt, fejét közel tartva magához.

Early in the morning some wood-cutters came.
Kora reggel néhány favágó érkezett.
The wood-cutters were passing near the temple.
A favágók a templom közelében haladtak el.

The wood-cutters saw the huge body on the ground.
A favágók meglátták a földön fekvő hatalmas testet.
So they walked towards the temple.
Így hát a templom felé indultak.
Soon they saw that it was a carcass.
Hamarosan rájöttek, hogy egy tetemről van szó.
The carcass of the terrible Rakshasi.
A szörnyű Rakshasi teteme.
The Rakshasi that had nearly depopulated the land.
A Rakshasi, aki majdnem elnéptelenítette a földet.
There had been a bounty for this Rakshasi.
Vérdíjat fizettek ezért a Rakshasiért.
The king offered the hand of his daughter.
A király felajánlotta lánya kezét.
And the king had offered half the kingdom.
És a király felajánlotta a királyság felét.
He would trade it all for the head of the Rakshasi.
Mindent elcserélne a Rakshasi fejéért.
The wood-cutters saw no claimant at hand.
A favágók nem láttak kéznél igénylőt.
So they went to get the reward.
Így hát elmentek, hogy átvegyék a jutalmat.
Each wood-cutter cut off a limb from the Rakshasi.
Minden favágó levágott egy ágat a Rakshasiból.
And each wood-cutter went to the king.
És minden favágó elment a királyhoz.
And each wood-cutter tried to claim the reward.
És minden favágó megpróbálta igényelni a jutalmat.
"I am the destroyer of the great man eater"
„Én vagyok a nagy emberevő elpusztítója"
"I have come to claim my reward"
„Azért jöttem, hogy átvegyem a jutalmamat"
The king knew there could only be one hero.
A király tudta, hogy csak egy hős lehet.
So he made an inquiry with his minister.
Így hát érdeklődött a miniszterénél.
"What family's turn was it last night?"

„Melyik családra került a sor tegnap este?"
"And who is the head of that family?"
„És ki a családfő?"
The king's minister set out to find the family.
A király minisztere elindult, hogy megkeresse a családot.
He brought the head of the family to the king.
A családfőt a király elé vitte.
And the head of the family told of his guests.
A családfő pedig mesélt a vendégeiről.
"Last night two youthful travelers came to me"
„Tegnap este két fiatal utazó jött hozzám"
"We offered to be their hosts for the night"
„Felajánlottuk, hogy vendégül látjuk őket az éjszakára"
"Soon they discovered the problem we had"
„Hamarosan rájöttek a problémánkra"
"And they volunteered to take our place"
„És önként jelentkeztek, hogy átvegyék a helyünket"
"They went to the temple, instead of one of us"
„Ők mentek a templomba, ahelyett, hogy közülünk valaki elment volna"
The king took his men to the temple.
A király elvitte embereit a templomba.
The door of the temple was broken open.
A templom ajtaját betörték.
They found the two brothers sleeping.
Alvás közben találták a két testvért.
And the horses were safe in the temple too.
És a lovak is biztonságban voltak a templomban.
And the head of the Rakshasi was there too.
És a Rakshasi feje is ott volt.
There was no doubt about who had killed the monster.
Nem volt kétséges, hogy ki ölte meg a szörnyeteget.
The real hero had been discovered.
Az igazi hőst felfedezték.
And the king kept true to his word.
És a király hű maradt a szavához.
He gave the hand of his daughter to Sahasra-Dal.

Odaadta lánya kezét Sahasra-Dalnak.
And he gave him half his kingdom too.
És odaadta neki a királysága felét is.
Champa-Dal remained with his friend.
Champa-Dal a barátjánál maradt.
And he rejoiced in Sahasra-Dal's prosperity.
És örült Sahasra-Dal jólétének.
And they lived together happily for some time.
És egy ideig boldogan éltek együtt.

But one day a misunderstanding arose between them.
Egy nap azonban félreértés támadt közöttük.
The queen-mother had a certain maid-servant.
Az anyakirálynénak volt egy bizonyos szolgálóleánya.
This maid-servant was the most useful domestic.
Ez a szolgálólány volt a leghasznosabb cselédlány.
She could turn her hand to any task.
Bármilyen feladathoz hozzá tudott nyúlni.
And she had uncommon strength for a woman.
És szokatlan ereje volt egy nőhöz képest.
Her intelligence was not lacking either.
Az intelligenciája sem volt hiányos.
And she had a remarkable amount of energy.
És figyelemre méltó mennyiségű energiája volt.
She would have been quickly missed in the palace.
Gyorsan hiányolták volna a palotában.
The zenana was completely dependent on her.
A zenana teljesen tőle függött.
Hence her services were highly valued.
Ezért a szolgálatait nagyra értékelték.
The queen-mother appreciated her very much.
Az anyakirálynő nagyon nagyra értékelte őt.
And the ladies of the palace valued her too.
És a palota hölgyei is nagyra értékelték őt.
But this valuable woman was not a woman.
De ez az értékes nő nem volt nő.
What this woman was was a Rakshasi.

Ez a nő egy Rakshasi volt.
She had put on the appearance of a woman.
Női külsőt öltött magára.
She had her own nefarious reasons for doing this.
Megvoltak a maga aljas okai arra, hogy ezt tette.
And then she took service in the royal household.
Aztán szolgálatot vállalt a királyi udvarban.
At night she used to assume her own real form.
Éjszaka felvette valódi alakját.
When everyone in the palace was asleep.
Amikor a palotában mindenki aludt.
And then she went about in search of food.
Aztán élelmet keresve járt-kelt.
Because her hunger was not satisfied at the palace.
Mert az éhségét nem csillapította a palota.
A Rakshasi needs much more food than a man or woman.
Egy Rakshasinak sokkal több ételre van szüksége, mint egy férfinak vagy nőnek.
At this time Champa-Dal had no wife.
Ebben az időben Csampá-Dalnak nem volt felesége.
So he often slept outside the zenana.
Így gyakran a zenana előtt aludt.
He was not far from the outer gate of the palace.
Nem volt messze a palota külső kapujától.
And from there he could observe her.
És onnan figyelhette őt.
He saw her devouring sundry goats and sheep.
Látta, amint felfalja a különféle kecskéket és juhokat.
And he saw her devouring horses and elephants.
És látta, ahogy felfalja a lovakat és az elefántokat.
This of course was not good for the maid-servant.
Ez persze nem tett jót a szolgálólánynak.
Champa-Dal was in the way of her supper.
Champa-Dal az útjában állt a vacsorának.
So she was determined to get rid of him.
Így hát elhatározta, hogy megszabadul tőle.
One day she went to the queen-mother.

Egy nap elment az anyakirálynéhoz.

"Queen-mother," she said to her.

„Anyakirályné" – mondta neki.

"I can no longer work in the palace"

„Nem tudok többé a palotában dolgozni"

"Why?" asked the queen-mother.

„Miért?" – kérdezte az anyakirályné.

"What is the matter, Dasi" she wanted to know.

„Mi a baj, Dasi?" – kérdezte.

"How can I go on without you?"

„Hogyan folytathatnám nélküled?"

"Tell me your reasons for leaving"

„Mondd el, miért hagytad el"

The maid-servant explained her situation.

A szolgálólány elmagyarázta a helyzetét.

"I am but a poor woman in this palace"

„Én csak egy szegény asszony vagyok ebben a palotában"

"A woman like me can't preserve her honour here"

„Egy olyan nő, mint én, nem tudja itt megőrizni a becsületét"

"Your son-in-law has a friend, Champa-Dal"

„A vejének van egy barátja, Champa-Dal."

"He always cracks indecent jokes with me"

„Mindig illetlen vicceket mesél el velem"

"I would rather beg for my rice than to lose my honour"

„Inkább koldulnék a rizsemért, mint hogy elveszítsem a becsületemet"

"If Champa-Dal remains in the palace I must go away"

„Ha Champa-Dal a palotában marad, akkor el kell mennem."

The maid-servant was irreplicable in the palace.

A szolgálólány megismételhetetlen volt a palotában.

The queen-mother knew what sacrifice to make.

Az anyakirálynő tudta, milyen áldozatot kell hoznia.

Champa-Dal was going to have to leave the palace.

Champa-Dalnak el kellett hagynia a palotát.

And she told Sahasra-Dal all her reasons.

És elmondta Sahasra-Dalnak az összes indokát.

"Champa-Dal is a bad man"

„Champa-Dal egy rossz ember"
"His character and morals are loose"
„Laza a jelleme és az erkölcsi meggyőződése"
"He must leave this palace at once"
„Azonnal el kell hagynia ezt a palotát"
Sahasra-Dal did his best to persuade her otherwise.
Sahasra-Dal mindent megtett, hogy meggyőzze az
ellenkezőjéről.
He earnestly pleaded on behalf of his friend.
Komolyan könyörgött barátja érdekében.
But his efforts were in vain.
De erőfeszítései hiábavalóak voltak.
The queen-mother had made up her mind.
Az anyakirályné már döntött.
He had to be driven out of the palace.
Ki kellett kergetni a palotából.
Sahasra-Dal had not the courage to tell his friend.
Sahasra-Dalnak nem volt bátorsága elmondani a barátjának.
He therefore wrote a letter to him.
Ezért levelet írt neki.
In the letter he was vague about the reason.
A levélben homályosan fogalmazott az okkal kapcsolatban.
But either way, he was going to have to leave.
De akárhogy is, kénytelen volt menni.
Champa-Dal went to have a bath.
Champa-Dal elment fürödni.
And the letter was put in his room.
És a levelet a szobájába tették.
Champa-Dal was grieved upon reading the letter.
Champa-Dal elszomorodott a levél elolvasása után.
He mounted his fleet of horses.
Felpattant lovai flottájára.
And on his horses he left the palace.
És lovain elhagyta a palotát.

Champa's horses were uncommonly fleet.
Csampá lovai szokatlanul gyorsak voltak.

Soon he had traversed thousands of miles.

Hamarosan több ezer mérföldet tett meg.

And eventually he reached a new city.

És végül egy új városba ért.

He stood at the gateway of a magnificent palace.

Egy pompás palota kapujában állt.

He dismounted from his horse.

Leszállt a lováról.

And he entered the palace.

És belépett a palotába.

But in the palace he met not a single creature.

De a palotában egyetlen lénnyel sem találkozott.

He went from apartment to apartment.

Lakásról lakásra járt.

All the rooms were richly furnished.

Minden szoba gazdagon volt berendezve.

But none of the rooms were lived in.

De egyik szobában sem laktak.

But in the end he came to a different room.

De végül egy másik szobába ért.

In this room there was a young lady.

Ebben a szobában egy fiatal hölgy tartózkodott.

The young lady was of heavenly beauty.

A fiatal hölgy mennyei szépségű volt.

And she was lying down on a splendid bedstead.

És egy pompás ágykereten feküdt.

The beautiful young lady was asleep.

A gyönyörű fiatal hölgy aludt.

Champa-Dal looked upon the sleeping beauty.

Csampá-Dal a Csipkerózsikára nézett.

He was captivated by what he was seeing.

Lenyűgözte, amit látott.

He had not seen any woman so beautiful.

Még soha nem látott ilyen szép nőt.

Upon the bed there were two sticks.

Az ágyon két bot volt.

The two sticks were near the woman's head.

A két bot a nő feje közelében volt.
One of the sticks was made of silver.
Az egyik bot ezüstből készült.
And the other stick was made of gold.
A másik bot pedig aranyból volt.
Champa took the silver stick into his hand.
Csampá a kezébe vette az ezüstbotot.
And with the stick he touched the body of the lady.
És a bottal megérintette a hölgy testét.
But no change was perceptible to her sleep.
De az álmában semmi változás nem volt észrevehető.
He then took up the gold stick.
Aztán felvette az aranybotot.
And with the stick he touched the body of the lady.
És a bottal megérintette a hölgy testét.
This time the young lady did awake.
Ezúttal a fiatal hölgy felébredt.
Eyeing the stranger, she inquired who he was.
Az idegenre pillantva megkérdezte, hogy ki az.
"I am Champa-Dal," he told her.
– Én vagyok Champa-Dal – mondta neki.
"There was once a poor dimwitted Brahman"
„Volt egyszer egy szegény, ostoba brahman."
"This dimwitted man had a wife, but no children"
„Ennek a buta embernek volt felesége, de gyermekei nem"
"But him not having children was probably for the best"
„De valószínűleg a legjobb is az volt, hogy nem voltak
gyerekei"
"Because he was barely able to meet his own needs"
„Mert alig tudta kielégíteni a saját szükségleteit"
"And he could hardly supply enough for his wife"
„És alig tudott eleget adni a feleségének"
"But his dimwittedness was not even his biggest problem"
„De a butasága nem is volt a legnagyobb problémája."
And he continued the story as we have followed it.
És folytatta a történetet, ahogy mi is követtük.
"My mother concluded her fate was sealed"

„Anyám úgy gondolta, hogy a sorsa megpecsételődött"

"And she thought my father would meet the same fate"

„És azt gondolta, hogy apámra is ez a sors vár"

"And she did not expect me to be spared either"

„És ő sem számított rá, hogy engem megkímélnek."

"That night she hardly slept at all"

„Aznap éjjel alig aludt valamit"

"The Rakshasi had prevented her from seeing my father"

„A Rakshasi megakadályozta, hogy láthassa az apámat."

"Early next morning I went to school"

„Másnap kora reggel iskolába mentem"

"Before I went to school she gave me a golden bottle"

„Mielőtt iskolába mentem, adott nekem egy aranypalackot"

"In the golden bottle was her own breast milk"

„Az arany cumisüvegben a saját anyateje volt"

"I was told to carefully watch the colour of the milk"

„Azt mondták, hogy figyeljek oda a tej színére"

And he continued the story as we have followed it.

És folytatta a történetet, ahogy mi is követtük.

"We will stand as proxies for your family"

„Mi képviseljük majd a családodat"

"There was a great deal of objection to our proposal"

„Nagy volt az ellenvetés a javaslatunkkal szemben"

"But eventually we persuaded our hosts"

„De végül rábeszéltük a házigazdáinkat"

"Finally the hosts consented to the arrangement"

„Végül a házigazdák beleegyeztek a megállapodásba"

And he continued the story as we have followed it.

És folytatta a történetet, ahogy mi is követtük.

"So I often slept outside the zenana"

„Így gyakran aludtam a zenana előtt"

"I was not far from the outer gate of the palace"

„Nem voltam messze a palota külső kapujától"

"And from there I could observe her"

„És onnan figyelhettem őt"

"I saw her devouring sundry goats and sheep"

„Láttam, ahogy felfal mindenféle kecskét és juhot ."

"And I saw her devouring horses and elephants"
„És láttam, ahogy lovakat és elefántokat fal fel"
And he continued the story as we have followed it.
És folytatta a történetet, ahogy mi is követtük.
"One day a letter was put in my room"
„Egy nap egy levelet tettek a szobámba"
"I was grieved upon reading the letter"
„Szomorúan olvastam a levelet"
"I mounted my fleet of horses"
„Felültem a lovaimra"
"And on my horses he left the palace"
„És az én lovaimon hagyta el a palotát"
"My horse are uncommonly fleet"
„A lovam szokatlanul gyors."
"Soon I had traversed thousands of miles"
„Hamarosan több ezer mérföldet tettem meg"
"And eventually I reached a new city"
„És végül megérkeztem egy új városba"
And he continued the story as we have followed it.
És folytatta a történetet, ahogy mi is követtük.
"I took the silver stick into his hand"
„A kezébe vettem az ezüstbotot"
"And with the stick I touched your body"
„És a bottal megérintettem a testedet"
"But no change was perceptible to your sleep"
„De az alvásodban nem volt észrevehető változás."
"I then took up the gold stick"
„Aztán felvettem az aranybotot"
And with the stick he touched your body.
És a bottal megérintette a testedet.
"This time you did awake from your sleep"
„Ezúttal felébredtél az álmodból"
The young lady had listened to Champa-Dal's story.
A fiatal hölgy meghallgatta Csampá-Dal történetét.
The young lady was in fact a princess.
A fiatal hölgy valójában hercegnő volt.
"Unhappy man! why have you come here?"

„Boldogtalan ember! Miért jöttél ide?"
"This is the country of Rakshasas"
„Ez a Rákshaszák országa"
"No less than seven hundred Rakshasas live here"
„Legalább hétszáz Rakshasa él itt."
"Every morning the Rakshasas leave"
„A Rakshasák minden reggel elmennek"
"They go to the other side of the ocean"
„Átmennek az óceán túlsó partjára"
"And they search for provisions there"
„És ott keresnek élelmet"
"And before dusk they return again"
„És alkonyat előtt visszatérnek"
"My father was king in these regions"
„Apám volt a király ezeken a vidékeken"
"His kingdom had millions of subjects"
„Királyságának több millió alattvalója volt"
"They lived in flourishing towns and cities"
„Virágzó kisvárosokban éltek"
"But some years ago the Rakshasas invaded"
„De néhány évvel ezelőtt a Rakshasas megszállta"
"And they devoured all the subjects of the kingdom"
„És felfalták a királyság minden alattvalóját"
"The Rakshasas devoured my father and my mother"
„A Rakshasák felfalták apámat és anyámat"
"The Rakshasas devoured my brothers and sisters"
„A Rakshasák felfalták a testvéreimet"
"And they devoured all the cattle of the country"
„És felfalták az ország minden jószágát"
"There is no living human being in these regions"
„Nincs élő ember ezeken a vidékeken"
"I am the last human living left"
„Én vagyok az utolsó élő ember"
"I too would have been devoured long ago"
„Engem is rég felfaltak volna"
"But an old Rakshasi took a liking to me"
„De egy öreg Rakshasi megkedvelte a szívemet."

"She prevents the other Rakshasas from eating me"
„Megakadályozza, hogy a többi Rakshasa megegyen engem."
"Do you see those sticks of silver and gold?"
„Látod azokat az ezüst és arany rudakat?"
"Every morning she kills me with the silver stick"
„Minden reggel megöl az ezüstbottal"
"Every evening she re-animates me with the gold stick"
„Minden este újjáéleszt az aranybottal."
"I do not know how to advise you"
„Nem tudom, hogyan adjak tanácsot"
"If the Rakshasas see you, you are a dead man"
„Ha a Rákshaszák meglátnak, halott ember vagy."
Then they talked in a very affectionate manner.
Aztán nagyon szeretetteljes hangnemben beszélgettek.
And they laid their heads together.
És összedugták a fejüket.
And they thought to devise a means of escape.
És azon gondolkodtak, hogy kieszelnek egy menekülési
módot.
Some way to get out of the hands of the Rakshasas.
Valami mód arra, hogy kikerüljünk a Ráksaszák kezei közül.

The hour of the return of the Rakshasas was coming.
Közeledett a Ráksaszák visszatérésének órája.
The seven hundred flesh-eaters were soon returning.
A hétszáz húsevő hamarosan visszatért.
Keshavati called out to Champa-Dal.
Keshavati Champa-Dalhoz szólt.
(Because that was the name of the princess)
(Mert ez volt a hercegnő neve)
"Hide yourself in the heaps of the sacred trefoil"
„Rejtsd el magad a szent lóhere halmai között"
But first Champ Dal picked up the silver stick.
De először Champ Dal felvette az ezüstbotot.
He touched Keshavati with the silver stick.
Megérintette Keshavatit az ezüstpálcával.
And as soon as he touched her, she died.

És amint megérintette, meghalt.

Then he went to the center of the temple of Siva.

Aztán Siva templomának közepébe ment.

And he hid beneath the heaps of sacred trefoil.

És elbújt a szent lóherehalmok alatt.

From his hiding place he heard the sound of wind rushing.

Rejtekhelyéről szél süvítését hallotta.

Then he heard terrible noises in the palace.

Aztán szörnyű zajokat hallott a palotában.

The Rakshasas had come home from their hunt.

A Rakshasák hazatértek a vadászatból.

They had filled their stomachs with meat.

Teletömték a gyomrukat hússal.

Sundry goats, sheep, cows, horses, buffaloes.

Különféle kecskék, juhok, tehenek, lovak, bivalyok.

And they had devoured elephants too.

És elefántokat is felfaltak.

The old Rakshasi returned to the palace too.

Az öreg Rakshasi is visszatért a palotába.

She went to the room of the sleeping princess.

Bement az alvó hercegnő szobájába.

And she woke her with the stick made of gold.

És felébresztette az aranyból készült bottal.

"Hye, mye, khye! A human being I smell"

„Hye, mye, khye! Emberi lény szagát érzem."

"I am the only human being here," said the princess.

– Én vagyok az egyetlen emberi lény itt – mondta a hercegnő.

"Eat me if you like," added Keshavati.

– Egyél meg, ha akarsz – tette hozzá Keshavati.

To this the Rakshasi replied:

Erre a Rakshasi így válaszolt:

"Let me eat up your enemies"

„Hadd egyem meg ellenségeidet"

"Why should I eat you?" she asked the princess.

„Miért egyél meg téged?" – kérdezte a hercegnőt.

She laid herself down on the ground.

Lefeküdt a földre.

She was as long and high as the Vindhya Hills.
Olyan hosszú és magas volt, mint a Vindhya-hegység.
And in this position she fell asleep.
És ebben a pozícióban elaludt.
The other Rakshasas and Rakshasis soon fell asleep too.
A többi Rakshasa és Rakshasis is hamarosan elaludt.
Because they were tired from their gigantic labour.
Mert belefáradtak a hatalmas munkába.
Keshavati also composed herself to sleep.
Keshavati is összeszedte magát az álomhoz.
But Champa did not dare to come out from under the leaves.
De Csampának nem volt kedve előbújni a levelek alól.
And he tried his best to pray to the god of repose.
És minden erejével igyekezett a nyugalom istenéhez
imádkozni.

At daybreak all seven hundred Rakshasas got up again.
Napkeltekor mind a hétszáz Rakshasa felkelt.
They went on their usual predatory excursion.
A szokásos ragadozó kirándulásukra indultak.
And along with them went the old Rakshasi.
És velük együtt ment az öreg Rakshasi is.
But first the old Rakshasi picked up the silver stick.
De előbb az öreg Rakshasi felvette az ezüstbotot.
And she touched Keshavati with the silver stick.
És megérintette Keshavatit az ezüstpálcával.
Soon the coast was clear for Champa-Dal.
Hamarosan szabaddá vált a part Champa-Dal számára.
And he dared to come out from under the pile of leaves.
És mert előbújni a levélkupac alól.
He walked back into the room of the princess.
Visszament a hercegnő szobájába.
And he touched her with the golden stick.
És megérintette őt az aranybottal.
And the princess revived from her death again.
És a hercegnő ismét feltámadt halálából.
They sauntered about in the gardens.

Sétáltak a kertekben.
They enjoyed the cool breeze of the morning.
Élvezték a reggeli hűvös szellőt.
They bathed in a lucid pool of water.
Tiszta vizű medencében fürödtek.
And they ate and drank food in the palace.
És ettek és ittak a palotában.
And they spent the day in sweet converse.
És édes beszélgetésben töltötték a napot.
And they concocted a plan for their deliverance.
És kieszeltek egy tervet a megszabadításukra.
Keshavaity was going to speak to the old Rakshasi.
Keshavaity beszélni akart az öreg Rakshasival.
She was going to ask on what a Rakshasa's life depended.
Meg akarta kérdezni, hogy mitől függ egy Rakshasa élete.
And with that secret they were going to act accordingly.
És ezzel a titokkal a tudatában ennek megfelelően fognak
cselekedni.

The hour of the return of the Rakshasas was coming again.
A Ráksaszák visszatérésének órája ismét elközelgett.
And events unfolded as they had the evening before.
És az események ugyanúgy zajlottak, mint előző este.
The seven hundred flesh-eaters were returning to the palace.
A hétszáz húsevő visszatérőben volt a palotába.
Champ Dal touched Keshavati with the silver stick.
Champ Dal megérintette Keshavatit az ezüstbottal.
She died like the had died the night before.
Úgy halt meg, mint ahogy előző este halt meg.
Champa-Dal went to the centre of the temple of Siva.
Csampá-Dál Siva templomának közepébe ment.
He hid beneath the heaps of sacred trefoil again.
Újra elbújt a szent lóherehalmok alá.
He heard the sound of wind rushing.
Hallotta a szél zúgását.
And he heard terrible noises in the palace.
És szörnyű zajokat hallott a palotában.

The Rakshasas had come home from their hunt.
A Rakshasák hazatértek a vadászatból.
They had filled their stomachs with meat.
Teletömték a gyomrukat hússal.
Sundry goats, sheep, cows, horses, buffaloes.
Különféle kecskék, juhok, tehenek, lovak, bivalyok.
And they had devoured elephants too.
És elefántokat is felfaltak.
The old Rakshasi returned to the palace too.
Az öreg Rakshasi is visszatért a palotába.
She went to the room of the sleeping princess.
Bement az alvó hercegnő szobájába.
And she woke her with the stick made of gold.
És felébresztette az aranyból készült bottal.
"Hye, mye, khye! A human being I smell"
„Hye, mye, khye! Emberi lény szagát érzem."
"I am the only human being here," said the princess.
– Én vagyok az egyetlen emberi lény itt – mondta a hercegnő.
"Eat me if you like," added Keshavati.
– Egyél meg, ha akarsz – tette hozzá Keshavati.
To this the Rakshasi replied:
Erre a Rakshasi így válaszolt:
"Let me eat up your enemies"
„Hadd egyem meg ellenségeidet"
"Why should I eat you?" she asked the princess.
„Miért egyél meg téged?" – kérdezte a hercegnőt.
She laid herself down on the ground.
Lefeküdt a földre.
And she looked like a part of the Himalaya mountains.
És úgy nézett ki, mint a Himalája hegységének egy része.
Keshavati had a phial of heated mustard oil.
Keshavatinak volt egy fiolányi melegített mustárolaja.
And she approached the foot of the Rakshasi.
És közeledett a Rakshasi lábához.
"Mother, your feet are sore from walking"
„Anya, fáj a lábad a gyaloglástól"
"Let me rub your sore feet with oil"

„Hadd kenjem be olajjal a fájós lábadat"
And she began to rub with oil the Rakshasi's feet.
És olajjal kezdte bedörzsölni a Rakshasi lábát.
Then a few tear-drops fell from the eyes of the princess.
Aztán néhány könnycsepp gördült le a hercegnő szeméből.
And the tear-drops landed on the monster's legs.
És a könnycseppek a szörnyeteg lábára hullottak.
The Rakshasi tasted the tear-drops with her lips.
A Rakshasi megízlelte a könnycseppeket az ajkával.
And she found the tear-drops tasted briny.
És úgy érezte, hogy a könnycseppeknek sós ízük van.
"Why are you weeping, darling?" asked the Rakshasi.
„Miért sírsz, drágám?" – kérdezte a Rakshasi.
"What aileth thee?" she wanted to know.
„Mi bajod van?" – kérdezte.
The princess tried to stop herself from crying.
A hercegnő megpróbálta visszatartani magát a sírtól.
"Mother, I am weeping because you are old"
„Anya, azért sírok, mert öreg vagy"
"When you die one of the Rakshasas will devour me"
„Ha meghalsz, az egyik Rakshasa felfal engem."
"When I die?! Don't be foolish, girl"
„Ha meghalok?! Ne légy ostoba, lány!"
"Don't you know that Rakshasas never die?"
„Nem tudod, hogy a Rakshasák soha nem halnak meg?"
"We are not naturally immortal"
„Nem vagyunk természetünkből fakadóan halhatatlanok"
"There is a secret to our strength"
„Van egy titka az erőnknek"
"But no human can unravel this secret"
„De ezt a titkot egyetlen ember sem tudja megfejteni"
"But let me tell you the secret"
– De hadd áruljam el a titkot!
"So that you are comforted a little"
„Hogy egy kicsit megnyugodj"
"Do you see the pool of water in the palace?"
„Látod a palotában lévő medencét?"

"In that pool of water is a Sphatikasthamba"
„Abban a vízmedencében egy Szphatikasthamba van"
"The Sphatikasthambha is deep in the water"
„A Szphatikaszthambha mélyen a vízben van"
"And on the Sphatikasthambha are two bees"
"És a Sphatikasthambhán két méh van"
"A human being would have to dive into the water"
„Egy embernek bele kellene ugrania a vízbe"
"The human being would have to bring the bees onto dry land"
„Az embernek szárazföldre kellene vinnie a méheket ."
"Then the human being would have to kill the two bees"
„Akkor az embernek meg kellene ölnie a két méhet."
"But not a drop of their blood must touch the ground"
„De egy csepp vérük sem érheti a földet"
"Only then can a human kill a Rakshasa"
„Csak akkor ölhet meg egy ember egy Rakshasát."
"But if the blood touches the ground, a thousand Rakshasas will rise"
„De ha a vér a földet éri, ezernyi Rakshasa fog feltámadni."
"But what human will find out this secret?"
„De melyik ember fedezné fel ezt a titkot?"
"And what human can achieve this feat?"
„És melyik ember lenne képes erre a teljesítményre?"
"No human knows the secret to the life of a Rakshasa"
„Egyetlen ember sem ismeri a Rakshasa életének titkát"
"And no human can achieve such a feat"
„És egyetlen ember sem képes ilyen teljesítményre"
"So there is no reason to be sad, my darling"
„Tehát nincs ok a szomorúságra, kedvesem"
"I am practically immortal," she confirmed.
„Gyakorlatilag halhatatlan vagyok" – erősítette meg.
Keshavati treasured the secret in her memory.
Keshavati emlékezetében őrizte a titkot.
And then she went back to sleep.
Aztán visszaaludt.

Next morning the Rakshasas, as usual, went away.

Másnap reggel a Rakshasák, szokásuk szerint, elmentek.

Champa came out of his hiding-place.

Csampá előjött a rejtekhelyéről.

And he roused Keshavati from her sleep.

És felébresztette Keshavatit álmából.

The princess told him the secret she had learnt.

A hercegnő elmondta neki a titkot, amit megtudott.

Champa-Dal immediately started to prepare himself.

Champa-Dal azonnal elkezdte a készülődést.

He brought to the pool a knife.

Egy kést hozott a medencéhez.

And he brought a quantity of ashes.

És hozott egy csomó hamut.

He took off his heavy clothes.

Levette nehéz ruháit.

He put a drop or two of mustard oil into each ear.

Mindkét fülébe cseppentett egy-két csepp mustárolajat.

To prevent water from entering into his ears.

Hogy ne kerüljön víz a fülébe.

He swam out into the middle of the water.

Kiúszott a víz közepére.

And from there he dove down into the pool.

És onnan leugrott a medencébe.

Soon he reached the top of the crystal pillar.

Hamarosan elérte a kristályoszlop tetejét.

And on Sphatikasthambha were the two bees.

És Szphatikaszthambhán volt a két méh.

He caught hold of the two bees he found there.

Megragadta a két méhet, amit ott talált.

And he swam up again in a singular breath.

És egyetlen lélegzettel újra felúszott.

He took the knife he had left at the edge of the water.

Elvette a kést, amit a víz szélén hagyott.

And over the ashes he cut up the bees.

És a hamu fölött felvagdosta a méheket.

A drop or two of the blood fell from the bees.

Egy-két csepp vér hullott a méhekről.
But their blood did not touch the ground.
De a vérük nem érte a földet.
Instead, their blood landed on the ashes.
Ehelyett a vérük a hamvaikra hullott.
A terrible scream was heard at a distance.
Távolról szörnyű sikoly hallatszott.
The scream was the wailing of the Rakshasas.
A sikoly a Rákshaszák jajveszékelése volt.
They were all running home as fast as they could.
Mindannyian amilyen gyorsan csak tudtak, hazafelé rohantak.
They wanted to prevent the bees from being killed.
Meg akarták akadályozni, hogy a méhek elpusztuljanak.
But they could not reach the palace in time.
De nem tudták időben elérni a palotát.
Because the bees had already perished.
Mert a méhek már elpusztultak.
The moment the bees were killed, all the Rakshasas died.
Abban a pillanatban, hogy a méheket elpusztították, az összes
Rakshasa meghalt.
Their carcases fell on the very spot they were standing.
Holttesteik arra a helyre zuhantak, ahol álltak.
Their carcases now blocked the gateway of the palace.
Tetemeik most eltorlaszolták a palota kapuját.
**In this manner the seven hundred Rakshasas were
destroyed.**
Ily módon hétszáz Rakshasa pusztult el.

Afterwards Champa-Dal and Keshavati got married.
Később Champa-Dal és Keshavati összeházasodtak.
They made the traditional exchange of garlands of flowers.
Elvégezték a hagyományos virágfüzér-cserét.
The princess had never been out of the house.
A hercegnő soha nem volt kimozdulva a házból.
So she naturally expressed a desire to see the outer world.
Így hát természetesen kifejezte vágyát, hogy lássa a külvilágot.
Every morning and evening they went on long walks.

Minden reggel és este hosszú sétákra indultak.

There was a large river Keshavati wished to bathe in.

Volt egy nagy folyó, amelyben Keshavati meg akart fürödni.

As she bathed one of Keshavati's hairs came off.

Miközben fürdött, Keshavati egyik haja kihullott.

There was a special custom in those times.

Akkoriban különleges szokások éltek.

A woman never threw away a hair away by itself.

Egy nő soha nem dob el egy hajszálat sem magától.

A sea-shell was floating in the water.

Egy kagyló lebegett a vízben.

So Keshavati tied the strand of hair to the sea-shell.

Keshavati tehát a hajtincset a kagylóhoz kötötte.

And then the couple returned to the palace.

És aztán a pár visszatért a palotába.

Meanwhile the sea-shell floated down the stream.

Eközben a kagyló lefelé úszott a patakon.

And in due time the sea-shell reached another bathing spot.

És idővel a kagyló egy másik fürdőhelyre ért.

This was the bathing spot Sahasra-Dal went to.

Ez volt az a fürdőhely, ahová Sahasra-Dal járt.

Here Champa-Dal's brother performed his ablutions.

Itt végezte Csampá-Dal testvére a mosakodásait.

On this day Sahasra-Dal was in the water.

Ezen a napon Sahasra-Dal a vízben volt.

He was bathing and swimming with his friends.

Fürdött és úszott a barátaival.

And so the sea-shell floated past the men.

És így a kagyló elúszott a férfiak mellett.

The men were in a playful mood that day.

A férfiak játékos kedvükben voltak aznap.

"Whoever gets to the sea-shell first wins"

„Aki előbb ér a kagylóhoz, az nyer"

And so they all swam towards the sea-shell.

És így mindannyian a kagyló felé úsztak.

Sahasra-Dal was the strongest swimmer among his friends.

Sahasra-Dal volt a legerősebb úszó a barátai közül.

And so he was the first the reach the sea-shell.
És így ő volt az első, aki elérte a kagylót.
Examining the seashell, he found a hair tied to it.
A kagylót vizsgálgatva egy rákötött hajszálat talált.
But it was a hair of extraordinary length.
De rendkívül hosszú hajszál volt.
He had never seen such a long hair.
Még soha nem látott ilyen hosszú hajat.
The strand of hair was exactly seven cubits long.
A hajszál pontosan hét könyök hosszú volt.
"This strand of hair must belong to a woman"
„Ennek a hajszálnak egy nőhöz kell tartoznia"
"And this woman must be very remarkable"
„És ennek a nőnek nagyon figyelemre méltónak kell lennie"
"I must see who this remarkable woman is"
„Látnom kell, ki ez a figyelemre méltó nő"
Sahasra-Dal was determined to find the remarkable woman.
Sahasra-Dal eltökélt volt, hogy megtalálja a figyelemre méltó nőt.
He went home from the river in a pensive mood.
Elgondolkodva ment haza a folyótól.
And he did not proceed to the zenana for breakfast.
És nem ment a zenanába reggelizni.
Instead he remained in the outer part of the palace.
Ehelyett a palota külső részében maradt.
The queen-mother heard about Sahasra-Dal's meloncholy.
Az anyakirályné hallott Sahasra-Dal dinnyekóliájáról.
And she heard he had not come to breakfast.
És hallotta, hogy nem jött el reggelizni.
So she went to him and asked the reason.
Odament hát hozzá, és megkérdezte az okát.
He showed her the strand of hair he had found.
Megmutatta neki a talált hajtincset.
"I must see the woman who's head this strand of hair adorned"
„Látnom kell azt a nőt, akinek a fejét ez a hajszál díszíti"
The queen-mother was happy to help her son-in-law.

A királyné anya örömmel segített a vejének.

"Very well," she said to him.

– Rendben van – mondta neki.

"You shall soon have that lady in the palace"

„Hamarosan a palotában lesz az a hölgy."

"I promise you to bring her here"

„Megígérem, hogy idehozod őt"

The queen mother already had a plan.

A királynénak már volt egy terve.

Her favourite maid-servant would be good at the job.

A kedvenc szobalánya jó lenne a munkában.

Because this maid-servant was very resourceful.

Mert ez a szolgálólány nagyon találékony volt.

Of course the queen-mother did not really know her maid.

Természetesen az anyakirályné nem ismerte igazán a szobalányt.

She did not know her favourite maid was a Rakshasi.

Nem tudta, hogy a kedvenc szobalánya egy Rakshasi.

"Please find the owner of this strand of hair," she asked.

„Kérlek, találd meg ennek a hajszálnak a tulajdonosát!" – kérte.

And her maid-servant more than politely agreed.

És a szolgálóleánya több mint udvariasan beleegyezett.

"It would my pleasure to find this woman"

„Örömmel találnám meg ezt a nőt"

"I will soon bring her to the palace"

„Hamarosan elviszem a palotába"

"I will need a boat build from Hajol wood"

„Szükségem lesz egy hajóépítésre Hajol fából"

"The oars of the boat must be made from Mon-Paban wood"

„A csónak evezőinek mon-pabani fából kell készülniük."

The boat makers soon made the boat.

A hajókészítők hamarosan elkészítették a csónakot.

And the boat was launched on the stream.

És a csónakot vízre bocsátották a patakon.

The maid-servant went on board of the boat.

A szolgálólány felment a hajóra.

With her she took some baskets of wicker.

Magával vitt néhány fonott kosarat.

The baskets of wicker were of curious workmanship.

A fonott kosarak különös kidolgozásúak voltak.

She also took with her some sweetmeats.

Vitt magával néhány édességet is.

Into the sweetmeats some poison had been mixed.

Az édességekbe némi mérget kevertek.

She snapped her fingers thrice.

Háromszor csettintett az ujjaival.

And then she uttered the following charm:

És akkor a következő bűbájt mondta:

"Boat of Hajol! Oars of Mon Paban!"

"Hajol hajó! Mon Paban evezői!"

"Take me to the Ghat,"

„Vigyél a Ghathoz!"

"The Ghat in which Keshavati bathes"

„A Ghat, amelyben Keshavati fürdik"

The boat heeded to her command.

A hajó engedelmeskedett a parancsnak.

And the boat flew like lightning over the waters.

És a hajó úgy repült a víz felett, mint a villám.

And the boat left many towns and cities behind.

És a hajó sok várost és települést hagyott maga mögött.

At last the boat stopped at a bathing-place.

Végre a csónak egy fürdőhelynél megállt.

The Rakshasi maid-servant had reached her goal.

A Rakshasi szolgálólány elérte célját.

She concluded it was the bathing ghat of Keshavati.

Arra a következtetésre jutott, hogy ez Keshavati
fürdőhelyének számító ghat.

She landed with the sweetmeats in her hand.

Kezében az édességekkel landolt.

She went to the gate of the palace, and cried aloud:

Odament a palota kapujához, és hangosan felkiáltott:

"Oh Keshavati! Keshavati! I am your aunt"

„Ó, Keshavati! Keshavati! Én vagyok a nagynénéd!"

"Oh Keshavati, I am your mother's sister"
„Ó, Keshavati, én vagyok anyád nővére"
"I have come to see you, my darling"
„Azért jöttem, hogy meglátogassalak, kedvesem"
"I have come after so many years"
„Annyi év után jöttem vissza"
"Are you home, Keshavati?" she asked.
„Itthon vagy, Keshavati?" – kérdezte.
The princess heard the words of the false-aunt.
A hercegnő hallotta az álnénje szavait.
She came out of her room and to the entrance of the palace.
Kijött a szobájából, és a palota bejáratához lépett.
She had no doubt that it was really her aunt.
Nem kételkedett benne, hogy valóban a nagynénje az.
And she embraced and kissed her aunt.
És átölelte és megcsókolta a nagynénjét.
They both wept rivers of joy.
Mindketten örömük folyóit sírták.
Although you should know the Rakshasi wept first.
Bár tudnod kell, hogy a Rakshasi sírt először.
Keshavati wept with her out of empathy.
Keshavati együttérzésből vele sírt.
Champa-Dal also believed the Rakshasi to be her aunt.
Champa-Dal azt is hitte, hogy a Rakshasi a nagynénje.
They all ate and drank and enjoyed the happy occasion.
Mindannyian ettek, ittak, és élvezték a boldog alkalmat.
And then they took rest in the middle of the day.
Aztán a nap közepén pihentek.
And they celebrated again in the evening.
És este újra ünnepeltek.

The next day the celebrations continued at breakfast.
Másnap reggelivel folytatódott az ünneplés.
Champa-Dal had a habit of sleeping after breakfast.
Champa-Dalnak szokása volt reggeli után aludni.
Towards afternoon, the supposed aunt said to Keshavati:
Délután felé a feltételezett nagynéni így szólt Keshavatihoz:

"Let us both go to the river and wash ourselves:
„Menjünk mindketten a folyóhoz, és mosakodjunk meg:
Keshavati replied, "How can we go now?"
Keshavati így válaszolt: „Hogy mehetünk most?"
"My husband is sleeping," she explained.
– A férjem alszik – magyarázta.
"Do not worry about your husband's sleep," said the aunt.
– Ne aggódj a férjed alvása miatt – mondta a nagynéni.
"Let him sleep as much as he likes"
"Hadd aludjon, amennyit akar"
"Let me put these sweetmeats near his bedside"
„Hadd tegyem ezeket az édességeket az ágya mellé"
"That way, when he awakes, he has something to eat"
„Így, amikor felébred, lesz mit ennie."
Then they then went to the river-side.
Aztán a folyópartra mentek.
They went close to the spot where the boat was.
Közel mentek ahhoz a helyhez, ahol a csónak volt.
From a distance Keshavati saw the baskets of wicker-work.
Keshavati távolról meglátta a fonott kosarakat.
"Aunt, what beautiful things are those!"
„Néni, milyen szép dolgok ezek!"
"I wish I could get some of those wicker baskets"
„Bárcsak tudnék szerezni néhányat azokból a fonott
kosarakból"
Her aunt happily obliged her.
A nagynénje boldogan tett eleget a kérésének.
"Come, my child, and look at the wicker baskets"
„Gyere, gyermekem, nézd meg a fonott kosarakat!"
"You can have as many baskets as you like"
„Annyi kosarad lehet, amennyit csak akarsz"
Keshavati at first refused to go into the boat.
Keshavati először nem volt hajlandó beszállni a csónakba.
But her aunt was very persuasive.
De a nagynénje nagyon meggyőző volt.
And finally she went onto the boat.
És végül felszállt a hajóra.

But once on the boat her aunt did a strange thing.

De amint a hajón volt, a nagynénje furcsa dolgot tett.

The aunt snapped her fingers thrice and said:

A néni háromszor csettintett az ujjaival, és azt mondta:

"Boat of Hajol! Oars of Mon-Paban!"

"Hajol hajó! Mon-Pabán evezői!"

"Take me to the Ghat,"

„Vigyél a Ghathoz!"

"The Ghat in which Sahasra-Dal bathes"

„A Ghat, amelyben Sahasra-Dal fürdik"

And the boat heeded to her command.

És a hajó engedelmeskedett a parancsnak.

And the boat flew like an arrow over the waters.

És a csónak nyílvesszőként repült a vizek felett.

Keshavati was frightened and began to cry.

Keshavati megijedt és sírni kezdett.

But the boat went on despite her crying.

De a hajó a lány sírása ellenére is továbbment.

And the boat left behind many towns and cities.

És a hajó sok várost és települést hagyott maga után.

In a trice the boat reached its destination.

A csónak egy szempillantás alatt megérkezett úti céljához.

The ghat where Sahasra-Dal was in the habit of bathing.

A ghat, ahol Sahasra-Dal fürödni szokott.

Keshavati was taken to the palace.

Keshavatit a palotába vitték.

Sahasra-Dal admired her beauty and the length of her hair.

Sahasra-Dal csodálta a szépségét és a haja hosszát.

And the ladies of the palace tried their best to comfort her.

A palota hölgyei pedig minden tőlük telhetőt megtettek, hogy megvigasztalják.

But she set up a loud cry of protest.

De a nő hangosan tiltakozott.

And she wanted to be taken back to her husband.

És vissza akart menni a férjéhez.

Finally she saw that she had been taken captive.

Végre rájött, hogy fogságba esett.

So she spoke to the ladies of the palace.
Így szólt a palota hölgyeihez.
"Upon marriage I made a vow to my husband"
„Házasságkötéskor fogadalmat tettem a férjemnek"
"I promised not to look upon the face of any other man"
„Megígértem, hogy nem nézek senki más arcába"
"I promised to uphold this vow for six months"
„Megígértem, hogy hat hónapig betartom ezt a fogadalmat"
She was then lodged away from the others in the palace.
Ezután elkülönítették a palota többi lakójától.
And she was given a small house to live in.
És kapott egy kis házat, ahol lakhatott.
The window of the house overlooked the road.
A ház ablaka az útra nézett.
There she spent the livelong day.
Ott töltötte az élethosszig tartó napot.
And there she spent the livelong night.
És ott töltötte az élethosszig tartó éjszakát.
Because she had very little sleep.
Mert nagyon keveset aludt.
Because her time was spent in sighing and weeping.
Mert az idejét sóhajtozással és sírással töltötte.

In the meantime Champa-Dal awoke from his sleep.
Közben Csampá-Dal felébredt álmából.
He was distracted with the grief of not finding his wife.
Elterelte a figyelmét a felesége hiánya miatti bánat.
His suspicions turned to the aunt of Keshavati.
Gyanúi Keshavati nagynénjére terelődtek.
He knew she was a cheat and an impostor.
Tudta, hogy a lány egy csaló és szélhámos.
It must have been her who carried away Keshavati.
Biztosan ő volt az, aki elrabolta Keshavatit.
He did not eat the sweetmeats left for him.
Nem ette meg a neki otthagyott édességeket.
Because he suspected the sweets to have been poisoned.
Mert gyanította, hogy az édességek mérgezettek.

He threw one of the sweets to a crow.

Odadobott egy édességet egy varjúnak.

The moment the crow ate the sweet, it dropped down dead.

Abban a pillanatban, hogy a varjú megette az édességet,
holtan esett össze.

This confirmed his suspicion of the pretend aunt.

Ez megerősítette a gyanúját az ál-nagynéni iránt.

Maddened with grief, he rushed out of the house.

A bánattól megőrülve kirohant a házból.

He was determined to go wherever his feet took him.

Eltökélte, hogy bárhová megy, ahová a lába viszi.

Like a madman he blubbered, "Oh Keshavati! Oh
Keshavati!"

Mint egy őrült, felbőszült: „Ó, Keshavati! Ó, Keshavati!"

He travelled on foot day after day.

Nap mint nap gyalog utazott.

And he followed whatever way his feet took him.

És követte azt az utat, amerre a lábai vitték.

Six months he spent travelling in this wearisome manner.

Hat hónapot töltött ezzel a fárasztó utazással.

After six month he reached the capital of Sahasra-Dal.

Hat hónap múlva elérte Sahasra-Dal fővárosát.

He passed by the gate of the palace.

Elhaladt a palota kapuja mellett.

And from the road he could see a small house.

És az útról egy kis házat is látott.

And from in the house he could hear sighs.

És a házból sóhajokat hallott.

Champa-Dal instantly recognized his wife.

Champa-Dal azonnal felismerte a feleségét.

And Keshavita instantly recognized her husband.

És Keshavita azonnal felismerte a férjét.

Keshavita told her husband everything that had happened.

Keshavita mindent elmesélt a férjének, ami történt.

"The woman asked to go bathing after breakfast"

„A nő reggeli után fürödni kért."

"At the river there was a boat"

„Volt egy csónak a folyónál"
"The woman persuaded me onto the boat"
„A nő rábeszélt a hajóra"
"And then the boat took us to this place"
„És aztán a hajó elvitt minket ide"
"I realized that I had been made captive"
„Rájöttem, hogy fogságba estem"
"So I told them of my vows to you"
„Így hát elmondtam nekik a neked tett fogadalmamat"
"But tomorrow will be the end of six month"
„De holnap lesz a hat hónap vége"
There was a custom in those days.
Akkoriban volt egy szokás.
The fulfilments of vows were publicly recited.
A fogadalmak beteljesítését nyilvánosan kihirdették.
This was normally fulfilled by a learned Brahman.
Ezt általában egy tanult brahman töltötte be.
They planned for Champa-Dal to take on this role.
Azt tervezték, hogy Champa-Dal veszi át ezt a szerepet.
And so that evening the palace drum was beat.
És így megszólalt a palota dobja azon az estén.
The king wanted a learned Brahman to make a recitation.
A király azt szerette volna, ha egy tanult brahman szavalatot tart.
The story of Keshavati on the fulfilment of her vow.
Keshavati története fogadalmának beteljesítéséről.
Champa-Dal touched the drum and volunteered.
Champa-Dal megérintette a dobot, és önként jelentkezett.
"I will make the recitation of Keshavita's vows"
„El fogom mondani Keshavita fogadalmait"
The next morning all assembled in the courtyard.
Másnap reggel mindenki összegyűlt az udvaron.
The old king and the queen mother.
Az öreg király és az anyakirályné.
Sahasra-Dal and his wife were there.
Sahasra-Dal és a felesége is ott voltak.
All the courtiers and the learned Brahmans of the country.

Az ország összes udvaronca és tanult brahmanja.

All royalty was under a huge canopy of silk.

A királyi család hatalmas selyembaldachin alatt volt.

Kashavati was also there, but behind a veil.

Kashavati is ott volt, de egy fátyol mögött.

So that she wouldn't be exposed to the rude gaze of people.

Hogy ne legyen kitéve az emberek goromba tekintetének.

Champa-Dal, the reciter, sat on a dais.

Csampá-Dál, a szavaló, egy emelvényen ült.

And he began to tell the story of Keshavati.

És elkezdte mesélni Keshavati történetét.

"There was once a poor dimwitted Brahman"

„Volt egyszer egy szegény, ostoba brahman."

"This dimwitted man had a wife, but no children"

„Ennek a buta embernek volt felesége, de gyermekei nem"

"But him not having children was probably for the best"

„De valószínűleg a legjobb is az volt, hogy nem voltak gyerekei."

"Because he was barely able to meet his own needs"

„Mert alig tudta kielégíteni a saját szükségleteit"

"And he could hardly supply enough for his wife"

„És alig tudott eleget adni a feleségének"

"But his dimwittedness was not even his biggest problem"

„De a butasága nem is volt a legnagyobb problémája."

And he continued the story as we have followed it.

És folytatta a történetet, ahogy mi is követtük.

And sometimes he turned around to Keshavati.

És néha Keshavati felé fordult.

And he asked her if he was telling the story correctly.

És megkérdezte tőle, hogy helyesen meséli-e el a történetet.

And she told him he was telling the story correctly.

És azt mondta neki, hogy helyesen meséli el a történetet.

"The Brahman woman concluded her fate was sealed"

„A brahman asszony arra a következtetésre jutott, hogy sorsa megpecsételődött"

"And she thought her husband would meet the same fate"

„És azt gondolta, hogy a férjére is ez a sors vár"

"And she did not expect her son to be spared either"
„És azt sem várta, hogy a fia életben maradjon"
"That night she hardly slept at all"
„Aznap éjjel alig aludt valamit"
"The Rakshasi had prevented her from seeing her husband"
„A Rakshasi megakadályozta, hogy láthassa a férjét."
"Early next morning Champa-Dal went to school"
„Másnap kora reggel Champa-Dal iskolába ment."
"Before he went to school, she gave her son a golden bottle"
„Mielőtt iskolába ment, a fiának adott egy aranypalackot"
"In the golden bottle was her own breast milk"
„Az arany cumisüvegben a saját anyateje volt"
"Carefully watch the colour of the milk"
„Figyelj oda a tej színére !"
During the recitation the Rakshasi maid-servant grew pale.
A szavalás közben a Rakshasi szolgálólány elsápadt.
She perceived that her real character was going to be
discovered.
Érezte, hogy igazi jellemére fény fog derülni.
And Sahasra-Dal was astonished at the knowledge of the
reciter.
És Sahasra-Dalt megdöbbentette a szavaló tudása.
The reciter clearly told the history of the prince's life.
A szavaló világosan elmesélte a herceg életének történetét.
"A drop or two of the blood fell from the bees"
„Egy-két csepp vér hullott a méhekről"
"But their blood did not touch the ground"
„De a vérük nem érte a földet"
"Instead, their blood landed on the ashes"
„Ehelyett a vérük a hamvaikra hullott"
"A terrible scream was heard at a distance"
„Egy szörnyű sikoly hallatszott a távolból"
"The scream was the wailing of the Rakshasas"
„A sikoly a Rákshaszák jajveszékelése volt."
"They were all running home as fast as they could"
„Mindannyian olyan gyorsan rohantak haza, ahogy csak
tudtak"

"They wanted to prevent the bees from being killed"
„Meg akarták akadályozni a méhek pusztulását"
"But they could not reach the palace in time"
„De nem tudták időben elérni a palotát"
"Because the bees had already been killed"
„Mert a méheket már megölték"
"The moment the bees were killed, all the Rakshasas died"
„Abban a pillanatban, ahogy a méhek elpusztultak, az összes Rakshasa meghalt."
"Their carcasses fell on the very spot they were standing"
„Holttetemek hullottak arra a helyre, ahol álltak"
"Their carcasses now blocked the gateway of the palace"
„Testeik eltorlaszolták a palota kapuját"
"In this manner the seven hundred Rakshasas were destroyed"
„Így pusztult el a hétszáz Rakshasa."
All where enthralled by the story of the Rakshasas.
Mindannyiukat lenyűgözte a Rakshasák története.
Because the story was being told by a true storyteller.
Mert a történetet egy igazmondó mesélte el.
All enjoyed the story except for the maid-servant.
Mindenki élvezte a történetet, kivéve a szobalányt.
Because her real character was bound to be discovered.
Mert az igazi jellemét előbb-utóbb felfedezték.
"Champa-Dal touched the drum and volunteered.
„Champa-Dal megérintette a dobot, és önként jelentkezett."
"I will make the recitation of Keshavita's vows"
„El fogom mondani Keshavita fogadalmait"
"The next morning all assembled in the courtyard"
„Másnap reggel mindenki összegyűlt az udvaron"
"The old king and the queen mother"
„Az öreg király és az anyakirályné"
"Sahasra-Dal and his wife were there"
„Sahasra-Dal és a felesége ott voltak"
"All the courtiers and the learned Brahmans of the country"
„Az ország összes udvaronca és tanult brahmanja"
"All royalty was under a huge canopy of silk"

„A királyi család minden tagja egy hatalmas selyembaldachin alatt volt"
"Kashavati was also there, but behind a veil"
„Kashavati is ott volt, de egy fátyol mögött"
"So that she wouldn't be exposed to the rude gaze of people"
„Hogy ne legyen kitéve az emberek goromba tekintetének"
"Champa-Dal, the reciter, sat on a dais"
„Champa-Dal, a szavaló, egy emelvényen ült"
"And he began to tell the story of Keshavati"
„És elkezdte mesélni Keshavati történetét"
Sahasra-Dal jumped up from his seat.
Sahasra-Dal felugrott a helyéről.
And he embraced the reciter of the story.
És átölelte a történet felolvasóját.
"You can be none other than my brother Champa-Dal"
„Nem lehetsz más, mint a testvérem, Champa-Dal"
Then the prince was inflamed with rage.
Ekkor a herceg dühbe gurult.
He ordered the maid-servant to come into his presence.
Megparancsolta a szolgálólánynak, hogy jöjjön elé.
A hole the height of a man was dug in the ground.
Egy embermagasságú gödröt ástak a földbe.
And the maid-servant was put into the hole, standing.
És a szolgálóleányt álló helyzetben tették be a verembe.
Prickly thorns were heaped around her.
Szúrós tövisek hevertek körülötte.
Up to the crown of her head she was covered in thorns.
A feje búbjáig tövisek borították.
In this way the maid-servant was buried alive.
Így temették el élve a szolgálóleányt.
After this all lived happily together for many years.
Ezután mindannyian boldogan éltek együtt hosszú éveken át.
Sahasra-Dal and his princess, and Champa-Dal and Keshavati.
Sahasra-Dal és a hercegnője, valamint Champa-Dal és Keshavati.

The Story of Swet and Bachanta
Swet és Bachanta története

There was once upon a time a rich merchant.
Volt egyszer egy gazdag kereskedő.
This rich merchant had only one son.
Ennek a gazdag kereskedőnek csak egyetlen fia volt.
And he loved his only son very much.
És nagyon szerette az egyetlen fiát.
He gave to his son whatever he wanted.
Azt adott a fiának, amit csak akart.
Of course his son wanted a beautiful house.
Természetesen a fia egy szép házat szeretett volna.
And he also wanted to have a large garden.
És egy nagy kertet is szeretett volna.
So a beautiful house was built for him.
Így hát egy gyönyörű házat építettek neki.
And a fine garden was made for him too.
És egy szép kertet is készítettek neki.
The merchant's son was pleased with the garden.
A kereskedő fia elégedett volt a kerttel.
And he enjoyed walking in the garden.
És élvezte a kertben sétálgatást.
One day a bird's nest caught his attention.
Egy nap egy madárfészek vonta magára a figyelmét.
This bird happens to be called Toontooni.
Ezt a madarat történetesen Toontoonínak hívják.
He put his hand into the small bird's nest.
Bedugta a kezét a kismadár fészekébe.
And in the nest he found an egg.
És a fészekben talált egy tojást.
He took the egg out of its nest.
Kivette a tojást a fészkéből.
There was an almirah in the wall of his house.
Volt egy almira a háza falában.
So he put the egg in the almirah.
Így hát beletette a tojást az almirába.

He closed the door of the almirah.
Becsukta az almirah ajtaját.
And then he thought no more of the egg.
És akkor már nem gondolt a tojásra.
The merchant's son had a house of his own.
A kereskedő fiának saját háza volt.
But he had a house without a household.
De volt egy háza, ahol nem volt háztartása.
So in his house there was no cook.
Így hát nem volt szakács a házában.
But he had no need for his own cook.
De neki nem volt szüksége saját szakácsra.
Because his mother regularly sent him food.
Mert az anyja rendszeresen küldött neki ennivalót.
In the morning she sent him breakfast.
Reggel reggelit küldött neki.
And every day she had dinner sent to him.
És minden nap küldtek neki vacsorát.
One day the egg in the almirah burst.
Egy nap szétrepedt a tojás az almirában.
But it was not a bird that came out of the egg.
De nem madár bújt ki a tojásból.
Out of the egg came a beautiful infant.
A tojásból egy gyönyörű kölyök született.
The infant was not a bird, but a human girl.
A csecsemő nem madár volt, hanem egy emberi lány.
But the merchant's son knew nothing of the event.
De a kereskedő fia semmit sem tudott az eseményről.
He had forgotten everything about the egg.
Mindent elfelejtett a tojásról.
The door of the wall-almirah had been kept closed.
A fal-almirah ajtaját zárva tartották.
However, the merchant's son did not lock the door.
A kereskedő fia azonban nem zárta be az ajtót.
The child grew up within the wall-almirah.
A gyermek a falon belül nőtt fel – almirah.
She had no knowledge of the merchant's son.

Semmit sem tudott a kereskedő fiáról.
Nor did she know of anyone else.
Másról sem tudott.
When the child could walk it grew curious.
Amikor a gyerek járni tudott, kíváncsivá vált.
And out of curiosity she opened the door.
És kíváncsiságból kinyitotta az ajtót.
That day, too, the mother had sent breakfast.
Azon a napon is küldött az anya reggelit.
And the breakfast had been put on the floor.
És a reggelit a földre tették.
The child saw the food that was on the floor.
A gyerek meglátta az ételt, ami a földön volt.
Of course the child ate from the food.
Természetesen a gyerek evett az ételből.
And then the child returned into the wall.
És akkor a gyerek visszatért a falba.
The merchant's mother always made a lot of food.
A kereskedő anyja mindig sok ételt készített.
It was more food than he could possibly eat.
Több étel volt, mint amennyit képes volt megenni.
So he didn't notice that any food was missing.
Így nem vette észre, hogy hiányzik valami étel.
The girl of the wall-almirah came out every day.
A fal-almirah lánya minden nap kijött.
And every day she ate a part of the food.
És minden nap evett az ételből egy darabot.
After eating the food she returned to the almirah.
Miután megette az ételt, visszatért az almirába.
But with time the girl got older and older.
De idővel a lány egyre idősebb és idősebb lett.
And with age she got bigger and bigger.
És az idő múlásával egyre nagyobb és nagyobb lett.
And the bigger she got the hungrier she got.
És minél nagyobb lett, annál éhesebb lett.
And she began to eat more of the food each day.
És minden nap többet kezdett enni belőle.

Eventually the merchant's son noticed the missing food.

Végül a kereskedő fia vette észre az eltűnt élelmet.

But he had no way of knowing where the food went.

De fogalma sem volt, hová kerül az étel.

The last thing he suspected was a girl from inside the almirah.

Az utolsó dolog, amire gyanakodott, egy lány volt az almirah belsejéből.

And so he came to a very different conclusion.

És így egészen más következtetésre jutott.

"Why is mother sending such a small quantity of food?".

„Miért küld anya ilyen kis mennyiségű ételt?"

And he had a message sent to his mother.

És üzenetet küldött az anyjának.

"Why am I being sent insufficient food?".

„Miért küldenek nekem elég ételt?"

"And why is the dish served so slovenly?".

„És miért tálalják ilyen hanyagul az ételt?"

Of course we know why the food was insufficient.

Persze, tudjuk, miért nem volt elég étel.

And we know why the food was presented slovenly.

És tudjuk, miért volt hanyagul tálalva az étel.

The girl from in the wall ate from his food.

A fal mögül érkező lány az ő ételéből evett.

And as she ate she fingered the rice and curry.

Evés közben megkóstolta a rizst és a curryt.

And she always hurried back into her cell in the wall.

És mindig sietve visszament a falba zárt cellájába.

So that she would not be seen by anyone.

Hogy senki ne lássa őt.

She had no time to put the rice in proper order.

Nem volt ideje rendesen elrendezni a rizst.

The mother was astonished at her son's complaint.

Az anya megdöbbent fia panaszán.

She gave him more than he could eat.

Többet adott neki, mint amennyit meg tudott enni.

The food was served up on a silver plate.

Az ételt ezüsttányéron szolgálták fel.
And she neatly arranged the food herself.
És szépen elrendezte az ételt maga.
But her son repeated the same complaint again.
De a fia újra megismételte ugyanazt a panaszt.
Day after day he complained of the small portions.
Nap mint nap panaszkodott a kis adagokra.
Day after day he complained of the messy food.
Nap mint nap panaszkodott a rendetlen ételre.
And so his mother began to suspect foul play.
Így az anyja gyanakodni kezdett a bűntettre.
She told her son to watch over the food.
Azt mondta a fiának, hogy vigyázzon az ételre.
"See if anyone is eating your food".
„Nézd meg, eszi-e valaki az ételedet."
The next day a servant brought the food.
Másnap egy szolga hozta az ételt.
The servant laid the food in a clean place.
A szolga tiszta helyre tette az ételt.
Normally the merchant's son took a bath.
A kereskedő fia általában fürdött.
But this day he did not go for a bath.
De ezen a napon nem ment el fürdeni.
Instead, on this day he hid himself nearby.
Ehelyett ezen a napon a közelben rejtőzött el.
From his hiding place he could see the food.
A rejtekhelyéről látta az ételt.
The merchant's son did not have to wait for long.
A kereskedő fiának nem kellett sokáig várnia.
Soon he saw the wall-almirah open.
Hamarosan meglátta a fal-almirát, ami megnyílt.
And he saw a beautiful damsel step out.
És meglátott egy gyönyörű leányt kilépni.
She could not have been more than sixteen.
Nem lehetett több tizenhat évesnél.
She sat on the carpet by the breakfast.
A reggeliző mellett ült a szőnyegen.

And she began to eat from the food left on the floor.
És elkezdett enni a padlón maradt ételből.
The merchant's son came out of his hiding-place.
A kereskedő fia előjött rejtekhelyéről.
And the damsel could not escape from him.
És a leány nem tudott elmenekülni előle.
"Who are you, beautiful creature?".
„Ki vagy te, gyönyörű teremtmény?"
"You do not seem to be earth-born".
„Úgy tűnik, nem földi szülött vagy."
"Are you one of the daughters of the gods?".
„Te az istenek egyik lánya vagy?"
The girl replied, "I do not know who I am".
A lány így válaszolt: „Nem tudom, ki vagyok."
"But there is one thing I do know," the girl continued.
– De egy dolgot biztosan tudok – folytatta a lány.
"One day I found myself in the almirah in the wall".
„Egy nap a falba épített almirában találtam magam."
"And since then I have been living in the wall".
„És azóta a falban élek."
The merchant's son thought her story was strange.
A kereskedő fia furcsának találta a történetét.
But then he thought a bit more about the story.
De aztán egy kicsit jobban elgondolkodott a történeten.
And he remembered what happened sixteen years ago.
És eszébe jutott, mi történt tizenhat évvel ezelőtt.
He remembered the nest of the toontoori bird.
Emlékezett a toontoori madár fészkére.
And he remembered finding an egg in the nest.
És eszébe jutott, hogy talált egy tojást a fészekben.
And he remembered putting the egg in the almirah.
És eszébe jutott, hogy a tojást az almirába tette.
The wall-almirah girl was of uncommon beauty.
A fali lány szokatlan szépségű volt.
And the merchant's son was struck by her beauty.
És a kereskedő fiát lenyűgözte a szépsége.
Her beauty made a deep impression on his mind.

Szépsége mély benyomást tett az elméjére.

And he resolved in his mind to marry her.

És elhatározta magában, hogy feleségül veszi.

From then on the girl didn't stay in the almirah.

Attól kezdve a lány nem maradt az almirában.

She was given a room in the merchant's son's house.

Kapott egy szobát a kereskedő fiának házában.

The next day the merchant's son wrote a message.

Másnap a kereskedő fia üzenetet írt.

And he had the message sent to his mother.

És elküldte az üzenetet az anyjának.

You can guess the general theme of the message.

Kitalálhatod az üzenet általános témáját.

The merchant's son said he would like to get married.

A kereskedő fia azt mondta, hogy szeretne megnősülni.

The mother of the merchant's son reproached herself.

A kereskedő fiának anyja szemrehányást tett magának.

She had not tried to find a wife for his son.

Nem próbált feleséget találni a fiának.

She felt she should have thought of his marriage.

Úgy érezte, gondolnia kellett volna a házasságára.

And so she promptly replied to her son's message.

És így azonnal válaszolt fia üzenetére.

She and her father were going to send out ghataks.

Ő és az apja ghatakokat akartak küldeni.

The ghataks were going to go to different countries.

A ghatakok különböző országokba akartak menni.

There they were going to look for suitable brides.

Ott kerestek megfelelő menyasszonyokat.

But the merchant's son said there would be no need.

De a kereskedő fia azt mondta, hogy erre nem lesz szükség.

He had secured himself a lovely young lady.

Szerzett magának egy bájos fiatal hölgyet.

If they had no objection, he would introduce her to them.

Ha nincs ellenvetésük, bemutatja nekik.

And so the young lady was taken to the merchant's house.

És így a fiatal hölgyet elvitték a kereskedő házába.

The merchant and his wife welcomed the stranger.
A kereskedő és felesége örömmel fogadták az idegent.
And they were also struck by her unmatched beauty.
És páratlan szépsége is lenyűgözte őket.
The girl was of perfect loveliness and grace.
A lány tökéletesen bájos és kecses volt.
The parents made no questions to her birth.
A szülők nem kérdőjelezték meg a születését.
And the nuptials were celebrated there and then.
És a menyegzőt ott és akkor ünnepelték.

In the course of time the merchant's son had two sons.
Idővel a kereskedő fiának két fia született.
The elder of the sons he named Swet.
A fiak közül az idősebbet Swetnek nevezte el.
And the younger son he named Basanta.
A kisebbik fiát pedig Basantának nevezte el.
After the passing of more time the old merchant died.
Több idő elteltével az öreg kereskedő meghalt.
So the merchant's son now became the merchant.
Így a kereskedő fia lett most a kereskedő.
And after some time his mother died too.
És egy idő múlva az édesanyja is meghalt.
Swet and Basanta grew up to be fine lads.
Swet és Basanta remek srácokká nőttek fel.
And the elder son was in due time married.
És az idősebb fiú idővel megnősült.
Sometime after Swet's marriage his mother also died.
Valamikor Swet házassága után az édesanyja is meghalt.
The girl from in the wall was no more.
A fal mögül előbukkanó lány már nem volt ott.
The widower lost no time in marrying again.
Az özvegyember nem vesztegette az időt, újra megnősült.
And he had a new young and beautiful wife.
És volt egy új, fiatal és gyönyörű felesége.
Swet's wife was older than his stepmother.
Swet felesége idősebb volt, mint a mostohaanyja.

So his wife became the mistress of the house.
Így a felesége lett a ház úrnője.
The stepmother was like all stepmothers are.
A mostohaanya olyan volt, mint minden mostohaanya.
She hated Swet and Basanta with a perfect hatred.
Tökéletes gyűlölettel gyűlölte Swetet és Basantát.
And the two ladies also couldn't stand each other.
És a két hölgy sem bírta egymást.
It so happened one day that a fisherman came.
Történt egy nap, hogy odajött egy halász.
The fisherman brought to the merchant a fish.
A halász halat hozott a kereskedőnek.
This fish was of singular and remarkable beauty.
Ez a hal egyedülálló és figyelemre méltó szépségű volt.
It was unlike any other fish that had been seen.
Olyan hal volt, mint amit korábban láttak.
And the fish had other qualities too.
És a halaknak más tulajdonságaik is voltak.
The fisherman explained the wonders of the fish.
A halász elmagyarázta a halak csodáit.
"Two things will happen if you eat this fish".
„Két dolog fog történni, ha megeszed ezt a halat."
"When you laugh maniks will drop from your mouth".
„Amikor nevetsz, manikűrpofa esik a szádról."
"And when you weep pearls will drop from your eyes".
„És amikor sírsz, gyöngyök hullanak a szemedből."
The merchant was astounded by what he had heard.
A kereskedő megdöbbent a hallottakon.
And he wanted the wonderful properties of the fish.
És a hal csodálatos tulajdonságait akarta.
And so he bought the fish at one thousand rupees.
Így hát megvette a halat ezer rúpiáért.
And he put the fish into the hands of Swet's wife.
És a halat Swet feleségének kezébe adta.
Because Swet's wife was the mistress of the house.
Mivel Swet felesége volt a ház úrnője.
He strictly instructed her to cook the fish well.

Szigorúan megparancsolta neki, hogy jól süsse meg a halat.
And he told her to give the fish to him alone to eat.
És azt mondta neki, hogy adja oda neki a halat egyen egyedül.
The house-mother however knew the fish's secret.
A házvezetőnő azonban tudta a hal titkát.
She had overheard what the fisherman had said.
Hallotta, mit mondott a halász.
Secretly she made a different plan in her mind.
Titokban más tervet szőtt a fejében.
She was going to cook the fish for her husband.
A férjének akarta megfőzni a halat.
And she was going to share the fish with his brother.
És meg akarta osztani a halat a testvérével.
For her father-in-law she was going to prepare a frog.
Az apósának békát akart készíteni.
Soon she had finished cooking the marvelous fish.
Hamarosan befejezte a csodálatos hal sütését.
And she had finished cooking a frog too.
És egy békát is megsütött.
But from the kitchen she could hear a squable.
De a konyhából egy sikolyt hallott.
She could hear who it was that was arguing.
Hallotta, hogy ki vitatkozik.
Her stepmother-in-law and her husband's brother.
A mostohaanyja és a férje testvére.
And she understood the cause of the argument.
És megértette a vita okát.
Basanta was still but a young lad.
Basanta még csak egy fiatal fiú volt.
But he was passionately fond of his pigeons.
De szenvedélyesen szerette a galambjait.
And he tamed his pigeons very well.
És nagyon jól megszelídítette a galambjait.
Nonetheless, one of his pigeons had escaped.
Mindazonáltal az egyik galambja megszökött,
And the pigeon flew into his stepmother's room.
És a galamb berepült a mostohaanyja szobájába.

His stepmother hid the pigeon in her clothes.

A mostohája elrejtette a galambot a ruhájába.

Basanta rushed after the pigeon into the room.

Basanta a galamb után rohant a szobába.

And he loudly demanded to have the pigeon back.

És hangosan követelte, hogy adják vissza a galambot.

His stepmother denied having the pigeon.

A mostohája tagadta, hogy nála lenne a galamb.

Swet, however, did know she had the pigeon.

Swet azonban tudta, hogy nála van a galamb.

And the older brother forcibly took the bird.

Az idősebb testvér pedig erőszakkal elvette a madarat.

And he freed the pigeon from her clothes.

És megszabadította a galambot a ruháitól.

And he gave the pigeon back to his brother.

És visszaadta a galambot a testvérének.

The stepmother cursed and swore, and added;

A mostohaanya káromkodott és káromkodott, majd hozzátette;

"Wait until the head of the house comes home".

„Várj, míg a ház ura hazaér."

"He will get no water till he sheds your blood".

„Nem kap vizet, amíg ki nem ontja a véredet."

Swet's wife called her husband and said to him;

Swet felesége felhívta a férjét, és ezt mondta neki;

"My dearest lord, that woman is a most wicked woman".

„Kedves uram, az a nő egy igen gonosz asszony."

"And she has boundless influence over my father-in-law".

„És határtalan befolyása van az apósomra."

"She will make him do what she has threatened".

„Kényszeríti majd arra, amivel fenyegetőzött."

"All our lives are in imminent danger".

„Mindannyiunk élete közvetlen veszélyben forog."

"But let us first eat a little," she added.

„De előbb együnk egy kicsit" – tette hozzá.

"And then let us all three run away from this place".

„És akkor mind a hárman szökjünk el erről a helyről."

Swet forthwith called Basanta to him.
Swet azonnal magához hívta Basantát.
And he told him what he had heard from his wife.
És elmondta neki, amit a feleségétől hallott.
They resolved to run away before nightfall.
Elhatározták, hogy még sötétedés előtt elmenekülnek.
The woman placed before her husband the fish.
Az asszony a férje elé tette a halat.
And her brother-in-law ate of the fish too.
És a sógora is evett a halból.
And they ate of the fish heartily.
És jóízűen ettek a halból.
The woman packed up all her jewels in a box.
A nő egy dobozba csomagolta az összes ékszerét.
There was only one horse in the stables.
Csak egy ló volt az istállóban.
But the horse was of uncommon fleetness.
De a ló szokatlanul gyors volt.
They could all sit on the horse together.
Mindannyian együtt ülhettek a ló hátán.
Swet held the reins of the horse.
Swet fogta a ló gyeplőjét.
The woman sat in the middle of the horse.
Az asszony a ló közepén ült.
And she had the jewel-box in her lap.
És az ékszerdoboz az ölében volt.
And Basanta sat on the rear of the horse.
Basanta pedig a ló hátulján ült.
The horse galloped with the utmost swiftness.
A ló a legnagyobb gyorsasággal vágtatott.
They passed through many a plain and noted town.
Sok egyszerű és nevezetes városon haladtak át.
After midnight they found themselves in a forest.
Éjfél után egy erdőben találták magukat.
And they were not far from the banks of a river.
És nem voltak messze egy folyó partjától.
Here the most untoward event took place.

Itt történt a legváratlanabb esemény.
Swet's wife began to feel the pains of child-birth.
Swet felesége elkezdte érezni a szülés fájdalmait.
They dismounted from the horse without delay.
Késlekedés nélkül leszálltak a lóról.
And within an hour Swet's wife gave birth to a son.
És egy órán belül Swet felesége fiút szült.
What were the two brothers to do in this forest?
Mit kellett volna csinálnia a két testvérnek ebben az erdőben?
They knew that a fire had to be kindled.
Tudták, hogy tüzet kell gyújtani.
The mother and the new-born baby needed warmth.
Az anyának és az újszülöttnek melegre volt szüksége.
But from where was there fire to be gotten?
De honnan lehetett volna tüzet szerezni?
There were no human habitations visible.
Emberi lakóhelyek nem voltak láthatók.
Nonetheless, a fire had to be procured.
Ennek ellenére tüzet kellett gyújtani.
And it was the winter month of December.
És december, a téli hónap volt.
The mother and the baby would certainly perish.
Az anya és a baba biztosan elpusztulnának.
Swet told Basanta to sit beside his wife.
Swet megkérte Basantát, hogy üljön le a felesége mellé.
And he set out in the darkness of the night.
És elindult az éjszaka sötétjében.
And he went in search of wood to make a fire.
És fát keresett, hogy tüzet rakhasson.
Swet walked many a mile through the darkness.
Swet sok mérföldet gyalogolt a sötétségben.
But despite the distance he saw no human habitations.
De a távolság ellenére sem látott emberi lakóhelyeket.
But eventually his eyes were given some help.
De végül a szeme kapott némi segítséget.
The genial light of Sukra somewhat illumined his path.
Sukra jóindulatú fénye némileg megvilágította útját.

And he saw at a distance what seemed a large city.
És távolról meglátott valamit, ami egy nagy városnak tűnt.
He was congratulating himself on his journey's end.
Gratulált magának az útja végéhez.
And he congratulated himself for finding fire.
És gratulált magának, hogy tüzet talált.
The fire that was going to benefit his poor wife.
A tűz, amely szegény feleségének javára szolgált.
His wife that was lying cold in the forest.
A felesége, aki fázva feküdt az erdőben.
The fire that was going to save his new-born child.
A tűz, amely megmenthette volna újszülött gyermekét.
The new-born baby born into the coldness.
Az újszülött a hidegben született.
Suddenly an elephant shot across his path.
Hirtelen egy elefánt repült át az útján.
The elephant was gorgeously caparisoned.
Az elefánt pompásan volt felöltözve.
And the elephant gently picked him with his trunk.
Az elefánt pedig gyengéden felkapta az ormányával.
He placed him on the rich howdah on its back.
Rátette a hátán függő gazdag howdah-ra.
The elephant then walked rapidly towards the city.
Az elefánt ezután gyorsan elindult a város felé.
Swet was quite taken aback by the events.
Swetet egészen megdöbbentették az események.
He did not understand the elephant's actions.
Nem értette az elefánt mozdulatait.
And he wondered what was in store for him.
És azon tűnődött, mi vár rá.
A crown is that which was in store for him.
Egy korona várt rá.
He was being taken to the chief city of a kingdom.
Egy királyság fővárosába vitték.
In this kingdom every morning a king was elected.
Ebben a királyságban minden reggel királyt választottak.
Because the kings of this city lasted but a day.

Mert e város királyai csak egy napig uralkodtak.
Every night the new king joined the queen in her room.
Az új király minden este csatlakozott a királynéhoz a szobájában.
And every morning the previous king was found dead.
És minden reggel holtan találták az előző királyt.
No one knew what caused the deaths of the kings.
Senki sem tudta, mi okozta a királyok halálát.
Not even the queen knew what caused their death.
Még a királynő sem tudta, mi okozta a halálukat.
So this kingdom had its own king-maker.
Tehát ennek a királyságnak megvolt a saját királycsinálója.
The elephant who suddenly took hold of Swet.
Az elefánt, aki hirtelen megragadta Swetet.
Early in the morning the elephant roamed about.
Kora reggel az elefánt körülnézett.
Sometimes the elephant went to distant places.
Az elefánt néha távoli helyekre ment.
And every evening the elephant returned with a man.
És minden este az elefánt visszatért egy emberrel.
The man on the elephant's became their king.
Az elefánton ülő férfi lett a királyuk.
The elephant majestically marched through the streets.
Az elefánt fenségesen vonult végig az utcákon.
A crowd of people welcomed their new king.
Tömeg köszöntötte új királyukat.
But Swet did not yet understand their cheers.
De Swet még nem értette az éljenzésüket.
The elephant entered the kingdom's palace.
Az elefánt belépett a királyság palotájába.
And the elephant placed Swet on the throne.
Az elefánt pedig Swetet ültette a trónra.
Amid much rejoicing he was proclaimed king.
Nagy örömünnep közepette királlyá kiáltották ki.
But there were lamentations in the crowd too.
De a tömegben is voltak jajveszékelések.
In the course of the day he heard of the curse.

A nap folyamán hallott az átokról.
The nightly death of every newly elected king.
Minden újonnan megválasztott király éjszakai halála.
But Swet was possessed of great discretion.
De Swet nagy diszkrécióval rendelkezett.
And he had the courage not to try an escape.
És volt bátorsága nem megpróbálni a szökést.
He took every precaution that he could take.
Minden lehetséges óvintézkedést megtett.
But he did not know how to avert the catastrophe.
De nem tudta, hogyan kerülje el a katasztrófát.
And he knew not what expedients to adopt.
És nem tudta, milyen eszközöket alkalmazzon.
Because he didn't know the nature of the danger.
Mert nem ismerte a veszély természetét.
He resolved, however, upon two things;
Két dologban azonban elhatározott;
He was going to go armed into the bedchamber.
Felfegyverkezve akart bemenni a hálószobába.
And he was going to stay awake the whole night.
És egész éjjel ébren akart maradni.
The queen was young and of exquisite beauty.
A királynő fiatal volt és gyönyörű szépségű.
Guileless and benevolent was the expression of her face.
Ártatlan és jóindulatú volt az arckifejezése.
It was impossible to attribute her any malice.
Lehetetlen volt bármilyen rosszindulatot tulajdonítani neki.
No one believed she caused all the kings' deaths.
Senki sem hitte, hogy ő okozta az összes király halálát.
In the queen's chamber Swet spent an agreeable evening.
A királyné hálószobájában Swet kellemes estét töltött.
As the night advanced the queen fell asleep.
Ahogy közeledett az éjszaka, a királynő elaludt.
But Swet kept awake, and was on the alert.
De Swet ébren maradt, és résen volt.
He looked at every creek and corner of the room.
Végignézett a szoba minden egyes zugán és szegletén.

And he expected every minute to be murdered.

És minden percben arra számított, hogy meggyilkolják.

But the queen did not rise to murder him.

De a királynő nem kelt fel, hogy megölje.

And no one entered the room to murder him either.

És senki sem lépett be a szobába, hogy megölje.

Nor did he feel anything other than sleepiness.

Nem érzett semmi mást, csak álmosságot.

But in the dead of night he perceived something.

De az éjszaka közepén meglátott valamit.

A thread was coming out the queen's nostril.

Egy cérnaszál jött ki a királynő orrlyukán.

The thread was so thin that it was almost invisible.

A szál olyan vékony volt, hogy szinte láthatatlan volt.

Slowly the thread reached several yards in length.

A szál lassan elérte a több yard hosszúságot.

And eventually all the thread came out.

És végül az összes szál kijött.

Only then did the thread begin to grow thicker.

Csak ekkor kezdett vastagodni a szál.

Soon the thread took on its real shape.

A szál hamarosan elnyerte igazi alakját.

The thread was in fact a huge serpent.

A fonal valójában egy hatalmas kígyó volt.

Immediately Swet cut off the head of the serpent.

Swet azonnal levágta a kígyó fejét.

The body of the serpent wriggled violently.

A kígyó teste hevesen vonaglott.

He sat quiet in the room, expecting other adventures.

Csendben ült a szobában, újabb kalandokra várva.

But nothing else happened the rest of the night.

De az este további részében semmi más nem történt.

The queen slept longer than usual.

A királynő tovább aludt a szokásosnál.

Because she had been relieved of the huge snake.

Mert megszabadult a hatalmas kígyótól.

Early next morning the ministers came.

Másnap kora reggel megérkeztek a miniszterek.
They were expecting to hear of the king's death.
A király haláláról vártak hírt.
The ladies of the bedchamber knocked at the door.
A hálószoba hölgyei kopogtak az ajtón.
But to their astonishment Swet come out.
De legnagyobb meglepetésükre Swet kijött.
The folk learned the mystery of all the kings' deaths.
A nép megtudta az összes király halálának rejtélyét.
And now the country rejoiced their permanent king.
És most az ország örvendezett örökös királyának.
There is a strange thing you probably noticed.
Van egy furcsa dolog, amit valószínűleg észrevettél.
Swet did not remember his wife he left behind.
Swet nem emlékezett a feleségére, akit hátrahagyott.
It is a strange thing, nevertheless it is true.
Furcsa dolog, de ettől függetlenül igaz.
Nor did he remember the defenceless new-born babe.
A védtelen újszülött csecsemőre sem emlékezett.
And he did not remember his brother either.
És a testvérére sem emlékezett.
He had no time to remember when the elephant came.
Nem volt ideje visszaemlékezni, mikor jött az elefánt.
On the first night he had to worry for his own life.
Az első éjszakán a saját életéért kellett aggódnia.
And now the crown brought on his forgetfulness.
És most a korona feledékenységet hozott rá.
But he had entrusted his wife and child to Basanta.
De a feleségét és a gyermekét Basantára bízta.
And his brother sat waiting for many weary hours.
És a bátyja sok fárasztó órán át ült és várt.
Every moment he expected to see Swet return with fire.
Minden pillanatban arra számított, hogy Swet tűzzel tér vissza.
But the whole night passed away without his return.
De az egész éjszaka eltelt anélkül, hogy visszatért volna.
At sunrise he went to the bank of the river.

Napkeltekor a folyó partjára ment.
There he anxiously looked about for his brother.
Ott aggódva kereste a testvérét.
But his waiting and searching were all in vain.
De a várakozása és keresése mind hiábavaló volt.
Distressed beyond measure, he wept at the riverside.
Mérhetetlenül elkeseredve sírt a folyóparton.
As he was weeping a boat was passing by.
Miközben sírt, egy csónak haladt el mellette.
In the boat a merchant was returning from business.
A csónakban egy kereskedő tért vissza az üzleti útjáról.
The boat was not far from the shore.
A csónak nem volt messze a parttól.
So the merchant could see Basanta weeping.
Így a kereskedő láthatta Basantát sírni.
Something struck the attention of the merchant.
Valami felkeltette a kereskedő figyelmét.
By the weeping man appeared to be a pile of pearls.
A síró férfi mellett egy halom gyöngy tűnt fel.
The merchant requested the boatman to halt.
A kereskedő megkérte a révészt, hogy álljon meg.
And the merchant went to the weeping man.
És a kereskedő odament a síró emberhez.
By the weeping man was in fact a pile of pearls.
A síró férfi mellett valójában egy halom gyöngy volt.
And the pearls were of the highest quality.
És a gyöngyök a legkiválóbb minőségűek voltak.
And another thing astonished the merchant.
És még valami megdöbbentette a kereskedőt.
The pile of pearls grew larger every second.
A gyöngykupac másodpercről másodpercre nagyobb lett.
Because the man was crying, but not tears.
Mert a férfi sírt, de nem könnyeket.
Because his tears turned to pearls on the ground.
Mert könnyei gyöngyökké változtak a földön.
The merchant stowed away the pearls into his boat.
A kereskedő elrakta a gyöngyöket a csónakjába.

Then the merchant got his servants to help him.
Aztán a kereskedő segítségre intett a szolgáival.
And together they captured the crying man.
És együtt elfogták a síró férfit.
They put him on board of the vessel.
Feltették a hajó fedélzetére.
And he tied him to one of the ship's masts.
És a hajó egyik árbocához kötötte.
Basanta, of course, tried his best to resist.
Basanta természetesen minden erejével próbált ellenállni.
But what could he do against so many sailors?
De mit tehetett volna ennyi tengerész ellen?
He thought of his brother who never returned.
A bátyjára gondolt, aki soha nem tért vissza.
He thought of his sister-in-law in the forest.
A sógornőjére gondolt az erdőben.
And he thought of his newly born niece.
És az újonnan született unokahúgára gondolt.
And he cried even more bitterly than before.
És még keserűbben sírt, mint azelőtt.
His weeping mightily pleased the merchant.
A kereskedőnek nagyon tetszett a sírása.
Because even more pearls were falling to the ground.
Mert még több gyöngy hullott a földre.
And the merchant became richer and richer.
És a kereskedő egyre gazdagabb lett.
Eventually the merchant reached his native town.
Végül a kereskedő megérkezett szülővárosába.
When they got there he confined Basanta in a room.
Amikor odaértek, bezárta Basantát egy szobába.
At stated hours every day he had him whipped.
Minden nap meghatározott órákban megkorbácsoltatta.
In order to make him shed yet more tears.
Hogy még több könnyet hullasson.
And every tear converted into a bright pearl.
És minden könnycsepp fényes gyönggyé változott.
The merchant one day said to his servants;

A kereskedő egy napon így szólt a szolgáihoz:
"The fellow is making me rich by his weeping".
„Ez a fickó a sírásával gazdagít meg engem."
"Let us see what he gives me by laughing".
„Lássuk, mit ad nekem a nevetésével."
Accordingly, he began to tickle his captive.
Ennek megfelelően csiklandozni kezdte foglyát.
Upon being tickled Basanta began to laugh.
Amikor Basanta megcsiklandozta, nevetni kezdett.
Of course he was not laughing out of happiness.
Persze nem a boldogságtól nevetett.
But none the less maniks dropped from his mouth.
De azért kiesett egy adag manikűr a szájából.
After this Basanta was not just whipped anymore.
Ezután Basantát már nem csak korbácsolták meg.
Now he was alternately whipped and tickled.
Most felváltva korbácsolták és csiklandozták.
All day and far into the night he was exploited.
Egész nap és késő éjszakába nyúlóan kizsákmányolták.
The merchant's wealth increased day and night.
A kereskedő vagyona éjjel-nappal gyarapodott.
Soon he became the wealthiest man in the land.
Hamarosan az ország leggazdagabb embere lett.
But let us return to Basanta's subjugation later.
De térjünk vissza Basanta leigázására később.
Now let us turn our attention to Swet's wife.
Most pedig forduljunk Swet feleségéhez.

Swet's abandoned wife was still in the forest.
Swet elhagyott felesége még mindig az erdőben volt.
She had just given birth to her child.
Épp akkor szülte meg a gyermekét.
But now she was alone in the forest.
De most egyedül volt az erdőben.
First her husband had abandoned her.
Először a férje hagyta el.
And now her brother-in-law abandoned her too.

És most a sógora is elhagyta őt.
Imagine how overwhelmed with grief she felt.
Képzeld el, mennyire elöntötte a bánat.
Alone, and in a forest, far from civilization.
Egyedül, egy erdőben, távol a civilizációtól.
Her case was indeed deserving of sympathy.
Az esete valóban együttérzést érdemelt.
She wept rivers of sad and lonely tears.
Szomorú és magányos könnyek folyóit hullatotta.
Excessive grief, however, brought her relief.
A túlzott gyász azonban megkönnyebbülést hozott neki.
She fell asleep with the new-born in her arms.
Elaludt az újszülöttel a karjában.
While she was deep in sleep another tragedy took place.
Míg mélyen aludt, egy másik tragédia is történt.
It so happened that the Kotwal was passing by.
Történt, hogy a Kotwal éppen arra haladt.
He had recently suffered his own misfortune.
Nemrégiben ő maga is elszenvedte a szerencsétlenségét.
But his misfortune was of a different nature.
De a szerencsétlensége más természetű volt.
The children his wife bore died shortly after birth.
A felesége által szült gyerekek röviddel a születésük után
meghaltak.
And he was now going to bury the last infant.
És most az utolsó csecsemőt is el akarta temetni.
He was heading to the banks of the river.
A folyó partja felé tartott.
The place where the other infants were buried.
A hely, ahol a többi csecsemőt eltemették.
But then he saw the woman sleeping in the forest.
De aztán meglátta az erdőben alvó nőt.
And in her arms he saw her holding a baby.
És a karjaiban látta, ahogy egy csecsemőt tart.
The infant was a lively and beautiful boy.
A csecsemő egy eleven és gyönyörű fiú volt.
His liveliness did not disturb his mother's sleep.

Élénksége nem zavarta anyja álmát.
The Kotwal wanted the lovely infant very much.
A Kotwal nagyon szerette volna a kedves csecsemőt.
He quietly took the child from his mother.
Csendben elvette a gyereket az anyjától.
And in her arms he placed his own dead child.
És a karjaiba helyezte saját halott gyermekét.
Of course this is not what he could tell his wife.
Persze ezt nem mondhatta el a feleségének.
"We both thought that our son had died".
„Mindketten azt hittük, hogy a fiunk meghalt."
"And I carried his body to the river bank".
„És kivittem a holttestét a folyópartra."
"And that was when a miracle occurred".
„És ekkor történt a csoda."
"Once more our son opened his young eyes".
„Fiunk ismét kinyitotta fiatal szemét."
"And now we have a beautiful and lively boy".
„És most van egy gyönyörű és eleven fiunk."
But Swet's wife did not know the true events.
De Swet felesége nem tudott a valódi eseményekről.
When she woke she held the dead child in her arms.
Amikor felébredt, a halott gyermeket tartotta a karjában.
And she thought it was her child that had died.
És azt hitte, hogy a saját gyermeke halt meg.
The distress of her mind may easily be imagined.
Lelki gyötrelme könnyen elképzelhető.
The whole world became dark to her.
Az egész világ sötét lett előtte.
She was distracted by the loss of her child.
Elterelte a figyelmét gyermeke elvesztése.
And in her distraction she formed a resolution.
És a zavarodottságában elhatározásra jutott.
She had resolved to take her own life.
Elhatározta, hogy véget vet az életének.
The river was not far from where she had slept.
A folyó nem volt messze attól a helytől, ahol aludt.

And she determined to drown herself in the river.

És elhatározta, hogy belefullad a folyóba.

She took in her hand the bundle of jewels.

A kezébe vette az ékszercsomagot.

And then she proceeded to the river-side.

Aztán a folyópart felé vette az irányt.

An old Brahman was at no great distance.

Egy öreg bráhman nem volt messze.

The Brahman was performing his morning ablutions.

A bráhman a reggeli mosakodását végezte.

He noticed the woman going into the water.

Észrevette, hogy a nő belemegy a vízbe.

Naturally he thought that she was going to bathe.

Természetesen azt gondolta, hogy fürdeni fog.

But then he saw her going into the deep waters.

De aztán meglátta, amint a mély vízbe merül.

Something akin to suspicion arose in his mind.

Valami gyanakváshoz hasonló dolog merült fel az elméjében.

The Brahman discontinued his devotions.

A bráhman abbahagyta az áhítatát.

He too waded out towards the river's depth.

Ő is a folyó mélye felé gázolt.

And he ordered the woman to come to him.

És megparancsolta az asszonynak, hogy jöjjön hozzá.

Swet's wife heard the old man calling her.

Swet felesége hallotta, hogy az öregember hívja.

So she retraced her steps to the old man.

Így hát visszament az öregemberhez.

"What were your intentions?" asked the Braham.

„Mik voltak a szándékaid?" – kérdezte Braham.

And the woman confirmed his suspicions.

És a nő megerősítette a gyanúját.

"I was going to put an end to my life".

„Véget akartam vetni az életemnek."

And she thanked the Brahman for saving her.

És megköszönte a bráhminnak, hogy megmentette.

"Accept these jewels as a sign of appreciation".

„Fogadd el ezeket az ékszereket a megbecsülés jeléül."
The Brahman accepted the sign of appreciation.
A bráhman elfogadta a hálája jelét.
But he was more interested in her story.
De jobban érdekelte a története.
And at his request she related her story.
És kérésére elmesélte a történetét.
She had escaped from her stepmother in law.
Megszökött a mostohaanyja elől.
In the forest she gave birth to a child.
Az erdőben gyermeket szült.
First her husband went looking for fire.
Először a férje ment tüzet keresni.
But her husband never came back to her.
De a férje soha nem tért vissza hozzá.
Then her brother-in-law looked for her husband.
Aztán a sógora kereste a férjét.
But her brother-in-law did not return either.
De a sógora sem tért vissza.
Eventually she fell asleep with her child.
Végül elaludt a gyermekével.
But when she woke her child was dead.
De amikor felébredt, a gyermeke halott volt.
And that's when she decided to drown herself.
És ekkor döntötte el, hogy megfullad.
She felt the relieve of telling her fate.
Megkönnyebbülést érzett, hogy elmondhatja a sorsát.
The Brahman invited the woman to his house.
A bráhman meghívta a nőt a házába.
And the woman was accepted into his family.
És a nőt befogadták a családjába.
The Brahman's wife treated her like a daughter.
A bráhman felesége úgy bánt vele, mint a lányával.
And she spent years with her new family.
És éveket töltött az új családjával.
Swet spend those years in his kingdom.
Swet azokat az éveket a királyságában tölti.

Basanta spent those years being tortured.

Basanta ezeket az éveket kínzások alatt töltötte.

And the adopted son of the Kotwal grew up.

És a Kotwal fogadott fia felnőtt.

The Brahman's house was not far from the Kotwal's.

A bráhman háza nem volt messze a Kotwalék házától.

So the Kotwal's son met the Brahman's adopted daughter.

Így hát a Kotwal fia találkozott a bráhman fogadott lányával.

And the lad thought he fell in love with her.

És a fiú azt hitte, beleszeretett.

He spoke to his father about the woman.

Beszélt az apjával a nőről.

And the father spoke to the Brahman about the woman.

Az apa pedig beszélt a bráhmannak az asszonyról.

The Brahman's rage knew no bounds.

A bráhmana dühe határtalan volt.

"What is this insolence!" the Brahman protested.

„Mi ez a szemtelenség!" – tiltakozott a bráhmin.

"Your son is the son of an infidel".

„A fiad egy hitetlen fia."

"How can he aspire to the hand of a Brahman's daughter!?".

„Hogyan törekedhet egy bráhmin lányának kezére?!".

"A dwarf may as well aspire to catch hold of the moon!".

„Egy törpe ugyanúgy vágyhatna a Hold meghódítására!"

But the Kotwal's son determined to have her by force.

De a Kotwal fia elhatározta, hogy erőszakkal szerzi meg.

One day he scaled the wall of the Brahman's house.

Egy nap megmászta a bráhmin házának falát.

He got upon the thatched roof of the cow-house.

Felmászott a tehénistálló nádtetőjére.

And from that lofty position he reconnoitered.

És ebből a magas pozícióból felderítette a környéket.

And he saw two young calves below him.

És két fiatal borjút látott maga alatt.

And he overheard the conversation of two young calves.

És meghallotta két fiatal borjú beszélgetését.

"Men accuse us of brutish ignorance and immorality".

„A férfiak brutális tudatlansággal és erkölcstelenséggel vádolnak minket."

"But in my opinion men are fifty times worse".

„De véleményem szerint a férfiak ötvenszer rosszabbak."

"What makes you say so, brother?" the calf asked.

„Miért mondod ezt, testvér?" – kérdezte a borjú.

"Have you witnessed instances of human depravity?".

„Láttál már tanúja az emberi romlottságnak?"

"Who is a greater monster than the Kotwal's son?".

„Ki nagyobb szörnyeteg, mint a Kotwal fia?"

"The same lad standing on the thatched roof".

„Ugyanaz a fiú állt a nádtetőn."

"The roof of this hut above our heads".

„Ennek a kunyhónak a teteje a fejünk felett."

"I thought he was just the son of our Kotwal".

„Azt hittem, csak a mi Kotwalunk fia."

"I never heard that he was exceptionally vicious".

„Soha nem hallottam, hogy rendkívül kegyetlen lett volna."

"You may have never heard of his wickedness".

„Lehet, hogy még soha nem hallottál a gonoszságáról."

"But now you will hear of his wickedness from me".

„De most tőlem fogjátok hallani a gonoszságát."

"This wicked lad is now making immoral plans".

„Ez a gonosz fiú most erkölcstelen terveket sző."

"He is trying get married to his own mother!".

„A saját anyjához próbál férjhez menni!"

The First Calf then related the whole story.

Az Első Borjú ezután elmesélte az egész történetet.

And the inquisitive Second Calf listened.

És a kíváncsi Második Borjú hallgatott.

And the calf told Swet's and Basanta's story.

A borjú pedig elmesélte Swet és Basanta történetét.

"A merchant built a house for his son"

„Egy kereskedő házat épített a fiának"

"In the garden of the house was a Toontooni bird"

„A ház kertjében egy toontoonikimadár volt"

"In the nest of the Toontooni bird was an egg"

„A Toontoon madár fészkében egy tojás volt"
"The merchant's son put the egg in a almirah"
„A kereskedő fia egy almirába tette a tojást"
"Out of the egg came a beautiful girl"
„Egy gyönyörű lány született a tojásból"
"Eventually the merchant's son married this beautiful girl"
„Végül a kereskedő fia feleségül vette ezt a gyönyörű lányt"
"Together they had two children; Swet and Basanta"
„Két gyermekük született együtt; Swet és Basanta"
"Some time later the grandfather of the children died"
„Valamivel később a gyerekek nagyapja meghalt"
"Some time later again their grandmother died too"
„Valamivel később a nagyanyjuk is meghalt."
"At the right time, the oldest son, Swet, got married"
„A legidősebb fiú, Swet, a megfelelő időben megnősült."
"His mother, the Toontooni woman, died sometime later"
„Az édesanyja, a Toontoonik, valamivel később meghalt."
"Soon after their father married a younger woman"
„Nem sokkal ezután az apjuk egy fiatalabb nőt vett feleségül"
"But their new stepmother hated her stepsons"
„De az új mostohájuk gyűlölte a mostohafiait"
"And she also hated her new stepdaughter-in-law"
„És gyűlölte az új mostohamenőjét is"
"One day a fisherman happened to visit the merchant"
„Egy nap egy halász meglátogatta a kereskedőt"
"The Fisherman had sold the merchant a magical fish"
„A halász eladott a kereskedőnek egy varázslatos halat"
"Whoever ate the fish would laugh maniks"
„Aki megette a halat, az istenien kiröhögte volna."
"And whoever ate the fish would weep pearls"
„És aki megette a halat, gyöngyöket sírt"
"The same day there was an argument over some pigeons"
„Ugyanazon a napon vita alakult ki néhány galamb miatt"
"The stepmother was terribly vengeful to her stepsons"
„A mostohaanya szörnyen bosszúálló volt a mostohafiaival"
"And she swore revenge on her stepsons"
„És bosszút esküdött mostohafiain "

"That day Swet, his wife, and Basanta escaped"
„Azon a napon Swet, a felesége és Basanta megszökött"
"But before leaving they ate the magical fish"
„De mielőtt elmentek, megették a varázslatos halat"
"On their journey Swet's wife gave birth to a baby boy"
„Útuk során Swet felesége kisfiút szült."
"Swet went to look for wood to make a fire"
„Swet elment fát keresni, hogy tüzet rakjon"
"But he was carried away by an elephant"
„De elragadta egy elefánt"
"He was taken to a Queen haunted by a snake"
„Egy kígyó által kísértett királynőhöz vitték ."
"But he succeeded in killing the serpent"
„De sikerült megölnie a kígyót"
"And so he became king of the land""Basanta went looking
for his brother"
„És így ő lett az ország királya." „Basanta elindult, hogy
megkeresse a testvérét."
"But he was captured by a merchant"
„De elfogta egy kereskedő"
"And now he's flogged and tickled daily"
„És most naponta megkorbácsolják és csiklandozzák"
"And he cries pearls and laughs maniks"
„És gyöngyöket sír és manikűröket nevet"
"The Kotwal's son had died that night"
„A Kotwalok fia meghalt azon az éjszakán"
"So the Kotwal exchanged the two babies"
„Szóval a Kotwal család kicserélte a két babát"
"The mother couldn't bear the loss of her child"
„Az anya nem bírta elviselni gyermeke elvesztését"
"So she made the decision to drown herself"
„Így hát úgy döntött, hogy vízbe fojtja magát"
"But there was a Brahman that saved her life"
„De volt egy bráhman, aki megmentette az életét"
"And this Brahman took her into his home"
„És ez a bráhman befogadta őt az otthonába"
"The Kotwal's son grew up a hardy boy"

„A Kotwal család fia edzett fiúként nőtt fel"
"And he fell in love with the woman"
„És beleszeretett a nőbe"
"And now he stands on the roof"
„És most a tetőn áll"
"And he's intent on having the woman"
„És eltökélt szándéka, hogy megszerezze a nőt"
All this the Kotwal's son heard.
Mindezt Kotwal fia hallotta.
And he was struck with horror.
És rémület fogta el.
He forthwith got down from the thatch.
Azonnal lemászott a nádtetőről.
And he went home to his father.
És hazament az apjához.
And he said he must speak with the king.
És azt mondta, beszélnie kell a királlyal.
The father protested against the request.
Az apa tiltakozott a kérés ellen.
But he got an interview with the king.
De interjút kapott a királlyal.
He told the king about the two calves.
Elmondta a királynak a két borjút.
And he repeated the whole story.
És elismételte az egész történetet.
The king now remembered his poor wife.
A király most szegény feleségére gondolt.
So a servant was sent to the Brahman.
Így egy szolgát küldtek a bráhmanhoz.
And the Brahman was richly rewarded.
És a bráhman gazdagon megjutalmazva részesült.
And his wife was brought back to the palace.
És a feleségét visszavitték a palotába.
His wife was put in her proper position.
A feleségét a megfelelő helyzetbe hozták.
And she became queen of the kingdom.
És ő lett a királyság királynője.

The reputed son of the Kotwal was readopted.
A Kotwal hírhedt fiát újra felvették.
And he was proclaimed heir to the throne.
És kikiáltották a trón örökösévé.
Basanta was brought out of the dungeon.
Basantát kihozták a börtönből.
And the wicked merchant was buried alive.
És a gonosz kereskedőt élve temették el.
And thorns were put in his burying-place.
És töviseket tettek a sírjába.
And all lived together happily for many years.
És mindannyian boldogan éltek együtt hosszú éveken át.
Swet, his wife and son, and Basantas.
Swet, a felesége és a fia, valamint Basantas.

The Evil Eye of Sani
Sani gonosz szeme

Once upon a time Sani and Lakshmi fell out with each other.
Egyszer régen Sani és Lakshmi összeveszett.
Sani, also known as Saturn, is the God of bad luck.
Sani, más néven Szaturnusz, a balszerencse istene.
And Lakshmi is the Goddess of good luck.
És Lakshmi a szerencse istennője.
And these two Gods fell out with each other in heaven.
És ez a két isten összeveszett egymással a mennyben.
Sani said he was higher in rank than Lakshmi.
Sani azt mondta, hogy magasabb rangú, mint Lakshmi.
And Lakshmi said she was higher in rank than Sani.
Lakshmi pedig azt mondta, hogy magasabb rangú, mint Sani.
But there were just as many Gods as there were Goddesses.
De pont annyi isten volt, mint ahány istennő.
Therefore the dispute could not be settled in heaven.
Ezért a vita nem rendeződhetett a mennyben.
The contending deities agreed to refer the matter to humans.
A versengő istenségek megegyeztek abban, hogy az ügyet
emberekre bízzák.
The humans had a name for wisdom and justice.
Az embereknek volt egy nevük a bölcsességre és az
igazságosságra.
There lived at that time upon earth a man named Sribatsa.
Élt akkoriban a Földön egy Szribatsa nevű férfi.
(Sri is another name of Lakshmi).
(A Sri Lakshmi másik neve).
(And"batsa" is another word for child).
(És a „batsa" a gyermek másik neve).
(so Sribatsa literally means"the child of fortune").
(Tehát a Sribatsa szó szerint azt jelenti, hogy „a szerencse
gyermeke").
Sribatsa had as much wisdom as he had wealth.
Sribatsa annyi bölcsességgel rendelkezett, mint amennyi
vagyonnal.

And he was as fair as he was rich, too.

És ugyanolyan szép is volt, mint amilyen gazdag.

He was therefore a good judge for the dispute.

Ezért jó bírónak bizonyult a vitában.

And the God and Goddess agreed he could judge their case.

És az Isten és az Istennő megegyeztek abban, hogy ő ítélkezhet az ügyükben.

One day, accordingly, Sribatsa was contacted.

Ennek megfelelően egy napon felvették a kapcsolatot Sribatsával.

He was told that Sani and Lakshmi would come to him.

Azt mondták neki, hogy Sani és Lakshmi eljönnek hozzá.

And he was told they wished for him to settle their dispute.

És azt mondták neki, hogy azt kívánják, rendezze a vitájukat.

This put Sribatsa in a delicate situation.

Ez kényes helyzetbe hozta Sribatsát.

He could say Sani was higher in rank than Lakshmi.

Azt mondhatná, hogy Sani magasabb rangú, mint Lakshmi.

But then she would be angry with him and forsake him.

De aztán megharagudott rá, és elhagyta.

He could say Lakshmi was higher in rank than Sani.

Azt mondhatná, hogy Lakshmi magasabb rangú, mint Sani.

But then Sani would cast his evil eye upon him.

De aztán Sani rávetette gonosz tekintetét.

He made up his mind not to say anything directly.

Elhatározta, hogy nem mond semmit közvetlenül.

The god and the goddess had to observe his actions.

Az istennek és az istennőnek figyelniük kellett a tetteit.

And from his actions they could gather their opinions.

És a tetteiből levonhatták a véleményüket.

Sribatsa ordered two chairs to be made.

Szribatsa két szék elkészítését rendelte.

One of the chairs was made from gold.

Az egyik szék aranyból készült.

And the other chair was made from silver.

A másik szék pedig ezüstből készült.

And he placed the two chairs beside himself.

És a két széket maga mellé tette.

The day came when Sani and Lakshmi visited Sribatsa.

Elérkezett a nap, amikor Sani és Lakshmi meglátogatták Sribatsát.

He told Sani to sit upon the silver chair.

Azt mondta Saninak, hogy üljön le az ezüst székre.

And he told Lakshmi to sit upon the gold chair.

És megparancsolta Laksmínak, hogy üljön le az arany székre.

Sani became mad with rage, and spoke angrily;

Sani dühös lett, és mérgesen beszélt;

"You consider me lower in rank than Lakshmi"

„Alacsonyabb rangúnak tartasz, mint Lakshmi"

"I will cast my eye on you for three years"

„Három évig rád fogok vetni a szemem"

"We shall see how you fare at the end of that period"

„Majd meglátjuk, hogy boldogulsz az időszak végén"

The god then went away in great anger.

Az isten ezután nagy haraggal elment.

Lakshmi, before she went away, said to Sribatsa;

Lakshmi, mielőtt elment, így szólt Sribatsához:

"My child, do not fear. I'll befriend you"

„Gyermekem, ne félj. Megbarátkozom veled."

The god and the goddess then went away.

Az isten és az istennő ezután elmentek.

Sribatsa spoke to his wife, Chantamani;

Szribacsa beszélt a feleségével, Csantamanival;

"Dearest, the evil eye of Sani will be upon me"

„Drágám, Sani gonosz szeme rajtam lesz"

"I had better go away from the house"

„Jobb lesz, ha elmegyek otthonról"

"If I stay evil will befall you and me"

„Ha maradok, a gonoszság fog sújtani téged és engem"

"But if I go, evil will overtake me only"

„De ha elmegyek, csak engem érhet a gonosz"

Chintamani said, "it cannot be that way"

Chintamani azt mondta: „ez nem lehet így"

"Wherever you go, I will go with you"

„Bárhová mész, veled megyek"
"Your good luck shall be my good luck"
„A te szerencséd az én szerencsém is lesz"
"And your bad luck shall be my bad luck"
„És a te balszerencséd az én balszerencsém is lesz"
The husband tried hard to persuade his wife to stay.
A férj minden erejével próbálta rávenni a feleségét, hogy
maradjon.
But all his efforts were of no use.
De minden erőfeszítése hiábavaló volt.
She refused to abandon her husband.
Nem volt hajlandó elhagyni a férjét.
Sribatsa told his wife to make an opening in their mattress.
Szribatsa megkérte a feleségét, hogy csináljon egy rést a
matracukon.
And he told her to stow away all their money and jewels.
És megmondta neki, hogy tegye el az összes pénzüket és
ékszereiket.
**On the eve of leaving their house, Sribatsa invoked
Lakshmi.**
Mielőtt elhagyták volna otthonukat, Sribatsa Lakshmit hívta
segítségül.
Upon being invoked, Lakshmi forthwith appeared.
Amikor megidézték, Lakshmi azonnal megjelent.
"Mother Lakshmi, the evil eye of Sani is upon us"
„Lakshmi anya, Sani gonosz szeme rajtunk van"
"We are going away into exile"
„Száműzködésbe megyünk"
"Please befriend us, and take care of our property"
„Kérlek, barátkozzatok meg velünk, és vigyázzatok a
tulajdonunkra"
The goddess of good luck answered.
A szerencse istennője válaszolt.
"Do not fear; I'll befriend you"
„Ne félj, barátkozni fogok veled"
"In the end all will be right"
„Végül minden rendben lesz"

They then set out on their journey.
Ezután útnak indultak.
Sribatsa rolled up the mattress and put it on his head.
Szribacsa feltekerte a matracot, és a fejére tette.
They had not gone many miles when they saw a river.
Alig tettek meg sok mérföldet, amikor megláttak egy folyót.
There was a canoe with a man sitting in it.
Volt ott egy kenu, amiben egy férfi ült.
The travelers requested the ferryman to take them across.
Az utazók megkérték a révészt, hogy vigye át őket.
The ferryman said he could only take one at a time.
A révész azt mondta, hogy egyszerre csak egyet tud elviszni.
"Tere are three of you," he objected.
– Hárman vagytok – tiltakozott.
"There is you, your wife, and your mattress"
„Ott vagy te, a feleséged és a matracod"
Sribatsa proposed in what order they should ferry over the river.
Szribatsa azt javasolta, hogy milyen sorrendben keljenek át a folyón.
"First my wife should be taken across the river"
„Először is a feleségemet kellene átvinni a folyón"
"After my wife, take the mattress across the river"
„A feleségem után vidd át a matracot a folyón"
"And then you can take me across the river"
„És akkor átvihetsz a folyón"
But the ferryman would not hear of it.
De a révész hallani sem akart róla.
"Only one at a time," he repeated.
– Egyszerre csak egyet – ismételte meg.
"First let me take across the mattress"
„Először hadd vigyem át a matracot."
Sribatsa saw no reason to object to the proposal.
Sribatsa nem látott okot kifogást emelni a javaslat ellen.
The ferryman started taking the mattress across the river.
A révész elkezdte átvinni a matracot a folyón.
He had reached halfway across the river.

Félúton átért a folyón.
But then, from nowhere, a fierce gale arose.
De aztán a semmiből heves szélvihar támadt.
The ferryman lost control of his canoe.
A révész elvesztette uralmát a kenuja felett.
The mattress was blown into the river.
A matracot a fújás a folyóba sodorta.
The river carried everything away with it.
A folyó mindent elsodort magával.
And the ferrymen, canoe, and mattress were never seen again.
A révészeket, a kenut és a matracot soha többé nem látták.
But that was not even the strangest events.
De ezek még nem is voltak a legfurcsább események.
Because the river also disappeared into thin air.
Mert a folyó is eltűnt a levegőben.
Where there was water there was now dry ground.
Ahol víz volt, ott most szárazföld volt.
Sribatsa knew the evil eye of Sani had been watching.
Sribatsa tudta, hogy Sani gonosz szeme figyeli.

Sribatsa and his wife had not a pice in their pockets.
Szribacsának és a feleségének egy fillér sem volt a zsebében.
Together, impoverished, they went to a nearby village.
Együtt, elszegényedve, elmentek egy közeli faluba.
The village was dwelt in mostly by wood-cutters.
A faluban többnyire favágók laktak.
At sunrise the woodcutters went to cut wood.
Napkeltekor a favágók fát vágni mentek.
And the wood they cut they sold in a faraway town.
És a kivágott fát egy távoli városban adták el.
Sribatsa asked to work with the wood-cutters.
Szribatsa megkérte, hogy dolgozhasson a favágókkal.
And the wood-cutters agreed to let him cut wood.
A favágók pedig beleegyeztek, hogy fát vágjon.
He could fell trees as well as the best of them.
A legjobb fákat is kidöntötte.

But Sribatsa was different from the wood-cutters.

De Szribatsa más volt, mint a favágók.

The wood-cutters cut any and every sort of wood.

A favágók mindenféle fát kivágnak.

But Sribatsa cut only the precious types of wood.

De Sribatsa csak az értékes fafajtákat vágta.

His efforts were focused on cutting down sandal-wood.

Erőfeszítései a szantálfa kivágására összpontosultak.

The wood-cutters brought to market large loads of common wood.

A favágók nagy mennyiségű közönséges fát hoztak piacra.

Sribatsa brought only a few pieces of sandal-wood to the market.

Szribatsa csak néhány darab szantálfát hozott a piacra.

He was paid a great deal more money than the others.

Sokkal több pénzt fizettek neki, mint a többieknek.

Things went on this way for some days.

Így mentek a dolgok néhány napig.

And the wood-cutters became jealous of Sribatsa.

A favágók pedig féltékenyek lettek Sribatsara.

In their jealousy they plotted against Sribatsa.

Féltékenységükben Szribatsa ellen szőttek terveket.

And finally they drove Sribatsa and his wife from the village.

És végül kiűzték Sribatsát és a feleségét a faluból.

Sribatsa and his wife made their way to another village.

Szribatsa és a felesége egy másik faluba indultak.

In this village there were many women that weaved.

Ebben a faluban sok asszony szőtt.

Here Chintamani made herself useful by spinning cotton.

Chintamani itt pamutfonással tette hasznossá magát.

Chintamani was an intelligent and skillful woman.

Chintamani intelligens és tehetséges nő volt.

So she spun finer thread than the other women.

Így finomabb fonalat font, mint a többi nő.

And she got paid more money than the other women.

És többet keresett, mint a többi nő.
This roused the envy of the native women of the village.
Ez felkeltette a falu bennszülött asszonyainak irigységét.
But the envy of the other women was not all.
De a többi nő irigysége nem volt teljes.
Sribatsa wanted to gain the good grace of the weavers.
Szribatsa a takácsok kegyeit akarta elnyerni.
So he invited the women that spun cotton to a feast.
Így hát lakomára hívta a pamutfonó asszonyokat.
The dishes of the feat were all cooked by his wife.
A bravúr ételeit mind a felesége főzte.
Chintamani was a good weaver, and an excellent in cook.
Chintamani jó takács volt, és kiváló szakács.
She placed the delicacies before the women.
A finomságokat az asszonyok elé tette.
And the barbarous weavers were quite charmed.
És a barbár takácsok egészen el voltak bűvölve.
The men went to their homes with their bellies full.
A férfiak teli hassal mentek haza.
But when they got home, they reproached their wives.
De amikor hazaértek, szemrehányást tettek a feleségeiknek.
"Why do you not cook like the wife of Sribatsa"
„Miért nem főzöl úgy, mint Sribatsa felesége?"
And the men called their wives good-for-nothing women.
A férfiak pedig semmirekellő asszonyoknak nevezték a
feleségeiket.
This made the women hate Chintamani the more.
Ettől a nők még jobban gyűlölték Chintamanit.

One day Chintamani went to the river-side.
Egy nap Chintamani a folyópartra ment.
**She wanted to bathe along with the other women of the
village.**
Fürödni akart a falu többi asszonyával együtt.
A boat had been lying on the bank, stranded on the sand.
Egy csónak hevert a parton, a homokon megrekedten.
The boat had been stranded there for many days.

A hajó már sok napja ott vesztegelt.
They had tried to move the boat, but in vain.
Megpróbálták elmozdítani a csónakot, de hiába.
It so happened that Chintamani touched the boat.
Történt, hogy Chintamani hozzáért a csónakhoz.
It was an accident, for she did not mean to touch the boat.
Véletlen volt, mert nem állt szándékában megérinteni a
csónakot.
But whether she meant to or not, the boat moved.
De akár akarta, akár nem, a csónak megmozdult.
And soon the boat was heading off to the river.
És hamarosan a hajó a folyó felé vette az irányt.
The boatmen were astonished by what they had seen.
A hajósok megdöbbentek a látottakon.
They thought that the woman had uncommon power.
Úgy gondolták, hogy a nő rendkívüli hatalommal bír.
And so they thought she might be useful in future.
És így gondolták, hogy a jövőben még hasznukra válhat.
They therefore caught hold of her, against her will.
Ezért akarata ellenére elfogták.
And they put her in the boat, and rowed off.
És berakták a csónakba, és eleveztek.
The women of the village were present for this kidnapping.
A falu asszonyai jelen voltak ennél az emberrablásnál.
But they did not offer Chintamani any assistance.
De Chintamaninak semmilyen segítséget nem ajánlottak fel.
Because Chintamani had put them in a bad light.
Mert Chintamani rossz fényt vetett rájuk.

**Sribatsa heard how his wife had been carried away by
boatmen.**
Szribacsa hallotta, hogyan vitték el a feleségét a révészek.
I will let you imagine how he became mad with grief.
Hadd képzeld el, mennyire megőrült a bánattól.
He left the village and went to the river-side.
Elhagyta a falut, és a folyópartra ment.
And he resolved to follow the course of the stream.

És elhatározta, hogy követi a patak medrét.

Along the stream he was sure to meet the kidnappers' boat.

A patak mentén biztosan találkozott az emberrablók csónakjával.

He travelled on and on, along the side of the river.

Egyre csak utazott, ment tovább, a folyó partján.

And he travelled till it eventually became dark.

És addig ment, amíg végre besötétedett.

Where he was there were no huts to be seen.

Ahol ő volt, egyetlen kunyhót sem lehetett látni.

So he climbed into a tree to sleep for the night.

Így hát felmászott egy fára aludni éjszakára.

In the next morning he got down from the tree.

Másnap reggel lemászott a fáról.

At the foot of the tree he saw a Kapila-cow.

A fa tövében meglátott egy Kapila-tehenet.

A Kapila-cow never has any calves of her own.

Egy Kapila-tehénnek soha nincsenek saját borjai.

But she can be milked at all hours of the day.

De a nap bármely szakában fejhető.

Sribatsa milked the cow without her objecting.

Szribacsa ellenvetés nélkül megfejte a tehenet.

And he drank the milk to his heart's content.

És kedvére megitta a tejet.

And then he noticed something else about the cow.

Aztán észrevett még valamit a tehénnel kapcsolatban.

The dung of the cow was of a bright yellow color.

A tehén trágyája élénk sárga színű volt.

In fact, the dung of the cow was made of pure gold.

Valójában a tehén trágyája tiszta aranyból készült.

The golden cow dung was still in a soft state.

Az arany tehéntrágya még puha állapotban volt.

So he was able to write his name in the golden dung.

Így beírhatta a nevét az aranytrágyába.

During the course of the day the dung hardened.

A nap folyamán a trágya megkeményedett.

And finally the dung looked like a brick of gold.

És végül a trágya úgy nézett ki, mint egy aranytégla.
The tree he had slept in grew on the river-side.
A fa, amelyen aludt, a folyóparton nőtt.
And the Kapila-cow supplied him with milk all day.
És a Kapila-tehén egész nap tejjel látta el.
So Sribatsa decided to wait there for the boat.
Szribacsa tehát úgy döntött, hogy ott várja a hajót.
In the morning the cow deposited the precious article.
Reggel a tehén letette az értékes tárgyat.
And at night the cow deposited the precious article.
És éjszaka a tehén letette az értékes tárgyat.
So the gold bricks increased every day.
Így az aranytéglák száma napról napra nőtt.
And on each golden brick he had engraved his name.
És minden aranytéglára rávéste a nevét.
He stacked the bricks on top of each other.
Egymás tetejére rakta a téglákat.
From a distance it looked like a hillock of gold.
Messziről úgy nézett ki, mint egy aranydomb.

But now we must leave Sribatsa to stack his gold.
De most hagynunk kell Sribatsát, hogy halmozhassa az aranyát.
And we must turn our attention to Chintamani.
És Chintamanira kell fordítanunk a figyelmünket.
Chintamani was a graceful woman of great beauty.
Chintamani egy kecses, rendkívül szép nő volt.
She had worried her beauty might be her ruin.
Aggódott, hogy a szépsége a vesztét okozza.
So she offered a prayer as she was being kidnapped.
Így hát imádkozott, miközben elrabolták.
"Lakshmi, O Mother Lakshmi! have pity upon me"
„Lakshmi, ó, Lakshmi Anya! Könyörülj rajtam!"
"Thou hast made me beautiful, you have"
„Széppé tettél engem, te tetted"
"But now my beauty will undoubtedly be my ruin"
„De most kétségtelenül a szépségem lesz a vesztem"

"I am bound to loss my honor and my chastity"
„Elveszítem a becsületemet és az erkölcsösségemet"
"I therefore beseech thee, gracious Mother;"
„Ezért kérlek, kegyelmes Anya;"
"Take my beauty from me, and make me ugly"
„Vedd el tőlem a szépségemet, és tegyél csúnyává"
"Cover my body with some loathsome disease"
„Borítsd be testemet valami undorító betegséggel"
"That way the boatmen might not touch me"
„Így a hajósok nem érhetnek hozzám"
Chintamani was in the arms of the boatmen.
Chintamani a révészek karjaiban volt.
But the Goddess of good fortune heard her prayer.
De a szerencse istennője meghallgatta az imáját.
In the twinkling of an eye her form changed.
Egy szempillantás alatt megváltozott az alakja.
Her naturally beautiful form faded away.
Természetesen szép alakja elhalványult.
And she was turned into a vile carcass.
És ocsmány tetemmé változott.
The boatmen were putting her down in the boat.
A csónakosok tették le a csónakba.
They found her body was covered with loathsome sores.
Azt találták, hogy a testét undorító sebek borították.
And the sores were giving out a disgusting stench.
És a sebek undorító bűzt árasztottak.
They therefore threw her into the hold of the boat.
Ezért bedobták a csónak rakterébe.
And they left her amongst the cargo of the ship.
És otthagyták őt a hajó rakománya között.
Morning and evening they sent her some food.
Reggel és este küldtek neki ennivalót.
A little boiled rice, and some water to drink.
Egy kis főtt rizs, és egy kis víz inni.
Chintamani was miserable in the hull of the ship.
Chintamani nyomorultul érezte magát a hajótestben.
But she greatly preferred misery to the alternative.

De sokkal jobban szerette a nyomorúságot, mint a másik
alternatívát.
She would rather be miserable than loss her chastity.
Inkább legyen nyomorult, mintsem hogy elveszítse az
erkölcsösségét.

The boatmen had gone to some port to sell cargo.
A hajósok valamelyik kikötőbe mentek, hogy eladják a
rakományukat.
While sailing back they caught sight something.
Miközben visszafelé hajóztak, megláttak valamit.
By the river-side there seemed to be a hillock of gold.
A folyóparton egy aranydomb látszott.
Sribatsa had been keeping watch by the river.
Szribatsa a folyónál őrködött.
So he was delighted to see a boat approach him.
Így hát örömmel látta, hogy egy csónak közeledik felé.
Because he fondly imagined his wife might be on board.
Mert szeretettel képzelte, hogy a felesége is benne lesz.
The boatmen went greedily to the hillock of gold.
A révészek mohón mentek az aranydomb felé.
Of course Sribatsa told them the gold was his.
Szribatsa természetesen azt mondta nekik, hogy az arany az
övé.
But that didn't help Sribatsa very much.
De ez nem sokat segített Sribatsának.
The sailors took him prisoner on the boat.
A matrózok foglyul ejtették a hajón.
And they loaded the gold onto their vessel.
És felrakták az aranyat a hajójukra.
They happened to imprison him close to the ugly woman.
Véletlenül a csúnya nő közelébe zárták.
Of course the husband and wife recognized each other.
Természetesen a férj és a feleség felismerték egymást.
In spite of the change Chintamani had undergone.
A Chintamani által átélt változás ellenére.
And despite their excitement they kept their composure.

És izgalmuk ellenére megőrizték a nyugalmukat.
And they thought it prudent not to speak to each other.
És bölcsebbnek tartották, ha nem szólnak egymáshoz.
Instead they communicated their ideas through gestures.
Ehelyett gesztusokkal adták át gondolataikat.
There is something you should know about the boatmen.
Van valami, amit tudnod kell a hajósokról.
These boatmen were very fond of playing at dice.
Ezek a hajósok nagyon szerettek kockázni.
Sribatsa appeared to them to be a respectable man.
Szribatsa tiszteletreméltó embernek tűnt számukra.
So they always asked him to join in the game.
Így hát mindig megkérték, hogy csatlakozzon a játékhoz.
Sribatsa happened to be an expert dice player.
Sribatsa történetesen szakértő kockajátékos volt.
Despite their efforts he won almost every game.
Erőfeszítéseik ellenére szinte minden meccset megnyertek.
You can imagine how the sailors felt about losing.
El lehet képzelni, mit éreztek a tengerészek a veszteség miatt.
And in jealousy the boatmen threw him overboard.
A hajósok pedig féltékenységükben a vízbe dobták.
Chintamani saw the men throw her husband overboard.
Chintamani látta, ahogy a férfiak a vízbe dobják a férjét.
Fortunately for Sribatsa, his wife had great presence of mind.
Szribatsa szerencséjére a felesége nagyon józan volt.
The boatmen had allowed her a pillow to rest her head.
A révészek engedélyezték neki, hogy egy párnán támassza meg a fejét.
And she simultaneously threw this pillow into the water.
És ezzel egyidejűleg a párnát a vízbe dobta.
Sribatsa was able to grab hold of the pillow.
Sribatsa meg tudta kapaszkodni a párnába.
And the pillow helped him float down the stream.
A párna pedig segített neki lebegni a patakon.
Up until nightfall the river carried him downstream.
Egészen estig sodorta őt a folyó a folyó folyásirányában.

At nightfall he arrived at what seemed to be a garden.
Alkonyatkor megérkezett valamihez, ami egy kertnek tűnt.
Because it was dark there was nothing he could do.
Mivel sötét volt, nem tehetett semmit.
So all night he stayed in the garden, cold and wet.
Így hát egész éjjel a kertben maradt, fázva és nedvesen.
I should tell you who this garden belonged to.
El kell mondanom, hogy kié volt ez a kert.
This was the garden of an old widowed woman.
Ez egy idős özvegyasszony kertje volt.
This woman used to supply flowers for the king.
Ez a nő virágokat szokott hordani a királynak.
But one day some blight had come over her garden.
De egy nap valami kártevő lepte el a kertjét.
Almost all the trees and plants ceased flowering.
Szinte az összes fa és növény abbahagyta a virágzást.
She had therefore given up the business she had.
Ezért feladta az eddigi üzletét.
And she was no longer the royal flower supplier.
És ő már nem volt a királyi virágbeszállító.
However, Sribatsa's arrival had rejuvenated her garden.
Sribatsa érkezése azonban felfrissítette a kertjét.
She could scarcely believe her eyes in the morning.
Reggel alig hitt a szemének.
The whole garden was ablaze with flowers again.
Az egész kert újra virágba borult.
There was no plant that was not in bloom.
Nem volt olyan növény, amely ne virágzott volna.
And every tree she had was begemmed with flowers.
És minden fája virágokkal volt tele.
She had no way of knowing the cause of the miracle.
Sehogy sem tudhatta a csoda okát.
And so she took a walk through the garden.
És így sétált egyet a kertben.
But she soon found the cause of all the flowers.
De hamarosan megtalálta az összes virág okát.
At the edge of her garden was a cold, wet man.

A kert szélén egy átázott, átázott férfi állt.
He was shivering and almost dead from hypothermia.
Vacogott, és majdnem meghalt a kihűléstől.
She immediately brought the man into to her cottage.
Azonnal bevitte a férfit a házikójába.
And she lighted a fire to give him some warmth.
És tüzet gyújtott, hogy melegedjen.
She nursed him and showed him every attention.
Ápolta és minden figyelmét megadta neki.
And she ascribed the miracle to his presence.
És a csodát a jelenlétének tulajdonította.
She made him as comfortable as she could.
Annyira kényelmesen érezte magát, amennyire csak tudta.
And then she ran to the king's palace.
És aztán a királyi palotába rohant.
She asked to speak to the king's chief servant.
Azt kérte, hogy beszélhessen a király főszolgájával.
And she told him the good fortune she had had.
És elmesélte neki, milyen szerencsés helyzetben volt.
"I can again supply the palace with flowers"
„Újra elláthatom virágokkal a palotát"
Her flowers had been very much missed at the palace.
Nagyon hiányoztak a virágai a palotában.
So she was immediately restored to her former position.
Így azonnal visszahelyezték korábbi pozíciójába.
She was again the flower-woman of the royal household.
Ismét ő volt a királyi udvar virágárusnője.

Sribatsa spent a few more days recovering his health.
Sribatsa még néhány napot töltött egészségének
helyreállításával.
And eventually he had all his vitality back.
És végül visszanyerte minden energiáját.
He asked the woman if he could speak with a minister.
Megkérdezte a nőt, hogy beszélhetne-e egy lelkésszel.
So the woman took him to the palace with her.
Így hát az asszony magával vitte őt a palotába.

One of the king's ministers gave him an appointment.
A király egyik minisztere kinevezést adott neki.
And he was at once found to be a man of intelligence.
És azonnal intelligens embernek bizonyult.
So was offered a position in the king's service.
Így állást ajánlottak neki a király szolgálatában.
In fact, he was allowed to choose what job he wanted.
Sőt, megengedték neki, hogy maga válassza ki, milyen
munkát szeretne.
He asked to be collector of tolls on the river.
Azt kérte, hogy vámot szedhessen a folyón.
The minister was happy to give Sribatsa the job.
A miniszter örömmel adta Sribatsának a munkát.
The kingdom needed someone to collect river-tolls.
A királyságnak szüksége volt valakire, aki beszedi a folyami
vámot.
And Sribatsa immediately started his new job.
És Sribatsa azonnal elkezdte új munkáját.
It wasn't long before his plan came to fruition.
Nem telt bele sok idő, és a terve valóra vált.
The boat his wife was on was coming down the river.
A felesége csónakja lefelé jött a folyón.
Under the king's authority he detained the boat.
A király hatalma alatt feltartóztatta a hajót.
And he charged the boatmen with the theft of gold-bricks.
És a révészeket aranytégla-lopással vádolta.
The king liked the sound of a boat full of gold.
A királynak tetszett egy arannyal teli csónak hangja.
So the king himself came to the river-side.
Így maga a király is a folyópartra érkezett.
Even he was amazed by the quantity of gold they had.
Még őt is megdöbbentette az arany mennyisége, amijük volt.
And every gold brick had Sribatsa's inscription.
És minden aranytéglán ott volt Sribatsa felirata.
At the same time he rescued his wife from the boatmen.
Ezzel egy időben kimentette a feleségét a csónakosok karmai
közül.

Back on dry land she returned to her previous beauty.

Visszatérve a szárazföldre, visszanyerte korábbi szépségét.

He told the king the story of their misfortune.

Elmesélte a királynak a szerencsétlenségüket.

And the king had them as a guest in his palace.

És a király vendégül látta őket a palotájában.

The king gave them presents of horses and elephants.

A király lovakat és elefántokat ajándékozott nekik.

And on the horses and elephants they rode to their country.

És lovakon és elefántokon lovagoltak hazájukba.

The evil eye of Sani was now turned away from Sribatsa.

Sani gonosz szeme most elfordult Sribatsáról.

And he again became what he formerly was.

És ismét azzá vált, aki korábban volt.

He was again Sribatsa; the Child of Fortune.

Ismét Szribatsa volt; a Szerencse Gyermeke.

The Boy whom Seven Mothers Suckled
A fiú, akit hét anya szoptatott

Once on a time there reigned a king who had seven queens.
Volt egyszer egy király, akinek hét királynője volt.
He was very sad, for the seven queens were all barren.
Nagyon szomorú volt, mert a hét királynő mind meddő volt.
One day, however, he met a holy mendicant.
Egy napon azonban találkozott egy szent koldulóval.
The holy mendicant told the king about a certain forest.
A szent kolduló mesélt a királynak egy bizonyos erdőről.
In this forest there grew a special kind of tree.
Ebben az erdőben egy különleges fafajta nőtt.
On a branch of this tree hung seven mangoes.
Ennek a fának az egyik ágán hét mangó lógott.
These mangos could restore the fertilities of his queens.
Ezek a mangók helyreállíthatták királynőinek termékenységét.
But the king had to pluck the mangoes himself.
De a királynak magának kellett leszednie a mangókat.
The king followed the advice of the mendicant.
A király megfogadta a kolduló tanácsát.
And he set off to go to the forest with the mango tree.
És elindult, hogy elmenjen az erdőbe a mangófával.
Soon he had found the tree the mendicant spoke of.
Hamarosan megtalálta a fát, amelyről a kolduló beszélt.
And he plucked the seven mangoes that grew upon one branch.
És leszakította a hét mangót, amelyek egy ágon nőttek.
He gave a mango to each of the queens to eat.
Mindegyik királynőnek adott egy mangót enni.
In a short time the king's heart was filled with joy.
Rövid idő múlva a király szíve örömmel telt meg.
He was told that the seven queens were all with child.
Azt mondták neki, hogy a hét királynő mind terhes.

One day the king was out hunting.
Egy nap a király vadászni volt.

On his path he saw a young lady of peerless beauty.

Útközben meglátott egy páratlanul szép fiatal hölgyet.

He instantly fell in love with the beautiful woman.

Azonnal beleszeretett a gyönyörű nőbe.

And he brought her to his palace, and married her.

És elvitte őt a palotájába, és feleségül vette.

This lady was, however, not a human being.

Ez a hölgy azonban nem emberi lény volt.

But what this woman was was a Rakshasi.

De ez a nő egy Rakshasi volt.

But the king of course did not know this.

De a király természetesen ezt nem tudta.

The king became dotingly fond of her.

A király odaadóan megkedvelte.

And he did whatever she told him to do.

És mindent megtett, amit a nő mondott neki.

One day she made a very particular request of the king.

Egy nap egy nagyon különleges kérést intézett a királyhoz.

"You say that you love me more than anyone else"

"Azt mondod, hogy jobban szeretsz, mint bárki mást"

"Let me see whether you really love me as much as you say"

„Hadd lássam, hogy tényleg annyira szeretsz-e, mint ahogy mondod"

"If you love me, make your seven other queens blind"

„Ha szeretsz engem, vakítsd meg a másik hét királynődet"

"And once they are blind, let them be killed"

„És ha egyszer megvakulnak, öljék meg őket"

The king became very sad at the terrible request.

A király nagyon elszomorodott a szörnyű kérés hallatán.

He was especially sad because the queens were all pregnant.

Különösen szomorú volt, mert a királynők mind terhesek voltak.

But he had no choice but to comply with her request.

De nem volt más választása, mint teljesíteni a kérését.

The eyes of the queens were plucked out of their sockets.

A királynők szemeit kitépték a helyükről.

And the queens were delivered up to the chief minister.

A királynőket pedig átadták a főminiszternek.

It was up to the chief minister to destroy the queens.

A főminiszter feladata volt elpusztítani a királynőket.

But the chief minister was a merciful man.

De a miniszterelnök irgalmas ember volt.

In the side of the hill there was secret a cave.

A domboldalban egy titkos barlang volt.

Instead of killing the queens, the minister hid them.

A miniszter a királynők megölése helyett elrejtette őket.

In course of time the eldest of the seven queens gave birth.

Idővel a hét királynő közül a legidősebb szült.

"What shall I do with the child," said she.

„Mit tegyek a gyerekkel?" – kérdezte.

"we are blind and are dying for want of food?"

„Vakok vagyunk és éhen halunk az éhségtől?"

"Let me kill the child," she proposed.

„Hadd öljem meg a gyereket!" – javasolta.

"let us all eat of the child's flesh" she added.

„Együk mindannyian a gyermek húsát" – tette hozzá.

Just as she said she would, she killed the infant.

Ahogy megígérte, megölte a csecsemőt.

She gave to each of her sister-queens a part of the child.

Mindegyik nővérkirálynőjének adott egy részt a gyermekből.

And the sister queens ate their part of the child.

A királynők pedig megették a gyermekből rájuk eső részt.

But the youngest queen did not eat her share.

De a legfiatalabb királyné nem ette meg a maga részét.

Instead, she laid her part of the child beside her.

Ehelyett a gyermek testének rá eső részét maga mellé fektette.

In a few days the second queen also was delivered of a child.

Néhány nap múlva a második királynő is gyermeket szült.

She did with her child as her eldest sister had done with hers.

Úgy tett a gyermekével, ahogy a legidősebb nővére tette az övével.

So did the third, the fourth, the fifth, and the sixth queen.

Így tett a harmadik, a negyedik, az ötödik és a hatodik királynő is.

Eventually the seventh queen gave birth to a son.

Végül a hetedik királynő fiút szült.

But she did not follow the example of her sister-queens.

De nem követte nővérkirálynői példáját.

Instead, she resolved to raise the child.

Ehelyett elhatározta, hogy felneveli a gyereket.

The other queens demanded their portions of the newly-born.

A többi királynő követelte a saját részét az újszülöttből.

But she still had the portions she had not eaten.

De még mindig megvoltak a meg nem evett adagok.

And she gave her sister-queens back their children's parts.

És visszaadta nővérkirálynőinek gyermekeik testrészeit.

The other queens at once perceived that their portions were dry.

A többi királynő azonnal észrevette, hogy száraz az adagja.

Therefore the parts could not be of the newly born child.

Ezért a testrészek nem lehettek az újszülött gyermekéi.

"I have decided not to kill me child," she explained.

„Úgy döntöttem, hogy nem ölöm meg a gyermekemet" – magyarázta.

"I will not eat him, but try to raise him instead"

„Nem fogom megenni, de megpróbálom felnevelni"

The others were glad to hear this news.

A többiek örültek ennek a hírnek.

They all said that they would help her in nursing the child.

Mindannyian azt mondták, hogy segítenek neki a gyermek szoptatásában.

And so the child was suckled by seven mothers.

És így a gyermeket hét anya szoptatta.

And the child became the hardiest and strongest boy that ever lived.

És a gyermekből lett a legszívósabb és legerősebb fiú, aki valaha élt.

In the meantime the Rakshasi-queen was doing infinite mischief.

Eközben a Rakshasi királynő végtelen csínytevéseket művelt.

And she got the royal household into all sorts of trouble.

És mindenféle bajba sodorta a királyi udvart.

What she ate at the royal table did not fill her capacious stomach.

Amit a királyi asztalnál evett, nem töltötte meg tág gyomrát.

She therefore, in the darkness of night, went hunting.

Ezért az éjszaka sötétjében vadászni indult.

Gradually she ate up all the members of the royal family.

Fokozatosan megette a királyi család összes tagját.

She ate all the king's servants, and his attendants.

Megette a király összes szolgáját és kísérőit.

She ate all his horses, elephants, and cattle.

Megette az összes lovát, elefántját és szarvasmarháját.

And eventually only her royal consort and the king were left.

És végül csak a királyi hitvese és a király maradt.

After that she used to go out in the evenings into the city.

Ezután esténként kijárt a városba.

And she ate up stray human beings wherever she found any.

És felfalta a kóborló embereket, ahol csak talált ilyet.

The king was left without any servants.

A király szolgák nélkül maradt.

There was no person left to cook for him.

Nem maradt senki, aki főzhetett volna neki.

Because no one would accept this job.

Mert senki sem vállalta el ezt a munkát.

But at last someone volunteered their services.

De végre valaki felajánlotta a szolgálatait.

The boy who had been suckled by seven mothers.

A fiú, akit hét anya szoptatott.

He had now grown up to be a stalwart youth.

Mostanra rendíthetetlen ifjúvá nőtt.

He attended on the king and prepared his food.

A király szolgálatában állt, és elkészítette az ételét.

But he took every care while with the queen.

De a királynővel minden gondját viselte.

And he made sure that she did not swallow him up.

És ügyelt rá, hogy a lány ne nyelje le őt.

The Rakshasi-queen seized her victims only at night.

A Rakshasi királynő csak éjszaka ragadta el áldozatait.

So the boy he went home long before nightfall.

Így a fiú jóval sötétedés előtt hazament.

So she had to find another way to get rid of the boy.

Így hát más módot kellett találnia, hogy megszabaduljon a fiútól.

The boy always boasted that he could do any work.

A fiú mindig azzal dicsekedett, hogy bármilyen munkát el tud végezni.

So the queen invented a disease for herself.

Így hát a királynő kitalált magának egy betegséget.

She said that there was a cure for her disease.

Azt mondta, van gyógymód a betegségére.

But she said the cure was not easy to get.

De azt mondta, hogy a gyógymódot nem könnyű megszerezni.

This made the boy even more interested in the task.

Ez még jobban felkeltette a fiú érdeklődését a feladat iránt.

She said there was a melon which cured her disease.

Azt mondta, van egy dinnye, ami meggyógyítja a betegségét.

The melon was twelve cubits in length.

A dinnye tizenkét könyök hosszú volt.

But the stone of the lemon was thirteen cubits long.

De a citrom magja tizenhárom könyök hosszú volt.

The fruit could only be gotten from her mother.

A gyümölcsöt csak az anyjától lehetett beszerezni.

And her mother lived on the other side of the ocean.

És az anyja az óceán túlsó partján élt.

She gave him a letter of introduction to her mother.

Átadott neki egy ajánlólevelet az anyjának.

But actually the note told her to eat the boy.

De valójában az üzenet azt mondta neki, hogy egye meg a fiút.
The boy had suspected there was some foul play.
A fiú gyanította, hogy valami szabálytalanság történt.
So he tore up the letter and proceeded on his journey.
Így hát széttépte a levelet és folytatta útját.
The dauntless youth passed through many lands.
A rettenthetetlen ifjú sok országon haladt át.
After much travel he stood on the shore of the ocean.
Sok utazás után megállt az óceán partján.
On the other side of the ocean was the country of the Rakshasis.
Az óceán túlsó partján a Rakshasik országa terült el.
He then bawled as loud as he could, and said;
Aztán olyan hangosan felüvöltött, ahogy csak bírt, és azt mondta;
"Granny! granny! come and save your daughter"
„Nagymama! Nagymama! Gyere és mentsd meg a lányodat!"
"Your daughter, my mother, is dangerously ill"
„A lányod, az anyám, súlyosan beteg"
On the other side of the ocean an old Rakshasi heard him.
Az óceán túlsó partján egy öreg Rakshasi hallotta őt.
The old Rakshasi crossed the ocean to the boy.
Az öreg Rakshasi átkelt az óceánon a fiúhoz.
The boy told her the message of the queen.
A fiú elmondta neki a királynő üzenetét.
And the Rakshasi took the boy on her back.
És a Rakshasi a hátára vette a fiút.
She re-crossed the ocean to the land of the Rakshasi.
Újra átkelt az óceánon a Rakshasi földjére.
And the boy was at once given the medicinal melon.
És a fiúnak azonnal odaadták a gyógyhatású dinnyét.
The Rakshasi told him to hurry back to her daughter.
A Rakshasi azt mondta neki, hogy siessen vissza a lányához.
But the boy said he was too tired to keep travelling.
De a fiú azt mondta, túl fáradt ahhoz, hogy folytassa az utat.
And he begged to be allowed to rest one day.
És könyörgött, hogy hadd pihenhessen egy napot.

The old Rakshasi consented to her grandson's wishes.
Az idős Rakshasi beleegyezett unokája kívánságaiba.

The boy noticed interesting things in the Rakshasi's room.
A fiú érdekes dolgokat vett észre a Rakshasi szobájában.
There was a stout club and a rope hanging in the room.
Egy erős bot és egy kötél lógott a szobában.
The boy inquired what the stout club and rope were for.
A fiú megkérdezte, mire való a vastag bot és a kötél.
"Child, with that club and rope I cross the ocean"
„Gyermekem, azzal a bottal és kötéllel átkelek az óceánon"
"One just has to take the club and the rope in his hands"
„Csak a kezébe kell venni a botot és a kötelet."
"And then you have to say the following magical words:"
„És akkor ki kell mondanod a következő varázsszavakat:"
"O stout club! O strong rope!"
„Ó, erős klub! Ó, erős kötél!"
"Take me at once to the other side"
„Vigyél azonnal a túloldalra"
"Then they will take him to the other side of the ocean"
„Akkor átviszik az óceán túlsó partjára"
The boy noticed another interesting thing in the room.
A fiú még egy érdekes dolgot vett észre a szobában.
There was a bird in a cage in the corner of the room.
Volt egy madár egy kalitkában a szoba sarkában.
The boy also wanted to know what this bird was for.
A fiú azt is tudni akarta, hogy mire való ez a madár.
"The bird contains a secret, my child"
„A madár titkot rejt, gyermekem"
"But that secret must not be disclosed to mortals"
„De ezt a titkot nem szabad a halandók előtt felfedni"
"But how can I hide this secret from my own grandchild?"
„De hogyan rejthetném el ezt a titkot a saját unokám elől?"
"That bird, child, contains the life of your mother.
„Az a madár, gyermekem, anyád életét hordozza magában."
"If the bird is killed, your mother will at once die"
„Ha a madarat megölik, az anyád azonnal meghal."

Armed with these secrets, the boy went to bed that night.
Ezekkel a titkokkal felfegyverkezve a fiú aznap este lefeküdt.

Next morning the old Rakshasi went to distant countries.
Másnap reggel az öreg Rakshasi távoli országokba utazott.
Together with all the other Rakshasis, she went to forage.
A többi Raksasival együtt elment gyűjteni.
The boy took down the bird-cage from the ceiling.
A fiú levette a madárkalitkát a mennyezetről.
And the boy took the club and the rope.
A fiú pedig elvette a botot és a kötelet.
And then he spoke the magic words to the club and rope.
Aztán kimondta a varázsszavakat a klubnak és a kötélnek.
"O stout club! O strong rope!"
„Ó, erős klub! Ó, erős kötél!"
"Take me at once to the other side"
„Vigyél azonnal a túloldalra"
In the twinkling of an eye the boy was put on this side of the ocean.
Egy szempillantás alatt a fiút az óceánnak ezen az oldalán tartották.
He then retraced his steps, back to the queen.
Aztán visszament a királynőhöz.
To her astonishment he really had the medicinal lemon.
Legnagyobb meglepetésére tényleg nála volt a gyógyhatású citrom.
But the bird in the cage he kept carefully concealed.
De a kalitkában lévő madarat gondosan elrejtette.

In the course of time the people of the city came to the king.
Idővel a város népe a királyhoz jött.
And they told the king of their troubles.
És elbeszélték a királynak bajaikat.
"A monstrous bird comes from the palace every evening"
„Minden este egy szörnyű madár jön a palotából"
"The bird seizes the people in the streets"
„A madár megragadja az utcán lévő embereket"

"And the bird swallows the people up whole"

„És a madár egészben lenyeli az embereket"

"This has been going on for a long time"

„Ez már régóta így megy"

"And now the city has become almost desolate"

„És most a város szinte elhagyatottá vált"

The king did not know what this monstrous bird was.

A király nem tudta, mi ez a szörnyű madár.

But the king's servant, the boy, said he knew.

De a király szolgája, a fiú, azt mondta, hogy tudja.

"I will kill the monstrous bird," he offered.

„Megölöm a szörnyű madarat" – ajánlotta fel.

"But the queen has to stand beside us," he added.

„De a királynőnek mellettünk kell állnia" – tette hozzá.

The king saw no reason to object to the proposal.

A király nem látott okot ellenezni a javaslatot.

And so the queen was made to stand beside the king.

Így a királynőt a király mellé állították.

The boy then took the bird out from its cage.

A fiú ezután kivette a madarat a kalitkából.

On seeing the bird she fell into a fainting fit.

Amikor meglátta a madarat, ájulásrohamot kapott.

Then the boy turned to the king, and spoke.

Akkor a fiú a királyhoz fordult, és megszólalt.

"King, you will soon perceive who the monstrous bird is"

„Király, mindjárt megtudod, ki a szörnyű madár."

"You will see what devours your people every evening"

„Meglátod majd, mi falja fel népedet minden este"

"I tear off each limb of this bird"

„Letépem ennek a madárnak minden egyes végtagját"

"The corresponding limb of the man-eater will fall off"

„Az emberevőnek a megfelelő végtagja leesik"

The boy then tore off one leg of the bird in his hand.

A fiú ezután letépte a kezében tartott madár egyik lábát.

All assembled were astonished at what happened next.

Az összes egybegyűlt megdöbbent a következő eseményen.

One of the legs of the queen fell off.

A királynő egyik lába leesett.
Then the boy squeezed the throat of the bird.
Aztán a fiú megszorította a madár torkát.
And as he squeezed the bird, the queen gave up the ghost.
És ahogy megszorította a madarat, a királynő kiadta a lelkét.
The boy then retold his history to the king.
A fiú ezután elmesélte történetét a királynak.
"You used to have seven barren wives"
„Hét meddő feleséged volt."
"To treat their barrenness, you gave them each a mango"
„Hogy kezeld a meddőségüket, mindegyiküknek adtál egy mangót."
"And each of your wives fell pregnant with a child"
„És mindegyik feleséged teherbe esett gyermekkel"
"However, you then married an eighth wife"
„Utána azonban egy nyolcadik feleséget vettél feleségül"
"This wife ordered you to blind your other wives"
„Ez a feleség arra utasított, hogy vakítsd meg a többi feleségedet"
"And she ordered you to have your other wives killed"
„És megparancsolta neked, hogy ölesd meg a többi feleségedet is."
"Your minister blinded your seven wives"
„A minisztered megvakította a hét feleségedet"
"But he was too good hearted to kill your wives"
„De túl jószívű volt ahhoz, hogy megölje a feleségeiteket"
"Your seven wives were taken to a hiding place"
„Hét feleségedet rejtekhelyre vitték"
"And in this hiding place they each gave birth"
„És ebben a rejtekhelyen szültek mindannyian"
"But they were forced to eat their newly born children"
„De kénytelenek voltak megenni az újszülött gyermekeiket"
"Only my mother did not let me be eaten"
„Csak anyám nem engedte, hogy megegyék"
"Instead, I was suckled by seven mothers"
„Ehelyett hét anya szoptatott"
"And I grew up strong and capable"

„És erős és tehetséges felnőttem"
"Eventually I came to work in your palace"
„Végül a palotádban dolgoztam"
"Your wife, my stepmother, sent me on a mission"
„A feleséged, a mostohaanyám, küldetésre küldött"
"She sent me to her mother for a medicine"
„Elküldött az anyjához gyógyszerért."
"However, her mother was a Rakshasi"
„Az anyja azonban Rakshasi volt."
"From her I found the secret of your wife's life"
„Tőle fedeztem fel a feleséged életének titkát"
"And so I brought the bird that held your wife's life"
„És elhoztam a madarat, amely a feleséged életét fogta"
The king had listened to the story his son told him.
A király meghallgatta a történetet, amit a fia mesélt neki.
The seven queens were brought back to the palace.
A hét királynőt visszavitték a palotába.
And their eyes were miraculously restored.
És csodálatos módon helyreállt a szemük.
The boy that was suckled by seven mothers was crowned.
Azt a fiút koronázták meg, akit hét anya szoptatott.
And he was recognized by the king as his rightful heir.
És a király elismerte őt jogos örökösének.
And they lived together happily.
És boldogan éltek együtt.

The Story of Prince Sobur
Sobur herceg története

Once upon a time there lived a merchant.
Élt egyszer egy kereskedő.
This merchant had seven daughters.
Ennek a kereskedőnek hét lánya volt.
One day the merchant asked them a question.
Egy nap a kereskedő feltett nekik egy kérdést.
"From whose fortune do you live?"
„Kinek a vagyonából élsz?"
The eldest daughter answered first.
A legidősebb lány válaszolt először.
"Papa, I live from your fortune"
„Apa, a te vagyonodból élek"
The second daughter gave the same answer.
A második lány is ugyanezt a választ adta.
The same answer was given by the third daughter.
Ugyanezt a választ adta a harmadik lány is.
His fourth daughter also lived from his fortune.
A negyedik lánya is az ő vagyonából élt.
His fifth daughter was no different.
Az ötödik lánya sem volt másképp.
And his sixth daughter was like the rest.
És a hatodik lánya olyan volt, mint a többi.
But his youngest daughter surprised him.
De a legkisebb lánya meglepte.
She had a very different answer.
Egészen más válasza volt.
"I live from my own fortune"
„A saját vagyonomból élek"
He did not like this answer.
Nem tetszett neki ez a válasz.
Her answer made the merchant very angry.
Válasza nagyon feldühítette a kereskedőt.
"You are very ungrateful," he told her.
„Nagyon hálátlan vagy" – mondta neki.

"See how well you do on your own"
„Nézd, milyen jól boldogulsz egyedül"
"I am kicking you out of my house"
„Kirúgom a házamból"
"You will not have a rupee in your pocket"
„Egy rúpiád sem lesz a zsebedben"
He called his palanquins to come.
Hívta a gyaloghintóit, hogy jöjjenek.
And he ordered them to take the girl away.
És megparancsolta nekik, hogy vigyék el a lányt.
"Leave her in the midst of a forest"
„Hagyd őt az erdő közepén"
The girl begged to be allowed one thing.
A lány könyörgött, hogy egy dolgot engedjenek meg neki.
"Please let me take my work-box"
„Kérlek, hadd vigyem a munkadobozomat"
"In the box are my needles and threads"
„A dobozban vannak a tűim és a cérnáim"
Her father allowed her to take her box.
Az apja megengedte neki, hogy elvigye a dobozát.
She got into the seat of the palanquins.
Beült a gyaloghintók ülésébe.
And the bearers lifted her up.
És a vivők felemelték őt.
And they put her onto their shoulders.
És a vállukra vették.
As the bearers ran they chanted.
Miközben a hordozók futottak, skandáltak.
"hoon! hoon! hoon! hoon! hoon!"
„Húúú"
But they didn't get very far.
De nem jutottak messzire.
An old woman stood in their way.
Egy idős asszony állta el az útjukat.
She came up to the carriage.
Odajött a hintóhoz.
"Where are you taking my daughter?"

„Hová viszed a lányomat?"
She was the maid of the child.
Ő volt a gyermek szobalánya.
"We have been given orders by the merchant"
„A kereskedőtől kaptuk az utasításokat"
"He told us to take her away"
„Azt mondta, vigyük el innen"
"We will leave her in a forest"
„Bent hagyjuk őt egy erdőben"
"We are going to do his bidding"
„Az ő parancsát fogjuk teljesíteni"
"I must go with her," said the old woman.
– Mennem kell vele – mondta az idős asszony.
But the bearers were not sure.
De a hordozók nem voltak biztosak benne.
Bearers run when they carry a sedan chair.
A hordozók futnak, amikor szedánszéket visznek.
"How will you be able to keep pace with us?"
„Hogyan fogsz tudni lépést tartani velünk?"
The old woman was not deterred.
Az idős asszony nem csüggedt.
"It does not matter how I do it"
„Nem számít, hogyan csinálom"
"I must go where my daughter goes"
„Oda kell mennem, ahová a lányom megy "
The youngest daughter begged the bearers.
A legkisebb lány könyörgött a gyerekeknek.
"Please carry my mother with me"
„Kérlek, vidd velem az anyámat"
And the bearers gracefully agreed.
És a hordozók kecsesen beleegyeztek.
They carried mother and child to the forest.
Anyát és gyermekét az erdőbe vitték.
"hoon! hoon! hoon! hoon! hoon!"
„Húú"
In the afternoon they reached a dense forest.
Délután sűrű erdőbe értek.

They went deeper and deeper into the forest.
Egyre mélyebbre és mélyebbre hatoltak az erdőbe.
Towards sunset they reached their goal.
Naplemente felé elérték céljukat.
They stopped at the foot of an old tree.
Megálltak egy öreg fa tövében.
They lowered the girl and the old woman.
Leeresztették a lányt és az idős asszonyt.
And they left them in the forest.
És otthagyták őket az erdőben.
Then they retraced their steps home.
Aztán hazaindultak.

The merchant's youngest daughter looked around.
A kereskedő legkisebb lánya körülnézett.
You would not have wanted to be in her shoes.
Nem akartál volna a helyében lenni.
Her situation was truly pitiable.
A helyzete igazán szánalmas volt.
She was hardly fourteen years old.
Alig volt tizennégy éves.
She had grown up in luxury.
Luxusban nőtt fel.
But now there was no luxury for her.
De most már nem volt luxusa számára.
She was in the heart of a dark forest.
Egy sötét erdő szívében volt.
She had not a rupee in her pocket.
Egyetlen rúpia sem volt a zsebében.
And she had nothing for protection.
És semmivel sem tudott védekezni.
Nothing except an old, decrepit, woman.
Semmi, csak egy öreg, elgyötört asszony.
Even the trees of the forest pitied her.
Még az erdő fái is sajnálták őt.
The young girl and old woman sat together.
A fiatal lány és az idős asszony egymás mellett ültek.

They were at the foot of an old tree.
Egy öreg fa tövében álltak.
And together they cried over their situation.
És együtt sírtak a helyzetük miatt.
I should say this all happened long ago.
Azt kell mondanom, hogy mindez régen történt.
In these times the trees could talk.
Ilyenkor a fák is tudtak beszélni.
And the old tree spoke to the girl.
És az öreg fa szólt a lányhoz.
"Unhappy women, I much pity you"
„Boldogtalan asszonyok, nagyon sajnállak titeket"
"There are wild beasts in this forest"
„Vadállatok vannak ebben az erdőben"
"Soon they will come out of their lairs"
„Hamarosan előbújnak a barlangjaikból"
"They will roam about for prey"
„Zsákmány után kutatva barangolnak majd"
"And they are sure to devour you two"
„És biztosan felfalnak titeket kettőtöket"
"But I can help you, if you want"
„De segíthetek, ha akarod"
"I will make an opening for you"
„Kinyitok egy helyet neked"
"When you see the opening, go into it"
„Amikor meglátod a nyílást, menj be rajta"
"And then I will close the opening up"
„És akkor bezárom a rést"
"As long as you are in me you'll be safe"
„Amíg bennem vagy, biztonságban leszel"
"This way the wild beasts can't touch you"
„Így a vadállatok nem érhetnek hozzád"
And then the tree split itself in two.
És akkor a fa kettéhasadt.
The two women went inside the tree.
A két nő bement a fába.
And the old tree resumed its natural shape.

És az öreg fa visszanyerte természetes alakját.

The shade of night darkened the forest.
Az éjszaka árnyéka elsötétítette az erdőt.
Everything the tree had said was true.
Minden, amit a fa mondott, igaz volt.
The wild beasts came out of their lairs.
A vadállatok előjöttek barlangjaikból.
The fierce tiger came out at night.
A vad tigris előjött éjszaka.
The wild bear left his lair.
A vadmedve elhagyta barlangját.
The rhinoceros roamed the forest.
Az orrszarvú az erdőben barangolt.
The bushy bear was there that night.
A bozontos medve ott volt aznap éjjel.
The great elephant could be heard.
Hallani lehetett a nagy elefánt hangját.
And there was the horned buffalo.
És ott volt a szarvas bölény.
They all growled as they circled the tree.
Mindannyian morogtak, miközben körbejárták a fát.
They had gotten the scent of human blood.
Emberi vér szagát érezték.
They could hear the growls of the beasts.
Hallhatták a bestiák morgását.
The beasts came dashing against the tree.
A vadállatok a fának csapódtak.
They broke the old tree's branches.
Letörték az öreg fa ágait.
Their horns pierced the tree's trunk.
Szarvaik átszúrták a fa törzsét.
They scratched its bark with their claws.
Karmaikkal kapargatták a kérgét.
But all their efforts were in vain.
De minden erőfeszítésük hiábavaló volt.
The girl and woman were safe in the tree.

A lány és a nő biztonságban voltak a fában.
Towards dawn the wild beasts went away.
Hajnal felé a vadállatok elvonultak.
After sunrise the good tree spoke again.
Napkelte után a jó fa újra megszólalt.
"The wild beasts have gone back"
„Visszatértek a vadállatok"
"They are in their lairs again"
„Megint a barlangjukban vannak"
"But they did their best to torment me"
„De mindent megtettek, hogy kínozzanak"
"The sun has risen up again"
„A nap újra felkelt"
"So you can come out now"
„Szóval most már kijöhetsz"
The tree split itself into two again.
A fa ismét kettéhasadt.
The girl and the old woman came out.
Kijött a lány és az idős asszony.
They saw the extent of the damage.
Látták a kár mértékét.
The tree's branches had been broken off.
A fa ágai le voltak törve.
The tree's trunk had been pierced.
A fa törzsét átszúrták.
The bark had been stripped off.
A kérget lefejtették róla.
"Good mother, we thank you"
„Jó anya, köszönjük szépen"
"You have been very kind to us"
„Nagyon kedvesek voltatok hozzánk"
"You gave us shelter from the beasts"
„Menekülést adtál nekünk a vadállatok elől"
"But it was at a great cost to yourself"
„De ez nagy árat jelentett neked"
"You have many wounds from the wilds beasts"
„Sok sebed van a vadállatoktól"

"You must be in great pain?"

– Biztos nagyon fáj neked?

Close by there was a flowing river.

A közelben egy folyó hömpölygött.

The young girl went to the river bank.

A fiatal lány a folyópartra ment.

At the bank of the river she found mud.

A folyó partján sarat talált.

She covered the tree with the mud.

Beborította a fát a sárral.

She especially covered the damaged parts.

Különösen a sérült részeket takarta.

The tree thanked her for the treatment.

A fa megköszönte a kezelést.

"My good girl, I thank you"

„Jó kislányom, köszönöm szépen"

"I am greatly relieved of my pain"

„Nagyon megkönnyebbültem a fájdalmamtól"

"I am, however, more concerned for you"

„De én jobban aggódom érted"

"You must be hungry"

„Biztos éhes vagy"

"You have not eaten since yesterday"

„Tegnap óta nem ettél"

"But what can I give you?"

„De mit adhatok én neked?"

"I have no fruit of my own"

„Nincs saját gyümölcsöm"

"But I do have some advice"

„De van egy tanácsom"

"Give the old woman whatever money you have"

„Add oda az öregasszonynak a pénzed, amid van"

"Let her go into the city"

„Engedd, hogy bemenjen a városba"

"In the city she can buy some food"

„A városban tud venni valami ennivalót"

They explained their situation to the tree.

Elmagyarázták a helyzetüket a fának.
"We have been sent out with no money"
„Pénz nélkül küldtek ki minket"
But she searched through her work-box anyway.
De azért átkutatta a dolgozószobáját.
And in the box she found five cowries.
És a dobozban öt kaurit talált.
The tree continued to give its advice.
A fa tovább adta a tanácsait.
"Go with your cowries to the city"
„Menj a kaurijaiddal a városba"
"Use the cowries to buy some fried rice"
„Használd a kaurit, hogy sült rizst vegyél"
So the old woman went to the city.
Így hát az idős asszony bement a városba.
Fortunately the city was not far away.
Szerencsére a város nem volt messze.
She went to the first shopkeeper she found.
Odament az első boltoshoz, akivel találkozott.
"Please give me five cowries worth of rice"
„Kérem, adjon nekem öt kauri értékű rizst."
The shopkeeper laughed at her.
A boltos nevetett rajta.
"Where can rice be had for five cowries?"
„Hol lehet öt kauriért rizst venni?"
"Be off, you old hag," he told her.
– Menj el, te vén boszorkány! – mondta neki.
So she tried to barter at another shop.
Így hát megpróbált egy másik boltban cserélni.
This shopkeeper could see her distress.
A boltos látta a lány kétségbeesését.
And the shopkeeper took pity on her.
És a boltos megszánta.
She gave her a large quantity of rice.
Nagy adag rizst adott neki.
The old woman returned with the rice.
Az idős asszony visszatért a rizzsel.

And the tree gave further instructions.
És a fa további utasításokat adott.
"Eat less than half of the rice"
„Egyél kevesebb, mint a rizs felét"
"Go to the embankments of the river bank"
„Menj a folyópart töltéseire"
"Cast the remaining rice on the river bank"
„Vesd a maradék rizst a folyópartra"
They did not understand the sense of it.
Nem értették az értelmét.
"Why sow the riverbank with rice?"
„Miért vetni rizzsel a folyópartot?"
But they did as they were advised.
De úgy tettek, ahogy tanácsolták nekik.
And they threw their rice onto the ground.
És a rizst a földre dobták.

They spent the day lamenting their fate.
A napot sorsuk siratásával töltötték.
Just as before the beasts came out at night.
Pont úgy, mint mielőtt az állatok előjöttek éjszaka.
The tree housed them inside of its trunk again.
A fa ismét befogadta őket a törzsébe.
Again they mutilated and tortured the tree.
Újra megcsonkították és megkínozták a fát.
But that night something else happened.
De azon az éjszakán valami más is történt.
The women only saw it the next day.
A nők csak másnap látták meg.
The rice had attracted hundreds of peacocks.
A rizs több száz pávát vonzott.
The peacocks competed for the rice.
A pávák versengtek a rizsért.
And their feathers fell on the floor.
És a tollaik a padlóra hullottak.
The tree had known what would happen.
A fa tudta, mi fog történni.

And the tree advised them what to do next.
És a fa tanácsot adott nekik, hogy mit tegyenek ezután.
"Go back to the bank of the river"
„Menj vissza a folyó partjára"
"Go to where you cast the rice"
„Menj oda, ahová a rizst veted"
"There you will see many feathers"
„Ott sok tollat fogsz látni"
"Collect all the feathers you can find"
„Gyűjtsd össze az összes tollat, amit találsz"
"Use the feathers to make a beautiful fan"
„Használd a tollakat, hogy gyönyörű legyezőt készíts!"
"And take the feather-fan to the city"
„És vidd a toll-legyezőt a városba"
The two women did as they were advised.
A két nő úgy tett, ahogy tanácsolták nekik.
It was good the girl had taken her work-box.
Jó volt, hogy a lány magával vitte a munkásládáját.
In her work-box was some string.
A szerszámosládájában volt egy kis zsineg.
The tied the feathers together.
Összekötötték a tollakat.
And she had made a fan from the feathers.
És legyezőt készített a tollakból.
She took the feather fan to the city.
Elvitte a tolllegyezőt a városba.
The son of the king happened to be there.
A király fia történetesen ott volt.
He admired the feathers greatly.
Nagyon csodálta a tollakat.
He paid a large sum of money for the feathers.
Nagy összeget fizetett a tollakért.
Each morning a quantity of feathers was collected.
Minden reggel bizonyos mennyiségű tollat gyűjtöttek össze.
And each day a feather fan was made and sold.
És minden nap készítettek és adtak el egy tolllegyezőt.
Within a short time the two women got rich.

Rövid időn belül a két nő meggazdagodott.
The tree then advised them to build a house.
A fa ezután azt tanácsolta nekik, hogy építsenek házat.
"Employ men to burn bricks for you"
„Foglalkoztassatok fel férfiakat, hogy téglát égessenek nektek"
"Get them to cut beams and rafters"
„Vágassák ki velük a gerendákat és a szarufákat"
"Make them plaster the walls with lime"
„Vakoltasd be velük a falakat mésszel"
In a few months a stately house was built.
Néhány hónap alatt egy impozáns ház épült.
The tree was pleased for the women.
A fa örült az asszonyoknak.
"You should add a garden to your house"
„Kertet kellene építened a házadhoz"
"And you want to be able to store water"
„És azt szeretnéd, hogy képes legyél vizet tárolni"
"Dig a water tank in your garden"
„Áss egy víztartályt a kertedben"

The girl had not had much time.
A lánynak nem sok ideje volt.
So she didn't think of her family.
Szóval nem gondolt a családjára.
The merchant's luck had taken a turn.
A kereskedő szerencséje megfordult.
The goddess of wealth frowned upon him.
A gazdagság istennője rosszallóan nézett rá.
He was struck by a sudden misfortune.
Hirtelen szerencsétlenség érte.
All at once he lost all of his money.
Egyszer csak elvesztette az összes pénzét.
He was forced to sell his house.
Kénytelen volt eladni a házát.
But he made a great loss on the property.
De nagy veszteséget okozott az ingatlanon.
He and his family were left penniless.

Ő és családja fillérek nélkül maradt.
So they were forced to live elsewhere.
Így kénytelenek voltak máshol élni.
They happened to move to a nearby village.
Véletlenül egy közeli faluba költöztek.
The palace was not far from their new house.
A palota nem volt messze az új házuktól.
But the merchant was not rich anymore.
De a kereskedő már nem volt gazdag.
And he still had to support his family.
És még mindig el kellett tartania a családját.
He had been reduced to doing manual labour.
Kétkezi munkára kényszerítették.
He applied for the job at the palace.
Jelentkezett a palotába betöltendő állásra.
He was going to dig the hole for the water.
Gödröt akart ásni a víznek.
His wife also offered to work with him.
A felesége is felajánlotta, hogy együtt dolgozik vele.
But they got there too late to work.
De túl későn érkeztek ahhoz, hogy dolgozzanak.
The water tank had already been finished.
A víztartály már készen volt.
And they did not know whose house it was.
És nem tudták, kié a ház.
The merchant's daughter was looking out the window.
A kereskedő lánya kinézett az ablakon.
She happened to see her parents in the garden.
Véletlenül meglátta a szüleit a kertben.
She could see the rags they were wearing.
Látta a rongyokat, amiket viseltek.
Her eyes filled with tears at the sight.
A szeme könnybe lábadt a látványtól.
She could not believe what she saw.
Nem tudta elhinni, amit látott.
Her parents had come to her for work.
A szülei munkába jöttek hozzá.

She immediately called her servants.
Azonnal hívta a szolgáit.
"Outside in the garden are my parents"
„Kint vannak a kertben a szüleim"
"Please offer them these fine clothes"
„Kérlek, ajánld fel nekik ezeket a szép ruhákat"
"And ask them to come into the palace"
„És kérd meg őket, hogy jöjjenek be a palotába"
Her servants did as they were told.
A szolgái úgy tettek, ahogy mondták nekik.
But her parents were frightened beyond measure.
De a szülei mérhetetlenül féltek.
They had seen that the tank was finished.
Látták, hogy a tank elkészült.
There used to be a strange tradition.
Volt régen egy furcsa hagyomány.
In those days human sacrifices were offered.
Azokban az időkben emberáldozatokat mutattak be.
One of those occasions was after digging a pool.
Az egyik ilyen alkalom egy medence ásása után volt.
You can imagine her parents' fear.
El tudod képzelni a szülei félelmét.
They had come to dig the water tank.
Azért jöttek, hogy kiássák a víztartályt.
But now servants were calling them.
De most a szolgák szólították őket.
They thought they going to be sacrificed.
Azt hitték, feláldozzák őket.
"Throw away your rags" they said.
„Dobjátok el a rongyaitokat" – mondták.
"Here, wear these fine clothes"
„Tessék, vedd fel ezeket a szép ruhákat"
And their fears increased even more.
És a félelmeik még jobban fokozódtak.
But they did not have to fear for long.
De nem kellett sokáig félniük.
Their rich daughter came out to meet them.

Gazdag lányuk kijött eléjük.
She hugged and kissed her parents.
Megölelte és megcsókolta a szüleit.
And she told them everything that had happened.
És mindent elmesélt nekik, ami történt.
The father felt that she had been right.
Az apa úgy érezte, hogy a lánynak igaza volt.
"You do live from your own fortune"
„A saját vagyonodból élsz"
The daughter did not blame her father.
A lány nem hibáztatta az apját.
And she gave him a large fortune.
És egy nagy vagyont adott neki.
With the money he moved back to the city.
A pénzzel visszaköltözött a városba.
Soon he became a merchant again.
Hamarosan ismét kereskedő lett.
And he went to distant countries for trade.
És távoli országokba ment kereskedelem céljából.

One day he got ready for another business venture.
Egy nap egy újabb üzleti vállalkozásra készült.
But that day something strange happened.
De azon a napon valami furcsa dolog történt.
The ship was ready to leave the port.
A hajó készen állt a kikötő elhagyására.
But for some reason the ship did not move.
De valamilyen oknál fogva a hajó nem mozdult.
No one could explain what was happening.
Senki sem tudta megmagyarázni, mi történik.
But the merchant had an idea.
De a kereskedőnek támadt egy ötlete.
"Perhaps my daughters would like presents"
„Talán a lányaim örülnének az ajándékoknak"
"I need to ask them what they would like"
„Meg kell kérdeznem tőlük, hogy mit szeretnének"
He went to see his daughters.

Elment meglátogatni a lányait.
He asked them what they would like.
Megkérdezte tőlük, mit szeretnének.
And he promised to bring them presents.
És megígérte, hogy ajándékokat visz nekik.
But the ship would still not move.
De a hajó továbbra sem mozdult.
He had not asked all his daughters.
Nem kérdezte meg az összes lányát.
His youngest daughter was not there.
A legkisebb lánya nem volt ott.
She was living in a different city.
Egy másik városban élt.
So he ordered his servants go to her palace.
Megparancsolta hát szolgáinak, hogy menjenek a palotájába.
The messenger came at the wrong time.
A hírvivő rosszkor jött.
The young girl was engaged in devotions.
A fiatal lány áhítatban vett részt.
But the messenger asked her anyway.
De a küldött mégis megkérdezte tőle.
She just told him"sobur"
Csak annyit mondott neki: „sobur"
The meaning of this was"wait"
Ennek a jelentése az volt, hogy „várjunk".
But the messenger didn't know this.
De a küldött ezt nem tudta.
He thought she wanted something called"sobur"
Azt hitte, valami olyasmit akar, amit „soburnak" hívnak.
So he went back to the city of the merchant.
Így hát visszatért a kereskedő városába.
And he delivered the message he received.
És átadta az üzenetet, amit kapott.
"Your daughter wants something called 'sobur'"
„A lányod valami olyasmit akar, amit »sobur«-nak hívnak"
This time the ship could move again.
Ezúttal a hajó újra elindulhatott.

So the merchant started on his travels.
Így hát a kereskedő útnak indult.
He visited many ports on his journey.
Útja során számos kikötőt látogatott meg.
And he made good profits from his trades.
És szép hasznot húzott a kereskedéseiből.
Finding the presents was not difficult.
Az ajándékok megtalálása nem volt nehéz.
He found everything his oldest daughters wanted.
Mindent megtalált, amit a legidősebb lányai akartak.
But his youngest daughter's wish was difficult.
De a legkisebb lánya kívánsága nehéz volt.
He could not find the thing called"sobur"
Nem találta a „sobur" nevű dolgot.
He asked at every port he came to.
Minden kikötőben, ahová csak érkezett, megkérdezte.
"Do you have something called 'sobur'?"
„Van valami olyasmi, amit „soburnak" hívnak?"
But the merchants all shook their heads.
De a kereskedők mind a fejüket rázták.
"We've never heard of 'sobur'"
„Még sosem hallottunk a 'sobur' szóról"
His voyage had almost come to its end.
Útja majdnem a végéhez ért.
He was soon going to head back home.
Hamarosan indulni készült hazafelé.
But he wanted"sobur" for his daughter.
De „soburt" akart a lányának.
So he went calling through the streets.
Így hát végigtelefonált az utcákon.
"Sobur, does anyone have sobur?!"
„Sobur, van valakinek soburja?!"
The son of the King was in his castle.
A király fia a várában volt.
He happened to be looking out the window.
Véletlenül kinézett az ablakon.
And the calls attracted his attention.

És a hívások felkeltették a figyelmét.
Because his name happened to be Sobur.
Mert történetesen Soburnak hívták.
He came to the merchant to speak with him.
Odament a kereskedőhöz, hogy beszéljen vele.
"I have the Sobur that you want"
„Megvan nekem a Sobur, amit akarsz"
"Take this box, but be careful with it"
„Fogd ezt a dobozt, de vigyázz vele!"
"In the box is a magical feather fan and mirror"
„A dobozban egy varázslatos tolllegyező és tükör található."
"This is the Sobur your daughter wishes for"
„Ez az a Sobur, amire a lányod vágyik"
The merchant thanked the prince for the box.
A kereskedő megköszönte a hercegnek a szelencét.
And he returned back to his country.
És visszatért hazájába.

He gave the box to his daughter.
Odaadta a dobozt a lányának.
But the daughter didn't think about it.
De a lánya nem gondolt rá.
She thought it was just a common box.
Azt hitte, csak egy közönséges doboz.
She had forgotten about the messenger.
Elfelejtette a hírvivőt.
But one day she decided to open the box.
De egy nap úgy döntött, hogy kinyitja a dobozt.
Inside the box she found a beautiful fan.
A dobozban egy gyönyörű legyezőt talált.
In the feather fan there was a beautiful mirror.
A tolllegezőben egy gyönyörű tükör volt.
She waved the feather fan to cool herself.
Legyintett a tolllegyezővel, hogy lehűtse magát.
And Prince Sobur appeared before her.
És Sobur herceg megjelent előtte.
"You called me, so here I am," he said.

– Hívtál, hát itt vagyok – mondta.
"What is it you wish for?" he asked.
„Mit kívánsz valójában?" – kérdezte.
She was astonished at what she saw.
Megdöbbentett, amit látott.
A handsome prince had suddenly appeared!
Hirtelen megjelent egy jóképű herceg!
"Who are you?" she asked the prince.
„Ki maga?" – kérdezte a hercegtől.
"And how did you suddenly appear?"
– És hogyhogy hirtelen megjelentél?
The Prince explained what had happened.
A herceg elmagyarázta, mi történt.
"Your father was looking for 'sobur'"
„Apád a „sobur" szót kereste"
"I am prince Sobur," he explained.
„Én vagyok Sobur herceg" – magyarázta.
"I gave your father a box"
„Adtam apádnak egy dobozzal"
"In this box there is a feather fan and mirror"
„Ebben a dobozban van egy tollventilátor és egy tükör."
"When you shake the feather fan I will appear"
„Amikor megrázod a tolllegyezőt, megjelenek"
She asked the prince to stay as a guest.
Megkérte a herceget, hogy vendégül maradhasson.
And for two days the prince stayed with her.
És a herceg két napig nála maradt.
And she entertained him in her palace.
És szórakoztatta őt a palotájában.
During that time the two fell in love.
Ez idő alatt a két férfi egymásba szeretett.
They made their vows to each.
Mindegyiküknek letették a fogadalmukat.
And they became husband and wife.
És férj és feleség lettek.
After this the prince returned to his father.
Ezután a herceg visszatért apjához.

He told him that he had selected a wife.
Azt mondta neki, hogy kiválasztott magának feleséget.
The day for the wedding was decided.
Az esküvő napja eldőlt.
All the family was invited.
Az egész családot meghívták.
And they had a beautiful wedding.
És gyönyörű esküvőjük volt.

But there was a death in the marriage bed.
De haláleset történt a házaságyban.
The six daughters of the merchant were envious.
A kereskedő hat lánya irigy volt.
They were jealous of their sister's success.
Féltékenyek voltak a nővérük sikerére.
So they decided to destroy her happiness.
Így hát úgy döntöttek, hogy tönkreteszik a boldogságát.
They broke several glass bottles.
Több üvegpalackot is összetörtek.
And they ground the glass into fine powder.
És finom porrá őrölték az üveget.
Then they scattered the powder on the bed.
Aztán szétszórták a port az ágyon.
The prince suspected no danger.
A herceg nem gyanított veszélyt.
He laid himself down in the bed.
Lefeküdt az ágyba.
Soon he felt an acute pain.
Hamarosan éles fájdalmat érzett.
All of his whole body ached.
Az egész teste sajgott.
The powder had gone through his skin.
A por áthatolt a bőrén.
The prince became restless through pain.
A herceg nyugtalanná vált a fájdalomtól.
And he started to kick and scream.
És rúgkapálni és sikoltozni kezdett.

He was taken away to his own country.
Elvitték a saját hazájába.
The king and queen were very worried.
A király és a királyné nagyon aggódtak.
They consulted all the kingdom's physicians.
Konzultáltak a királyság összes orvosával.
But their efforts were in vain.
De erőfeszítéseik hiábavalóak voltak.
Day and night the young prince was screaming.
Éjjel-nappal sikoltozott a fiatal herceg.
No one could ascertain the disease.
Senki sem tudta megállapítani a betegség okát.
So they had no way of knowing the remedy.
Így fogalmuk sem volt a gyógymódról.
You can imagine the grief of his wife.
El tudod képzelni a felesége bánatát.
The marriage knot had only just been tied.
A házasság csomója épp csak meg volt kötve.
She thought a terrible disease had attacked him.
Azt hitte, valami szörnyű betegség támadta meg.
Then he was carried hundreds of miles away.
Aztán több száz kilométerre elvitték.
She had never been to his country.
Soha nem járt az ő országában.
But she was determined to go there.
De eltökélte, hogy odamegy.
And she was determined to nurse him better.
És eltökélte, hogy jobban fogja ápolni.
She put on the garb of a Sannyasi.
Szannjászí ruhát öltött.
And she carried a dagger in her hand.
És egy tőrt tartott a kezében.
And then she set out on her journey.
És akkor elindult az útjára.

The princess was still relatively young.
A hercegnő még viszonylag fiatal volt.

She was unaccustomed to long journeys.

Nem volt hozzászokva a hosszú utakhoz.

And she wasn't used to walking so far.

És nem volt hozzászokva, hogy ilyen messzire gyalogoljon.

She soon got weary of walking.

Hamarosan belefáradt a járásba.

So she sat under a tree to rest.

Így hát leült egy fa alá pihenni.

On the top of the tree there was a nest.

A fa tetején egy fészek volt.

It was the nest of two divine birds.

Két isteni madár fészke volt.

Bihangami and Bihangama lived here.

Bihangami és Bihangama élt itt.

They were not in their nest at the time.

Akkoriban nem voltak a fészkükben.

But two of their chicks were in the nest.

De két fiókájuk a fészekben volt.

Suddenly the chicks gave a scream.

Hirtelen felsikoltottak a csibék.

This roused the half-drowsy princess.

Ez felébresztette a félig álmos hercegnőt.

The little birds had seen huge serpent.

A kismadarak hatalmas kígyót láttak.

The snake was about to climb the tree.

A kígyó éppen felmászott a fára.

This would have been the end of the birds.

Ez lett volna a madarak vége.

But the Sannyasi took out her dagger.

De a szannjászí elővette a tőrét.

And she cut the serpent in two.

És kettévágta a kígyót.

Of course even this frightened the young birds.

Természetesen még ez is megijesztette a fiatal madarakat.

And they flew from the nest screaming.

És sikoltozva repültek ki a fészekből.

Bihangama and Bihangami were on their way back.

Bihangama és Bihangami visszafelé tartottak.

They came sailing through the air.

A levegőben vitorlázva érkeztek.

They thought they already knew what had happened.

Azt hitték, már tudják, mi történt.

"I don't expect to see our children"

„Nem számítok arra, hogy látni fogom a gyerekeinket"

"The nest will be empty again"

„A fészek újra üres lesz"

"All our previous children were eaten"

„Az összes korábbi gyerekünket megették"

"They were eaten by our great enemy the serpent"

„Megette őket nagy ellenségünk, a kígyó"

"They will have met the same fate"

„Ugyanarra a sorsra jutnának"

"I do not hear the cries of my young ones"

„Nem hallom a gyermekeim sírását"

The two birds got to their nest.

A két madár eljutott a fészkéhez.

And as predicted, the nest was empty.

És ahogy előre jelezték, a fészek üres volt.

This seemed to confirm their suspicions.

Ez látszólag megerősítette a gyanújukat.

But soon the young birds returned.

De hamarosan visszatértek a fiatal madarak.

The divine birds were pleasantly surprised.

A mennyei madarak kellemesen meglepődtek.

The young birds told them what had happened.

A fiatal madarak elmesélték nekik, mi történt.

"There was a young Sannyasi under the tree"

„Egy fiatal szannjászí feküdt a fa alatt."

"He destroyed the serpent"

„Elpusztította a kígyót"

"He cut the snake in two with his dagger"

„Kétfelé vágta a kígyót a tőrével"

The parents went to foot of the tree.

A szülők a fa tövébe mentek.

Two halves of the snake were still there.

A kígyó két fele még mindig ott volt.

"The young Sannyasi has saved our offspring"

„A fiatal szannjászí megmentette az utódainkat"

"I wish we could do him some service in return"

„Bárcsak viszonzásul tehetnénk neki valami szolgálatot"

The divine bird Bihangama replied.

Az isteni madár, Bihangama válaszolt.

"We shall do our service to HER"

„Szolgálatot teszünk NEKI"

"The Sannyasi under the tree is not a man"

„A fa alatt lévő szannjászí nem ember."

"The Sannyasi under the tree is a woman"

„A fa alatti szannjászí egy nő."

"Last night she got married to Prince Sobur"

„Tegnap este feleségül ment Sobur herceghez."

"Shortly after their marriage he was poisoned"

„Röviddel a házasságkötésük után megmérgezték"

"His skin was pierced with small shards of glass"

„Apró üvegszilánkok szúrták át a bőrét"

"His sisters-in-law envied his wife"

„A sógornői irigyelték a feleségét"

"Her sisters spread the powder over the bed"

„A nővérei szétterítették a port az ágyon"

"He is still suffering from his pain"

„Még mindig szenved a fájdalmaitól"

"But he is in his native land"

„De ő a szülőföldjén van"

"And now he is at the point of death"

„És most a halál szélén áll"

"Beneath the tree is his heroic bride"

„A fa alatt van a hősies menyasszonya"

"She is wearing the garb of a Sannyasi"

„Szannjászí ruháját viseli."

"And she is going to nurse him"

„És ő fogja ápolni őt"

The Bihangami asked the Bihangama.

A Bihangami megkérdezte a Bihangamát.
"Is there no cure for the prince?"
„Nincs gyógymód a herceg ellen?"
"Yes, there is a cure" replied the Bihangama.
– Igen, van gyógymód – felelte a Bihangama.
"There is hardened dung lying on the ground"
„Keményedett trágya hever a földön"
"She must take this hardened dung"
„El kell fogadnia ezt a megkeményedett trágyát"
"Then she must reduce the dung to powder"
„Akkor porrá kell zúznia a trágyát."
"And then she must bathe the prince"
„És akkor meg kell fürdetenie a herceget"
"She must bathe him in seven jars of water"
„Meg kell fürdetnie őt hét korsó vízben"
"Then she must bathe him in seven jars of milk"
„Akkor hét korsó tejben kell megfürdetnie."
"Then she must apply the powder to his body"
„Akkor a testére kell kennie a port ."
"After this Prince Sobur will get well"
„Ezután Sobur herceg meggyógyul"
"I have no doubts about this remedy"
„Nincsenek kétségeim ezzel a gyógymóddal kapcsolatban"
The Bihangami saw a problem though.
A Bihangami azonban látott egy problémát.
"The princess is but a young girl"
„A hercegnő még csak egy fiatal lány"
"She cannot walk such a distance"
„Nem tud ilyen távolságot gyalogolni"
"The journey would take her many days"
„Az út sok napig tartott volna"
"By that time the poor prince will have died"
„Addigra a szegény herceg meghal."
"I can," replied the Bihangama.
– Meg tudom – felelte a Bihangama.
"I will take the young lady on my back"
„A hátamra veszem a kisasszonyt"

"I will fly her to Prince Sobur's city"
„Elrepítem őt Sobur herceg városába"
"If she takes no presents, I will fly her back"
„Ha nem fogad el ajándékokat, visszarepültetem."
The merchant's daughter heard this conversation.
A kereskedő lánya hallotta ezt a beszélgetést.
She begged the Bihangama to take her on his back.
Könyörgött a Bihangamának, hogy vegye fel a hátára.
And of course the bird willingly consented.
És a madár természetesen készségesen beleegyezett.
First she gathered some of the birds dung.
Először összegyűjtött egy kis madártrágyát.
And then she reduced the dung to fine powder.
Aztán finom porrá zúzta a trágyát.
She was armed with this potent drug.
Felfegyverkezve ezzel az erős droggal.
And she got on the back of the kind bird.
És felszállt a kedves madár hátára.

The Bihangama flew as fast as lightning.
A Bihangama villámgyorsan repült.
They soon reached Prince Sobur's city.
Hamarosan elérték Sobur herceg városát.
The young Sannyasi went up to the palace.
A fiatal szannjászí felment a palotába.
And she spoke to the guards at the gate.
És szólt az őröknek a kapunál.
"Send word to the king that I have a drug"
„Üzenjétek meg a királynak, hogy van egy drogom"
"This drug will save the prince's life"
„Ez a gyógyszer megmenti a herceg életét"
"Within hours I will have cured the prince"
„Órákon belül meggyógyítom a herceget"
The king had tried all the best doctors.
A király minden legjobb orvost kipróbált.
But no doctor had been able to cure his son.
De egyetlen orvos sem tudta meggyógyítani a fiát.

So he didn't believe the Sannyasi's words.
Tehát nem hitt a szannjászí szavainak.
But his councilors advised him otherwise.
Tanácsosai azonban másképp tanácsolták.
The Sannyasi ordered for seven jars of water.
A szannjászi hét korsó vizet rendelt.
And seven jars of milk were ordered.
És hét üveg tejet rendeltek.
He poured a jar of water on the prince.
Egy korsó vizet öntött a hercegre.
And he poured a jar of milk on the prince.
És egy üveg tejet öntött a hercegre.
He had a feather from the divine bird.
Volt egy tolla az isteni madártól.
And he used the feather to apply the powder.
És a tollal vitte fel a púdert.
All of the prince's body was covered.
A herceg egész testét befedték.
This was repeated another six times.
Ez még hatszor megismétlődött.
The last treatment did the magic.
Az utolsó kezelés tette a varázslatot.
The prince started to feel well again.
A herceg újra kezdte jól érezni magát.
The king was happier than words can describe.
A király boldogabb volt, mint azt szavakkal le lehetne írni.
"Give the Sannyasi the finest treasures"
„Add a szannjászínak a legkiválóbb kincseket"
But the Sannyasi refused to take presents.
De a szannjászí nem volt hajlandó ajándékokat elfogadni.
"Let me have the ring on the prince's finger"
„Hadd húzzam a gyűrűt a herceg ujjára"
The king and the prince were happy.
A király és a herceg boldogok voltak.
And they gave him what he wanted.
És megadták neki, amit kért.
The merchant's daughter hastened back.

A kereskedő lánya sietve visszajött.
The Bihangama was waiting at the sea-shore.
A Bihangama a tengerparton várakozott.
They reached the tree of the divine birds.
Elérték az isteni madarak fáját.
The young bride walked back to her palace.
A fiatal menyasszony visszasétált a palotájába.

The following day she shook the magical feather fan.
Másnap megrázta a varázslatos tolllegyezőt.
Just as before, her husband appeared.
Mint azelőtt, megjelent a férje.
Of course he was happy to see his wife.
Természetesen örült, hogy láthatja a feleségét.
But he was infinitely surprised.
De végtelenül meglepődött.
She had his ring on her finger.
A gyűrűje volt az ujján.
His own wife was his doctor.
A saját felesége volt az orvosa.
It was his wife that had cured him!
A felesége volt az, aki meggyógyította!
The prince took his bride to his palace.
A herceg elvitte menyasszonyát a palotájába.
He forgave his sisters-in-law.
Megbocsátott a sógornőinek.
They lived happily for many years.
Sok éven át boldogan éltek.
And they were blessed with children.
És gyermekekkel áldották meg őket.

The Origins of Opium
Az ópium eredete

Once upon on a time there lived a Rishi.
Egyszer volt, hol nem volt, élt egyszer egy Risi.
He lived on the banks of the holy Ganges.
A szent Gangesz partján élt.
This Rishi was a very religious man.
Ez a Rishi egy nagyon vallásos ember volt.
He spent his days performing religious rites.
Napjait vallási szertartások elvégzésével töltötte.
From sunrise to sunset he sat on the river bank.
Napkeltétől napnyugtáig a folyóparton ült.
For the whole time he sat engaged in devotion.
Egész idő alatt áhítattal ült.
At night he took shelter in his hut.
Éjszakára a kunyhójában húzódott meg.
His hut was made from palm-leaves.
A kunyhója pálmalevelekből készült.
The palms he had grown from saplings.
A pálmák, amiket csemetékből nevelt.
There was no one around for miles.
Mérföldekre senki sem volt a környéken.
However, in the hut there was a mouse.
Azonban a kunyhóban volt egy egér.
She lived from what the Rishi left for her.
Abból élt, amit a Rishi hagyott rá.
The Rishi was a kind-hearted man.
A Rishi egy jószívű ember volt.
He would not hurt any living thing.
Nem bántana egyetlen élőlényt sem.
So our mouse never ran away from him.
Így az egerünk soha nem szaladt el előle.
In fact, our mouse went to him.
Sőt, az egerünk odament hozzá.
She touched his feet when he was sitting.
Megérintette a lábát, amikor az ült.

And she enjoyed playing with him.
És élvezte a vele való játékot.
The Rishi also liked the little mouse.
A Rishi is szerette a kis egeret.
So he wanted to be kind to her.
Szóval kedves akart lenni hozzá.
And he wanted someone to talk to.
És beszélni akart valakivel.
So he gave her the power of speech.
Így hát megadta neki a beszéd hatalmát.

One night the mouse stood up.
Egyik éjjel az egér felállt.
She got onto her hind legs.
Hátsó lábaira állt.
And she stood in front of the Rishi.
És ott állt a Rishi előtt.
And she put her front paws together.
És összekulcsolta az első mancsait.
"Holy Sage, you have been kind to me"
„Szent Bölcs, kedves voltál hozzám"
"And you have given me human language"
„És emberi nyelvet adtál nekem"
"I hope it doesn't displease your reverence"
„Remélem, nem bánja meg a nagyméltóságodat"
"But I have one more boon to ask"
„De van még egy kérésem"
The Rishi listened to his mouse.
A Rishi hallgatott az egerére.
"What is it?" asked the Rishi.
„Mi az?" – kérdezte a Rishi.
"Say what you want, little mouse"
„Mondj, amit akarsz, kis egér!"
The mouse answered the Rishi.
Az egér válaszolt a Rishinek.
"By day your reverence goes to the river"
„Nappal a folyóig száll a tiszteleted"

"And there you practice your devotions"
„És ott gyakoroljátok az áhítatotokat "
"During this time a cat comes to the hut"
„Eközben egy macska jön a kunyhóba"
"This cat has been trying to catch me"
„Ez a macska megpróbált elkapni"
"She still has some fear of your reverence"
„Még mindig fél a tiszteletteljes tiszteletedtől."
"Otherwise she would have eaten me long ago"
„Különben már rég megevett volna"
"But I fear the cat will eat me someday"
„De félek, hogy a macska egy nap megesz engem"
"So I have one prayer to ask of you"
„Tehát egyetlen imát kérek tőled"
"Please may I be changed into a cat!"
„Kérlek, változzak át macskává!"
"Then I would be a match for my foe"
„Akkor felvehetném a versenyt az ellenfelemmel"
The Rishi understood the mouse's plight.
A rishi megértette az egér nehéz helyzetét.
He threw some holy water on the mouse.
Szenteltvizet öntött az egérre.
And the mouse instantly turned into a cat.
És az egér azonnal macskává változott.

She had lived as a cat for some days.
Néhány napig macskaként élt.
One night she went to the Rishi again.
Egyik este ismét elment a Rishihez.
And the Rishi spoke to his pet.
És a Rishi beszélt a háziállatához.
"Well, little kitty, how are you!"
„Nos, kis cicus, hogy vagy?"
"How do you like your present life!"
„Hogy tetszik a jelenlegi életed?"
The cat thought about what to say.
A macska azon gondolkodott, mit mondjon.

But she didn't have to say anything.
De nem kellett semmit sem mondania.
The Rishi could tell by her expression.
A Rishi az arckifejezéséből látta.
"Why don't you like it?" asked the sage.
„Miért nem tetszik?" – kérdezte a bölcs.
"Are you not as strong as the other cats!"
„Nem vagy olyan erős, mint a többi macska?"
"Yes, I am strong enough," answered the cat.
– Igen, elég erős vagyok – felelte a macska.
"Your reverence has made me a strong cat"
„A tiszteleted erős macskává tett engem"
"As strong as any cat in the world"
„Olyan erős, mint bármelyik macska a világon"
"Now I do not fear cats anymore"
„Most már nem félek a macskáktól"
"But now I have got a new foe"
„De most új ellenségem van"
"By day your reverence goes to the river"
„Nappal a folyóig száll a tiszteleted"
"During this time dogs come to the hut"
„Ebben az időben kutyák jönnek a kunyhóba"
"These dogs have been barking at me"
„Ezek a kutyák ugatnak rám"
"And I have been frightened for my life"
„És féltem az életemért"
"So I have one more prayer to ask of you"
„Tehát még egy imát szeretnék kérni tőled"
"Please may I be changed into a dog!"
„Kérlek, változzak át kutyává!"
The Rishi understood the cat's plight.
A rishi megértette a macska nehéz helyzetét.
He threw some holy water on the cat.
Szenteltvizet öntött a macskára.
And the cat instantly became a dog.
És a macska azonnal kutyává változott.

She lived as a dog for some days.
Néhány napig kutyaként élt.
But one night she spoke to the Rishi.
De egy este beszélt a Rishivel.
"I cannot thank your reverence enough"
„Nem tudom eléggé megköszönni a tiszteletedet"
"You have been most kind to me"
„Nagyon kedves voltál hozzám"
"I was but a poor mouse"
„Csak egy szegény egér voltam"
"You not only gave me speech"
„Nemcsak beszédet adtál nekem"
"But you also turned me into a cat"
„De macskává is változtattál engem"
"And your kindness didn't end there"
„És a kedvességed ezzel nem ért véget"
"Then you changed me into a dog"
„Akkor kutyává változtattál"
"As a dog, however, I suffer greatly"
„Kutyaként azonban nagyon szenvedek"
"I do not get enough to eat"
„Nem kapok eleget enni"
"My only food is what you leave me"
"Az egyetlen ételem az, amit itt hagysz nekem"
"That was fine when I was a mouse"
„Ez jó volt, amikor egér voltam"
"But you have made me much larger"
„De sokkal nagyobbá tettél engem "
"And it is not enough to fill my mouth"
„És ez nem elég ahhoz, hogy betömjem a számat"
"OH your reverence, how I envy those monkeys"
„Ó, nagyságos úr, mennyire irigylem azokat a majmokat"
"They jump about from tree to tree"
„Fáról fára ugrálnak"
"They eat all sorts of delicious fruits!"
„Mindenféle finom gyümölcsöt esznek!"
"Please may reverence not get angry"

„Kérlek, ne haragudjon a nagyságos úr"
"I pray to be changed into an monkey"
„Imádkozom, hogy majommá változzak"
The sage was a very understanding man.
A bölcs nagyon megértő ember volt.
His heart was filled with patience.
A szíve tele volt türelemmel.
He was happy to grant his pet's wish.
Örömmel teljesítette kedvence kívánságát.
He threw some holy water on the dog.
Szenteltvizet öntött a kutyára.
And the dog instantly became an monkey.
És a kutya azonnal majommá változott.

Our monkey was at first wild with joy.
A majmunk eleinte megőrült örömében.
She leaped from one tree to another.
Egyik fáról a másikra ugrált.
She sucked every luscious fruit.
Minden egyes zamatos gyümölcsöt megszopogott.
But her joy was short-lived again.
De az öröme ismét rövid életű volt.
Summer had brought with it its drought.
A nyár magával hozta a szárazságot.
Monkeys find it hard to climb down.
A majmok nehezen másznak le.
So she couldn't drink from the river.
Így nem ihatott a folyóból.
She saw how the wild boars lived.
Látta, hogyan élnek a vaddisznók.
All day they splashed in the water.
Egész nap pancsoltak a vízben.
She envied their life now.
Irigyelte az életüket most.
"Oh how happy those wild boars are!"
„Ó, milyen boldogok azok a vaddisznók!"
"All day their bodies are cooled"

„Egész nap hűsölnek a testükben"
"All day they are refreshed by water"
„Egész nap víz üdíti fel őket"
"How I wish I were a wild boar"
„Bárcsak vaddisznó lehetnék"
That night she went to the Rishi.
Azon az estén elment a Rishihez.
She recounted her troubles to him.
Elmesélte neki a gondjait.
She told him all about the wild boars.
Mindent elmesélt neki a vaddisznókról.
"Oh how pleasant their lives must be"
„Ó, milyen kellemes lehet az életük"
And she begged to be changed again.
És könyörgött, hogy újra átöltözhessen.
"I pray to be changed into a wild boar"
„Imádkozom, hogy vaddisznóvá változzak"
The sage's kindness knew no bounds.
A bölcs kedvessége nem ismert határokat.
and he complied with his pet's request.
és eleget tett kedvence kérésének.
He threw some holy water on the monkey.
Szenteltvizet öntött a majomra.
And the monkey instantly became a wild boar.
És a majom azonnal vaddisznóvá változott.

Our boar was now very content.
A vaddisznónk most már nagyon elégedett volt.
She kept her body soaking wet.
Csuromvizesen tartotta a testét.
Every day she went to the river.
Minden nap a folyóhoz ment.
She splashed about in her favorite element.
Kedvenc elemében pancsolt.
But life is not safe for wild boars.
De a vaddisznók élete nem biztonságos.
One day the king was out hunting.

Egy nap a király vadászni volt.
He was riding on an adorned elephant.
Egy feldíszített elefánton lovagolt.
Only by luck did our wild boar escape.
Csak a szerencsének köszönhető, hogy a vaddisznónk
megmenekült.
She thought a lot about her experience.
Sokat gondolkodott a tapasztalatain.
She dwelt on the dangers of her life.
Élete veszélyein elmélkedett.
And she envied the stately elephant.
És irigyelte a fenséges elefántot.
The elephant was more fortunate than her.
Az elefánt szerencsésebb volt, mint ő.
He got to carry the king on his back.
A hátán kellett cipelnie a királyt.
Now she longed to be an elephant.
Most már elefánt akart lenni.
And at night she besought the Rishi.
És éjszaka a Rishihez könyörgött.

Our elephant was roaming the wilderness.
Az elefántunk a vadonban barangolt.
On her adventures she saw the king.
Kalandjai során látta a királyt.
Our elephant went towards the king's suite.
Az elefántunk a királyi lakosztály felé vette az irányt.
She had every intention of being caught.
Minden szándéka megvolt, hogy elkapják.
The king saw the elephant from a distance.
A király már messziről meglátta az elefántot.
He couldn't help but admire her beauty.
Nem tudta nem csodálni a szépségét.
He gave his orders to his servants.
Parancsokat adott a szolgáinak.
"Catch and tame this elephant"
„Fogd el és szelídítsd meg ezt az elefántot"

Our elephant was easily caught.
Az elefántunkat könnyen elkapták.
She was taken into the royal stables.
Bevitték a királyi istállóba.
And she was tamed without any trouble.
És minden gond nélkül megszelídítették.

One day the queen had a wish.
Egy nap a királynőnek volt egy kívánsága.
She wished to go to the holy Ganges.
A szent Gangeszhez szeretett volna eljutni.
She wished to bathe in the holy waters.
Szeretett volna megfürödni a szent vízben.
The king wanted to accompany his wife.
A király el akarta kísérni a feleségét.
So he made his orders to his servants.
Így hát parancsokat adott a szolgáinak.
"Bring us the newly caught elephant"
„Hozd ide az újonnan fogott elefántot!"
The king and queen mounted on her back.
A király és a királyné a hátára pattantak.
Our elephant had gotten her wish.
Az elefántunk teljesült, amit kívánhatott.
Well... she seemed to have gotten her wish.
Nos... úgy tűnik, teljesült a kívánsága.
The king had mounted on her back.
A király felült a hátára.
But no, the elephant didn't get her wish.
De nem, az elefánt nem teljesült a kívánsága.
She looked upon herself as a lordly beast.
Úrias fenevadnak tekintette magát.
She could not a woman riding on her back.
Nem bírt egy nőt a hátán lovagolni.
It wasn't enough that she was a queen.
Nem elég volt, hogy királynő volt.
She could not bear the idea of it.
Nem bírta elviselni a gondolatot.

She felt she had been degraded.

Úgy érezte, megalázták.

She jumped up as violently as elephants can.

Olyan hevesen ugrott fel, ahogy csak az elefántok tudnak.

Both the king and queen fell to the ground.

A király és a királyné is a földre rogyott.

The king carefully picked up the queen.

A király óvatosan felemelte a királynőt.

He took the queen in his arms.

A karjaiba vette a királynőt.

He asked her whether she had been hurt.

Megkérdezte tőle, hogy megsérült-e.

He wiped off the dust from her clothes.

Letörölte a port a ruhájáról.

And he tenderly kissed her a hundred times.

És százszor gyengéden megcsókolta.

Our elephant witnessed the king's caresses.

Az elefántunk tanúja volt a király simogatásainak.

And she scampered off to the woods.

És elszaladt az erdő felé.

She ran as fast as her legs could carry her.

Olyan gyorsan futott, ahogy csak a lábai bírták.

As she ran, she thought within herself;

Miközben futott, magában gondolta;

"I have experienced many different lives"

„Sokféle életet megtapasztaltam már"

"And I have experienced different happiness"

„És másfajta boldogságot is megtapasztaltam"

"But those lives cannot be compared"

„De ezeket az életeket nem lehet összehasonlítani"

"A queen is the happiest creature of all"

„A királynő a legboldogabb teremtmény mind közül"

"Of what infinite regard is she the object of!"

„Micsoda végtelen tisztelet övezi őt!"

"The king lifted her off the ground"

„A király felemelte a földről"

"And he carefully took her in his arms"

„És óvatosan a karjaiba vette"
"He made many tender inquiries to her"
„Sok gyengéd kérdést tett fel neki"
"And he wiped off the dust from her clothes"
„És letörölte a port a ruhájáról"
"And he kissed her a hundred times!"
„ És százszor megcsókolta!"
"Oh, the happiness of being a queen!"
„Ó, micsoda boldogság királynőnek lenni!"
"I must ask the Rishi to make me a queen!"
„Meg kell kérnem a Rishit, hogy királynőt csináljon belőlem!"

The sun was just about to set.
A nap már éppen lenyugodni készült.
Our elephant made it back to the hut.
Az elefántunk visszaért a kunyhóhoz.
The Rishi had just finished his devotions.
A Risi éppen befejezte az áhítatát.
She fell on the ground at his feet.
A lába elé rogyott a földre.
She was still the little mouse.
Még mindig a kis egér volt.
And he was still the holy sage.
És ő még mindig a szent bölcs volt.
"What's the news?" inquired the Rishi.
„Mi újság?" – kérdezte a Rishi.
"Why have you left the king's palace!"
„Miért hagytad el a királyi palotát?"
Our elephant thought about her words.
Az elefántunk elgondolkodott a szavain.
"What shall I say to your reverence!"
„Mit mondhatnék a nagyméltóságodnak?"
"You have been very kind to me"
„Nagyon kedves voltál hozzám"
"You have granted every wish of mine"
„Minden kívánságomat teljesítetted"
"I was a mouse and you gave me speech"

„Egér voltam, és te adtál nekem beszédet"

"But as a mouse my life was in danger"

„De egérként veszélyben forgott az életem"

"You saved me by turning me into a cat"

„Megmentettél azzal, hogy macskává változtattál"

"But as a cat my life was no safer"

„De macskaként az életem nem volt biztonságosabb"

"And you helped me become a dog"

„És te segítettél nekem kutyává válni"

"But as a dog I had not enough to eat"

„De kutyaként nem volt elég ennem"

"You provided for me again"

„Megint gondoskodtál rólam"

"And you turned my into a monkey"

"És majmává változtattál"

"I had all I could wish to eat"

„Annyit ettem, amennyit csak akartam"

"But I had no way of cooling my body"

„De nem volt módom lehűteni a testemet"

"You helped me with this too"

„Te is segítettél nekem ebben"

"And you turned me into a wild boar"

„És vaddisznóvá változtattál engem"

"Wild boars have a comfortable life"

„A vaddisznóknak kényelmes életük van"

"But they don't live without danger"

„De nem élnek veszély nélkül"

"And again you protected me"

„És megint megvédtél"

"And you turned me into an elephant"

"És elefánttá változtattál"

"Being an elephant has increased my bulk"

„Az elefántlét megnövelte a testemet"

"But being an elephant has not increased my happiness"

„De az elefántlét nem növelte a boldogságomat"

"I have one more boon to ask of you"

„Még egy jót szeretnék kérni tőled"

"It will be the last boon I ask for"
„Ez lesz az utolsó áldás, amit kérek"
"I see now who the happiest creature is"
„Most már látom, ki a legboldogabb teremtmény"
"A queen is the happiest in the world"
„Egy királynő a legboldogabb a világon"
"Holy father, please make me a queen"
„Szentatyám, kérlek, tégy engem királynővé"
"Silly child," answered the Rishi.
– Bolondos gyerek – felelte a Risi.
"How can I make you a queen!"
„Hogyan tehetnék belőled királynőt?"
"Where can I get a kingdom for you!"
„Hol szerezhetnék neked királyságot?"
"Where would I find a royal husband!"
„Hol találnék én királyi férjet?"
But the Rishi was still patient.
De a Rishi még mindig türelmes volt.
"There is one thing I can do for you"
„Egy dolgot tehetek érted"
"I can change you into a beautiful girl"
„Gyönyörű lánnyá tudlak változtatni"
"You will be as beautiful as a queen"
„Olyan szép leszel, mint egy királynő"
"You will possess all the charms you need"
„Minden szükséges bájjal rendelkezni fogsz"
"Your charms can captivate a prince's heart"
„A bájaid rabul ejtik egy herceg szívét"
"But you must wait for what the gods decide"
„De meg kell várnod, mit döntenek az istenek"
"They will grant you an interview"
„Interjút fognak adni neked"
"Tou will have your chance with a prince!"
„Lesz majd esélyed egy herceggel!"
Our elephant agreed to the change.
Az elefántunk beleegyezett a változásba.
The beast was transformed by the Rishi.

A szörnyeteget a Rishi alakította át.
And now she was a beautiful young lady.
És most egy gyönyörű fiatal hölgy volt.
The holy sage named her Postomani.
A szent bölcs Postomaninak nevezte el.
Her name meant 'the poppy-seed lady'.
A neve azt jelentette, hogy „a mákos hölgy".

Postomani lived in the Rishi's hut.
Postomani a Rishi kunyhójában élt.
She spent her time tending the flowers.
Az idejét a virágok gondozásával töltötte.
And she watered the plants in the garden.
És megöntözte a növényeket a kertben.
One day she was sitting at the hut.
Egy nap a kunyhóban ült.
The Rishi was at the holy Ganges.
A Risi a szent Gangesznél volt.
A richly dressed man came towards the cottage.
Egy gazdagon öltözött férfi közeledett a házikó felé.
She stood up to welcome the man.
Felállt, hogy üdvözölje a férfit.
And she asked the stranger who he was.
És megkérdezte az idegentől, hogy ki ő.
"What have you come for?" she asked.
„Miért jöttél?" – kérdezte a lány.
"I have been on a hunt"
„Vadászaton voltam"
"But we chased the deer in vain"
„De hiába üldöztük a szarvasokat"
"Now I am thirsty from the heat"
„Most megszomjaztam a hőségtől"
"I thought that a Rishi lives here"
„Azt hittem, egy rishi lakik itt."
"I had come to ask him for water"
„Vizet kérni jöttem tőle"
"But now I see you live here"

„De most látom, hogy itt laksz"
Postomani answered the stranger.
Postomani válaszolt az idegennek.
"Look upon this hut as your own"
„Tekints erre a kunyhóra úgy, mint a sajátodra"
"I am sorry, but we are poor"
„Sajnálom, de szegények vagyunk"
"We cannot offer you any entertainment"
„Semmilyen szórakozási lehetőséget nem tudunk kínálni"
"But let me make your visit comfortable"
„De hadd tegyem kényelmessé a látogatását."
"Because, I believe you are a king"
„Mert hiszem, hogy te egy király vagy"
"If I am not mistaken," she added.
– Ha nem tévedek – tette hozzá.
The stranger smiled in recognition.
Az idegen felismerően elmosolyodott.

Postomani then brought a pot of water.
Postomani ezután hozott egy fazék vizet.
She went to wash her royal guest's feet.
Elment, hogy megmossa királyi vendége lábát.
But the visitor did not let her do this.
De a látogató nem engedte ezt megtenni.
"Holy maid, do not touch my feet"
„Szent leány, ne érj a lábamhoz!"
"I am only a Kshatriya," he confessed.
„Én csak egy ksatrija vagyok" – vallotta be.
"And you are the daughter of a holy sage"
„És te egy szent bölcs lánya vagy"
"Noble sir;" Postomani begun to confess.
– Nemes úr; – kezdte bevallani Postomani.
"I am not the daughter of the Rishi"
„Én nem vagyok a Rishi lánya"
"And am I not a Brahmani girl either"
„És én sem vagyok brahmani lány?"
"There is no harm in me touching your feet"

„Nincs semmi baj azzal, ha megérintem a lábad"

"Besides, you are my guest"

„Különben is, te vagy a vendégem"

"And I am bound to wash your feet"

„És én köteles vagyok megmosni a lábatokat"

"Forgive my impertinence," the king wished.

„Bocsássa meg a szemtelenségemet" – kívánta a király.

"What caste do you belong to?" he asked.

„Melyik kasztba tartozol?" – kérdezte.

"I only know what the sage told me"

„Csak azt tudom, amit a bölcs mondott nekem"

"I heard my parents were Kshatriyas"

„Hallottam, hogy a szüleim kšatriják voltak."

The stranger wanted to know more.

Az idegen többet akart tudni.

"May I ask whether your father was a king!"

„Megkérdezhetem, hogy király volt-e az apád?"

"You have an uncommon beauty," he said.

– Különös szépséged van – mondta.

"And you possess a stately demeanor"

„És méltóságteljes a viselkedésed"

"These qualities cannot be worked for"

„Ezeket a tulajdonságokat nem lehet megdolgoztatni "

"It shows that you were born a princess"

„Ez azt mutatja, hogy hercegnőnek születtél"

Postomani avoided answering the question.

Postomani kitért a kérdés megválaszolása elől.

Instead she went inside the hut.

Ehelyett bement a kunyhóba.

She brought out a tray of delicious fruits.

Kivett egy tálca finom gyümölcsöt.

And she set the fruits before the king.

És kitette a gyümölcsöket a király elé.

The king, however, did not touch the fruits.

A király azonban nem nyúlt a gyümölcsökhöz.

He waited until his question was answered.

Megvárta, míg választ kap a kérdésére.

"I only know what the holy sage says"
„Csak azt tudom, amit a szent bölcs mond"
"He says that my father was a king"
„Azt mondja, hogy az apám király volt"
"But he was overcome in a battle"
„De legyőzték egy csatában"
"So he, with my mother, fled into the woods"
„Így hát anyámmal elmenekült az erdőbe"
"My poor father was eaten by a tiger"
„Szegény apámat megette egy tigris"
"My mother closed her eyes as I opened mine"
„Anyám lehunyta a szemét, amikor én kinyitottam az enyémet"
"There was a bee-hive on the tree"
„Volt egy méhkaptár a fán"
"I lay at the foot of that tree"
„A fa tövében feküdtem"
"Drops of honey fell into my mouth"
„Mézcseppek hullottak a számba"
"The honey maintained the spark inside me"
„A méz tartotta fenn a szikrát bennem"
"And then the kind Rishi found me"
„És akkor az a fajta Rishi rám talált"
"The holy sage brought me into his hut"
„A szent bölcs bevitt a kunyhójába"
"This is the simple story of this wretched girl"
„Ez ennek a nyomorult lánynak az egyszerű története"
"The girl who now stands before the king"
„A lány, aki most a király előtt áll"
"Call not yourself wretched," replied the king.
– Ne nevezd magad nyomorultnak – felelte a király.
"You are the most beautiful of women"
„Te vagy a legszebb a nők között"
"And you are the loveliest of women"
„És te vagy a legszebb a nők között"
"You would adorn the grandest palaces"
„A legnagyszerűbb palotákat díszítenéd"

Postomani had gotten her interview.
Postomani megkapta az interjút.
She fell in love with the king.
Beleszeretett a királyba.
And the king fell in love with her.
És a király beleszeretett.
The Rishi joined them in marriage.
A Rishi házasságban csatlakozott hozzájuk.
Postomani became the king's favourite queen.
Postomani a király kedvenc királynője lett.
And the former queen was in disgrace.
És a volt királynő kegyvesztett volt.
But Postomani's happiness was short-lived.
De Postomani boldogsága rövid életű volt.
One day as she was standing by a well.
Egy nap, amikor egy kút mellett állt.
She was overcome by a moment of giddiness.
Egy pillanatra elöntötte a szédülés.
Fortune had her fall into the water.
Fortune beleejtette a vízbe.
And she died in the water of the well.
És meghalt a kút vizében.
The Rishi then came to the king.
A risi ezután a királyhoz ment.
"O king, grieve not over the past"
„Ó, király, ne bánkódj a múlt miatt"
"What is fixed by fate must come to pass"
„Amit a sors elrendelt, annak meg kell történnie"
"The queen drowned in your well"
„A királynő a kútadba fulladt"
"But she was not of royal blood"
„De nem királyi vérből származott"
"She was born to a family of mice"
„Egércsaládba született"
"Each evening she came to my hut"
„Minden este eljött a kunyhómba."

"And I gave her the power of speech"
„És én adtam neki a beszéd hatalmát"
"With speech she could express her wishes"
„Beszéddel ki tudta fejezni a kívánságait"
"I changed her according to her wishes"
„Az ő kívánságai szerint változtattam meg"
"As a mouse she feared the cat"
„Egérként félt a macskától"
"And so I changed her into a cat"
„És így macskává változtattam"
"As a cat she feared the dogs"
„Macskaként félt a kutyáktól"
"And so I changed her into a dog"
„És így kutyává változtattam "
"As a dog she had not enough to eat"
„Kutyaként nem volt elég ennie"
"And so I changed her into a monkey"
„És így majommá változtattam"
"As a monkey she couldn't bear the heat"
„Majomként nem bírta a hőséget"
"And so I changed her into a wild boar"
„És így változtattam át vaddisznóvá"
"As a boar her life was not safe"
„Vadon élő vaddisznóként nem volt biztonságban az élete"
"And so I changed her into an elephant"
„És így elefánttá változtattam"
"That was the elephant you caught"
„Ez volt az az elefánt, amit elkaptál"
"But as an elephant she was not loved"
„De elefántként nem szerették"
"And so I changed her one last time"
„És így utoljára megváltoztattam"
"I changed her into a beautiful girl"
„Gyönyörű lánnyá változtattam"
"That is the girl that you married"
„Ő az a lány, akit feleségül vettél"
"And that is the girl that drowned"

„És ő a lány, aki megfulladt"
"Take into favor your former queen"
„Kedveld korábbi királynődet"
"And don't worry for my daughter"
– És ne aggódj a lányomért!
"I will make her name immortal"
„Halhatatlanná teszem a nevét"
"Let her body remain in the well"
„Hadd maradjon a teste a kútban"
"Fill the well up with earth"
„Töltsd meg a kutat földdel"
"In her flesh there is a seed"
„Testében van egy mag"
"From her bones a tree will grow"
„Csontjaiból fa fog nőni"
"We will name this tree after her"
„Róla fogjuk elnevezni ezt a fát"
"The tree shall be called 'Posto'"
„A fát Postónak fogják hívni"
"This means 'the Poppy tree'"
„Ez azt jelenti, hogy 'a mákfa'"
"From this tree there will come a drug"
„Ebből a fából drog fog teremni"
"This drug will be called opium"
„Ezt a drogot ópiumnak fogják hívni"
"Opium will be a powerful medicine"
„Az ópium erős orvosság lesz"
"People will consume opium in every epoch"
„Az emberek minden korszakban fogyasztanak majd
ópiumot"
"Opium will either be swallowed or smoked"
„Az ópiumot vagy lenyelik, vagy elszívják"
"And opium will be a wonderful narcotic"
„És az ópium csodálatos kábítószer lesz"
"Opium will be used till the end of time"
„Az ópiumot az idők végezetéig használni fogják"
"You will recognize the opium smoker"

„Fel fogod ismerni az ópiumfogyasztót"
"He will have many different qualities"
„Sokféle tulajdonsággal fog rendelkezni"
"One quality for each of the animals"
„Minden állatnak egy tulajdonsága van"
"The animals which Postomani had lived as"
„Az állatok, amelyekként Postomani élt"
"He will be mischievous, like a mouse"
„Csintalan lesz, mint egy egér"
"He will be fond of milk, like a cat"
„Imádni fogja a tejet, mint egy macska."
"He will be quarrelsome, like a dog"
„Veszekvő lesz, mint egy kutya"
"He will be filthy, like a monkey"
„Mocskos lesz, mint egy majom"
"He will be savage, like a boar"
„Vad lesz, mint egy vaddisznó"
"He will be confident, like an elephant"
„Magabiztos lesz, mint egy elefánt"
"And he will be high-tempered, like a queen"
„És dühös lesz, mint egy királynő"

Strike, but Listen First
Üss, de először hallgass

There was once a king who had three sons.

Élt egyszer egy király, akinek három fia volt.

His royal subjects came to him one day and said;

Egy nap királyi alattvalói odamentek hozzá, és ezt mondták:

"Oh incarnation of justice! hear our plea"

„Ó, az igazság megtestesülése! hallgasd meg könyörgésünket!"

"The kingdom is infested with thieves and robbers"

„A királyságot ellepték a tolvajok és rablók"

"Our property is not safe from their thievery"

„A tulajdonunk nincs biztonságban a lopástól"

"We pray your majesty to catch hold of these thieves"

„Kérjük, Felséged, fogja el ezeket a tolvajokat"

"We beg you punish them to the full extent of the law"

„Kérjük, büntessék meg őket a törvény teljes szigorával"

The king said to his sons, "Oh, my sons, I am old"

A király így szólt fiához : „Ó, fiaim, én már öreg vagyok!"

"But you are all in the prime of manhood"

„De ti mindannyian a férfikor csúcsán vagytok"

"How is it that my kingdom is full of thieves?"

„Hogy lehet, hogy a királyságom tele van tolvajokkal?"

"I look to you to catch hold of these thieves"

„Rád várom, hogy elkapd ezeket a tolvajokat"

The three princes then made up their minds.

A három herceg ezután döntött.

They were going to patrol the city every night.

Minden éjjel járőrözni akartak a városban.

They set up a watch out in the outskirts of the city.

Őrséget állítottak fel a város szélén.

The early part of the night had arrived.

Elérkezett az éjszaka kora része.

So the eldest prince took on his duties.

Így a legidősebb herceg elvállalta a feladatait.

He rode upon his horse through the whole city.

Lován lovagolt be az egész várost.

But did not see a single thief anywhere he looked.

De egyetlen tolvajt sem látott sehol, amerre nézett.

He came back to the policing station.

Visszajött a rendőrőrsre.

The middle part of the night had arrived.

Elérkezett az éjszaka közepe.

So the second prince took on his duties.

Így a második herceg elvállalta a feladatait.

And he too rode through every part of the city.

És ő is végiglovagolt a város minden részén.

But he did not see or hear of a single thief.

De egyetlen tolvajt sem látott, és felőle sem hallott.

He came also back to the policing station.

Ő is visszajött a rendőrőrsre.

The latter part of the night had arrived.

Elérkezett az éjszaka vége.

So the youngest prince took on his duties.

Így a legfiatalabb herceg elvállalta a feladatait.

He went near the gate of his father's palace.

Apja palotájának kapujához ment.

There he saw a beautiful woman leaving the palace.

Ott meglátott egy gyönyörű nőt, amint elhagyta a palotát.

The prince asked the woman, "who are you?"

A herceg megkérdezte az asszonyt: „Ki maga?"

"Where are you going at this hour of the night?"

„Hová mész ilyenkor az éjszaka folyamán?"

The woman answered the young prince.

A nő válaszolt a fiatal hercegnek.

"I am Rajlakshmi, the guardian deity of this palace"

„Én vagyok Rajlakshmi, e palota őrzőistensége."

"The king will be killed this night"

„A királyt ma éjjel megölik"

"I am therefore not needed here"

„Tehát rám itt nincs szükség"

"And that is why I am going away"

„És ezért megyek el"

The prince did not know what to make of this message.

A herceg nem tudta, mitévő legyen ezzel az üzenettel.

After a moment's reflection he said to the goddess;

Egy pillanatnyi töprengés után így szólt az istennőhöz:

"But, suppose the king is not killed tonight"

„De tegyük fel, hogy a királyt ma este nem ölik meg"

"Have you any objection to return to the palace?"

– Van kifogásod a palotába való visszatérés ellen?

"I have no objection," replied the goddess.

– Nincs ellenvetésem – felelte az istennő.

The prince then begged the goddess to go back.

A herceg ezután könyörgött az istennőnek, hogy menjen vissza.

And he promised to do his best to protect the king.

És megígérte, hogy mindent megtesz a király védelmében.

Then the goddess entered the palace again.

Aztán az istennő ismét belépett a palotába.

Within a moment she disappeared into the palace.

Egy pillanat múlva eltűnt a palotában.

The prince went straight into the palace too.

A herceg is egyenesen a palotába ment.

And he went into the bedroom of his royal father.

És bement királyi apja hálószobájába.

There his father lay immersed in deep sleep.

Ott feküdt az apja mély álomba merülve.

The king had a second, younger wife.

A királynak volt egy második, fiatalabb felesége.

This woman was the stepmother of our prince.

Ez a nő a hercegünk mostohája volt.

She was sleeping in another bed in the room.

Egy másik ágyban aludt a szobában.

There was a light that was burning dimly.

Halványan égett egy fény.

But then the prince saw something that surprised him!

De aztán a herceg meglátott valamit, ami meglepte!

A huge cobra going round and round the golden bedstead.

Egy hatalmas kobra körbe-körbe szaladgál az arany ágykeret körül.

The bedstead on which his father was sleeping.

Az ágykeret, amelyen az apja aludt.

The prince with his sword cut the serpent in two.

A herceg kardjával kettévágta a kígyót.

But he was not satisfied with killing the cobra.

De nem elégedett meg a kobra megölésével.

So he cut the cobra up into a hundred pieces.

Így hát száz darabra vágta a kobrát.

And he put the pieces of the cobra inside a pan.

És a kobra darabjait egy serpenyőbe tette.

But while cutting the cobra a misfortune happened.

De a kobra levágása közben szerencsétlenség történt.

A drop of blood fell on the breast of his stepmother.

Egy csepp vér hullott mostohája mellére.

The prince was in great distress by what had happened.

A herceg nagy kétségbeesésbe esett a történtek miatt.

"I have saved my father, but killed my stepmother"

„Megmentettem az apámat, de megöltem a mostohaanyámat"

How could he remove the drop of blood from her breast?

Hogyan tudná eltávolítani a vércseppet a melléből?

He wrapped round his tongue a piece of cloth sevenfold.

Hétszeresen tekert a nyelve köré egy darab kendőt.

And with the cloth he licked up the drop of blood.

És a kendővel felnyalta a vércseppet.

But his stepmother's sleep was not so deep.

De a mostohaanyja álma nem volt olyan mély.

And in his attempt to save her he awoke her.

És miközben megpróbálta megmenteni, felébresztette.

When opening her eyes she saw it was her stepson.

Amikor kinyitotta a szemét, látta, hogy a mostohafia az.

The young prince rushed out of the room.

A fiatal herceg kirohant a szobából.

The queen, hated her stepson, the youngest prince.

A királynő gyűlölte mostohafiát, a legfiatalabb herceget.

And she had every intention to ruin his reputation.

És minden szándéka megvolt, hogy tönkretegye a hírnevét.
She called out to her husband, "My lord, my lord"
Odakiáltott a férjének: „Uram, uram!"
"Are you awake? are you awake? Rouse yourself up"
„Ébren vagy? Ébren vagy? Ébredj fel!"
"Here is a nice piece of news for you"
„Íme egy jó hír a számodra"
The king on awaking inquired what the matter was.
A király felébredve megkérdezte, mi a baj.
"What the matter is, my lord, let me tell you"
„Mi a baj, uram, hadd mondjam el"
"Your worthy son was just here in this room"
„A te érdemes fiad az előbb itt járt ebben a szobában"
"The youngest prince, of whom you speak so highly"
„A legfiatalabb herceg, akiről olyan lelkesen beszélsz"
"I caught him in the act of touching my breast"
„Éppen rajtakaptam, amint a mellemhez ért"
"I don't doubt he came with wicked intents"
„Nem kétlem, hogy gonosz szándékkal jött"
The king was horror-struck by what he heard.
A királyt megdöbbentette a hallott.
The prince went back to where his brothers kept watch.
A herceg visszament oda, ahol a testvérei őrködtek.
But he told them nothing of what had happened.
De ő semmit sem mondott nekik arról, ami történt.

Early in the morning the king called his eldest son.
Kora reggel a király hívta legidősebb fiát.
"I entrust my life and my honor to men"
„Életemet és becsületemet emberekre bízom"
"But what if one of these men prove faithless?
„De mi van, ha ezek közül az emberek közül valamelyik
hűtlennek bizonyul?
"How should such a man be punished?"
„Hogyan lehetne megbüntetni egy ilyen embert?"
The eldest prince replied to his father, the king.
A legidősebb herceg válaszolt apjának, a királynak.

"Doubtless such a man's head should be cut off"

„Kétségtelen, hogy egy ilyen ember fejét le kell vágni"

"But first you should establish the facts"

„De először tisztázni kellene a tényeket"

"You must see whether the man is really faithless"

„Meg kell nézned, hogy valóban hitetlen-e az ember"

"What do you mean?" inquired the king.

„Hogy érted ezt?" – kérdezte a király.

"Let your majesty be pleased to listen"

„Hallgassa meg felséged örömmel"

Once upon on a time there lived a goldsmith.

Hol volt, hol nem volt, élt egyszer egy ötvös.

This goldsmith had a son who had a wife.

Ennek az ötvösnek volt egy fia, akinek volt egy felesége.

His wife had the rare faculty of understanding beasts.

A feleségének megvolt az a ritka képessége, hogy megértette az állatokat.

But she never told anyone about her uncommon gift.

De soha senkinek nem beszélt a különleges tehetségéről.

Not even her husband knew she could understand animals.

Még a férje sem tudta, hogy képes megérteni az állatokat.

One night she was lying in bed beside her husband.

Egyik este a férje mellett feküdt az ágyban.

From the river by their house she heard a jackal howl.

A házuk melletti folyó felől sakál üvöltését hallotta.

"There goes a carcass floating on the river"

„Ott úszik egy tetem a folyón"

"There's a diamond ring on the dead man's finger"

„Egy gyémántgyűrű van a halott ember ujján"

"Will anyone take the ring and give me the corpse?"

„Elvenné valaki a gyűrűt, és odaadná nekem a holttestet?"

The woman understood the jackal's language.

Az asszony értette a sakál nyelvét.

She got up from bed and went to the river-side.

Felkelt az ágyból, és a folyópartra ment.

The husband had not been in deep sleep.

A férj nem aludt mélyen.

So with his wife's movements he woke up too.
Így a felesége mozgására ő is felébredt.
And he followed his wife to see where she went.
És követte a feleségét, hogy lássa, hová megy.
But he kept his distance, so that he could observe her.
De távolságot tartott, hogy megfigyelhesse.
The woman went into the water next to their house.
A nő a házuk melletti vízbe esett.
She tugged the floating corpse towards the shore.
A part felé húzta az úszó holttestet.
And she saw the diamond ring on the finger.
És meglátta a gyémántgyűrűt az ujján.
She was unable to loosen the ring with her hand.
Nem tudta a kezével meglazítani a gyűrűt.
Because the fingers of the dead body had swelled.
Mert a holttest ujjai megdagadtak.
So she bit off the finger with her teeth.
Így hát leharapta az ujját a fogaival.
And she put the dead body upon land, for the jackal.
És a holttestet a szárazföldre tette a sakálnak.
Then she returned to bed, where her husband already was.
Aztán visszafeküdt az ágyba, ahol már a férje feküdt.
The young goldsmith lay almost petrified with fear.
A fiatal ötvös szinte kővé dermedve feküdt a félelemtől.
He was convinced he was lying next to a Rakshasi.
Meg volt győződve arról, hogy egy Rakshasi mellett fekszik.
He spent the rest of the night tossing in his bed.
Az éjszaka hátralévő részét az ágyában forgolódva töltötte.
And early in the morning spoke to his father.
És kora reggel szólt az apjának.
"The woman thou hast given me is not a real woman"
„A nő, akit nekem adtál, nem igazi nő"
"The woman thou hast given me to wife is a Rakshasi"
„A nő, akit feleségül adtál nekem, egy Rakshasi."
"Last night I was lying in bed with her"
„Tegnap este vele feküdtem az ágyban"
"By the river I heard the howl of a jackal"

„A folyóparton sakál üvöltését hallottam"
"My wife too, heard the howl of the jackal"
„A feleségem is hallotta a sakál üvöltését"
"Thinking I was asleep; she went towards the howl"
„Azt hitte, alszom, ezért a vonyítás felé indult."
"I was surprised to see her go out of bed alone"
„Meglepődtem, hogy egyedül kelt ki az ágyból."
"Suspecting some sort of evil, I followed her outside"
„Valamiféle gonoszra gyanakodva követtem kifelé"
"But she could not see that I had followed her"
„De nem láthatta, hogy követtem őt"
"What did she do, do you think? O horror of horrors!"
„Mit gondolsz, mit tett? Ó, borzalmak borzalma!"
"From the stream she dragged a dead body out"
„A patakból egy holttestet húzott ki"
"And what do you think she did with the dead body?"
– És mit gondolsz, mit tett a holttesttel?
"She wasted no time devouring the dead man!"
„Nem vesztegette az időt, felfalta a halott férfit!"
"All this I had the misfortune to see with my own eyes"
„Mindezt szerencsétlenségemre a saját szememmel láthattam"
"While she feasted on the carcass I went back to bed"
„Míg ő a tetemet lakmározott, én visszafeküdtem az ágyba."
"In a few minutes she also returned to bed"
„Néhány perc múlva ő is visszafeküdt az ágyba"
"She bolted the door shut, and lay beside me"
„Bezárta az ajtót, és lefeküdt mellém"
"Oh my father, how can I live with a Rakshasi?"
„Ó, apám, hogy tudnék egy Rakshasival élni?"
"She will certainly kill me and eat me up one night"
„Biztosan megöl és felfal egy éjjel"
You can imagine the shock of the old goldsmith.
El lehet képzelni az öreg ötvös megdöbbenését.
Both father and son agreed about what should be done.
Apa és fia is egyetértettek abban, hogy mit kellene tenni.
The woman should be taken deep into the forest.
A nőt mélyen be kell vinni az erdőbe.

And she should be left for wild beasts to devoured.
És ott kellene hagyni, hogy a vadállatok felfalják.
Accordingly, the young goldsmith spoke to his wife.
Ennek megfelelően a fiatal ötvös szólt a feleségének.
"My dear love," he said to his wife.
– Drága szerelmem – mondta a feleségének.
"You had better not cook much this morning"
„Jobb lenne, ha ma reggel nem főznél sokat."
"Boil a little rice and burn a brinjal"
„Forralj fel egy kis rizst és égess el egy csipetnyi kalácsot"
"Because today we are going to see your parents"
„Mert ma meglátogatjuk a szüleidet."
"Your mother and father are dying to see you"
„Anyád és apád alig várják, hogy láthassanak"
The woman was full of joy at the unexpected news.
Az asszonyt elöntötte az öröm a váratlan hír hallatán.
She loved returning to her father's house.
Szerette visszatérni az apja házába.
And she finished the cooking in no time.
És pillanatok alatt végzett a főzéssel.
The husband and wife snatched a hasty breakfast.
A férj és a feleség sietve reggelizett.
And soon after breakfast they started their journey.
És nem sokkal reggeli után megkezdték útjukat.
The way to her father's house was through dense jungle.
Az apja házához vezető út sűrű dzsungelen keresztül vezetett.
It was the perfect place to abandon his wife.
Tökéletes hely volt arra, hogy elhagyja a feleségét.
She was bound to be eaten up by wild beasts there.
Biztosan felfalták volna ott a vadállatok.
But while they were walking the woman heard a snake.
De miközben sétáltak, az asszony kígyó hangját hallotta.
"Oh passer-by, in yonder hole there is a frog"
„Ó, arra járókelő, ott a lyukban egy béka van"
"How thankful I would be if you caught the frog"
„Milyen hálás lennék, ha elkapnád a békát"
"And the hole is full of gold and precious stones"

„És a lyuk tele van arannyal és drágakövekkel"
"Give me the frog, and take the treasure for yourself"
„Add nekem a békát, és vedd el a kincset magadnak"
The woman forthwith went to the frog's hole.
Az asszony azonnal a béka üregéhez ment.
And she began digging the hole with a stick.
És elkezdte ásni a lyukat egy bottal.
The young goldsmith was now quaking with fear.
A fiatal ötvös most már reszketett a félelemtől.
He thought his Rakshasi-wife was about to kill him.
Azt hitte, hogy a Rakshasi felesége meg akarja ölni.
And then his wife called for him to help her.
Aztán a felesége hívta, hogy segítsen neki.
"Take all this gold and these precious stones"
„Vedd el ezt az összes aranyat és ezeket a drágaköveket"
The goldsmith did not understand her request.
Az ötvös nem értette a kérését.
Timidly he went to where she had dug the hole.
Félénken odament, ahová a lány a gödröt ásta.
But he was infinitely surprised by what he saw.
De végtelenül meglepődött azon, amit látott.
The hole was full of gold and precious stones.
A lyuk tele volt arannyal és drágakövekkel.
"How did you know there was a treasure here?"
– Honnan tudtad, hogy itt kincs van?
And finally his wife told him of her gift.
És végül a felesége mesélt neki az ajándékáról.
"I can understand all the beasts in the forest"
„Megértem az erdő összes vadállatát"
"Just over there, there is a snake coiled up"
„Ott egy összetekeredett kígyó van."
"She had told me there was a treasure here"
„Azt mondta nekem, hogy itt egy kincs van"
The husband now felt very blessed with his wife.
A férj most nagyon áldottnak érezte magát a feleségével.
"My love, it has gotten very late today"
„Drágám, ma már nagyon későre jár."

"I don't think we will reach your father's house"
„Nem hiszem, hogy elérjük apád házát."
"Nightfall will catch us before we get there"
„Be fog utolérni minket, mielőtt odaérnénk"
"If we stay we might be devoured by wild beasts"
„Ha maradunk, vadállatok falhatnak fel minket"
"I propose therefore that we both return home"
„Ezért azt javaslom, hogy mindketten térjünk haza"
You can imagine the wife's disappointment.
El lehet képzelni a feleség csalódottságát.
But she agreed with her husband's assessment.
De egyetértett férje értékelésével.
It took them a long time to reach home.
Sokáig tartott, mire hazaértek.
They were laden with a large quantity of gold.
Hatalmas mennyiségű arannyal voltak megrakodva.
And they were carrying many precious stones.
És sok drágakövet vittek magukkal.
But eventually the got close to their home.
De végül mégis közel kerültek az otthonukhoz.
"My dear, go by the back door," said the goldsmith.
– Drágám, menj a hátsó ajtón – mondta az ötvös.
"I will go by the front door and see my father"
„Megyek a bejárati ajtón, és meglátogatom apámat."
"And I will show him all this treasure"
„És én megmutatom neki ezt az egész kincset"
So she entered the house by the back door.
Így hát a hátsó ajtón lépett be a házba.
But the old goldsmith had reason to be there too.
De az öreg ötvösnek is megvolt az oka arra, hogy ott legyen.
He had gone there to collect a hammer.
Azért ment oda, hogy elhozzon egy kalapácsot.
The old goldsmith saw his Rakshasi daughter-in-law.
Az öreg ötvös meglátta a Rakshasi menyét.
He concluded she had swallowed up his son.
Arra a következtetésre jutott, hogy a lány elnyelte a fiát.
And he therefore struck her with the hammer.

És ezért megütötte a kalapáccsal.
The blow immediately killed his daughter-in-law.
Az ütés azonnal megölte a menyét.
At that moment the son came into the house.
Abban a pillanatban bejött a házba a fiú.
But it was too late for him to explain.
De már túl késő volt ahhoz, hogy magyarázkodjon.
And so the eldest prince's story concluded.
És ezzel a legidősebb herceg története véget ért.
"You might have to cut a man's head off"
„Le lehet, hogy le kell vágnod egy férfi fejét"
"But first you should establish the facts"
„De először tisztázni kellene a tényeket"
"You must see whether the man is really faithless"
„Meg kell nézned, hogy valóban hitetlen-e az ember"

The king then called his second son to him.
A király ekkor magához hívta második fiát.
"I entrust my life and my honor to men"
„Életemet és becsületemet emberekre bízom"
"But what if one of these men prove faithless?
„De mi van, ha ezek közül az emberek közül valamelyik
hűtlennek bizonyul?
"How should such a man be punished?"
„Hogyan lehetne megbüntetni egy ilyen embert?"
The second prince replied to his father, the king.
A második herceg válaszolt apjának, a királynak.
"Doubtless such a man's head should be cut off"
„Kétségtelen, hogy egy ilyen ember fejét le kell vágni"
"But first you should establish the facts"
„De először tisztázni kellene a tényeket"
"What do you mean?" inquired the king.
„Hogy érted ezt?" – kérdezte a király.
"Let your majesty be pleased to listen"
„Hallgassa meg felséged örömmel"
Once upon a time there reigned a king.
Volt egyszer egy király, aki uralkodott.

This king was very fond of going out hunting.

Ez a király nagyon szeretett vadászni.

One day his horse took him into a dense forest.

Egy nap a lova elvitte egy sűrű erdőbe.

He went far from his followers, deep into the woods.

Messze ment követőitől, mélyen az erdőbe.

He rode on and on through the endless, quiet forest.

Csak lovagolt és lovagolt a végtelen, csendes erdőn keresztül.

He saw neither villages nor towns, only trees.

Sem falvakat, sem városokat nem látott, csak fákat.

On the long, lonely journey he became very thirsty.

A hosszú, magányos úton nagyon megszomjazott.

He could see no pond, nor lake, nor stream.

Sem tavat, sem tavat, sem patakot nem látott.

But then he saw something dripping from a tree.

De aztán meglátott valamit, ami csöpögött egy fáról.

He concluded it was rainwater resting in a cavity.

Arra a következtetésre jutott, hogy esővíz gyűlik össze egy üregben.

He stood on horseback beneath the tree, cup in hand.

Lóháton állt a fa alatt, kezében a csészével.

He caught the drops slowly dripping into the small cup.

Elkapta a cseppeket, amelyek lassan a kis csészébe csöpögtek.

The water, however, was not rain from the sky.

A víz azonban nem az égből hullott eső volt.

A huge cobra sat on top of the tall tree.

Egy hatalmas kobra ült egy magas fa tetején.

The snake had struck the tree in rage with its sharp fangs.

A kígyó dühösen csapkodott a fára éles agyaraival.

The snake's poison came out and fell downward in heavy drops.

A kígyó mérge előjött, és nehéz cseppekben hullott lefelé.

The king thought the falling liquid was simple rainwater.

A király azt hitte, hogy a lehulló folyadék egyszerű esővíz.

The horse sensed the danger and tried to warn him.

A ló megérezte a veszélyt, és megpróbálta figyelmeztetni.

The cup was nearly filled with the deadly snake-poison.

A pohár majdnem tele volt a halálos kígyóméreggel.
The king raised the cup and prepared to drink.
A király felemelte a poharat és inni készült.
But the horse moved wildly, with the king on its back.
De a ló vadul mozgott, a hátán a királlyal.
The cup fell from his hand, and the poison spilled.
A pohár kiesett a kezéből, és a méreg kiömlött.
The king became angry and struck the horse's neck.
A király dühös lett, és megütötte a ló nyakát.
The blow from the sword immediately killed his horse.
A kard csapása azonnal megölte a lovát.
And so the second prince's story concluded.
És ezzel a második herceg története véget ért.
"You might have to cut a man's head off"
„Lehet, hogy le kell vágnod egy férfi fejét"
"But first you should establish the facts"
„De először tisztázni kellene a tényeket"
"You must see whether the man is really faithless"
„Meg kell nézned, hogy valóban hitetlen-e az ember"

The king then called to him his third youngest son.
A király ekkor magához hívta harmadik legkisebb fiát.
"I entrust my life and my honor to men"
„Életemet és becsületemet emberekre bízom"
"But what if one of these men prove faithless?
„De mi van, ha ezek közül az emberek közül valamelyik
hűtlennek bizonyul?
"How should such a man be punished?"
„Hogyan lehetne megbüntetni egy ilyen embert?"
"Doubtless such a man's head should be cut off"
„Kétségtelen, hogy egy ilyen ember fejét le kell vágni"
"But first you should establish the facts"
„De először tisztázni kellene a tényeket"
"What do you mean?" inquired the king.
„Hogy érted ezt?" – kérdezte a király.
"Let your majesty be pleased to listen"
„Hallgassa meg felséged örömmel"

Once long ago there reigned a wise and noble king.
Réges-régen uralkodott egy bölcs és nemes király.
In his palace he kept a bird of Suka species.
Palotájában egy Suka fajhoz tartozó madarat tartott.
One day the bird went out flying into the fields.
Egy nap a madár kirepült a mezőre.
There he saw his father and mother calling from above.
Ott látta apját és anyját, akik odafentről kiáltoztak.
They asked him to come visit them in their nest.
Megkérték, hogy látogassa meg őket a fészkükben.
The nest was far away in a distant hidden land.
A fészek messze volt, egy távoli, rejtett vidéken.
The Suka said, "I'll come if I get king's leave"
A Suka azt mondta: „Eljövök, ha megkapom a király engedélyét"
"I'll speak to the king today and return tomorrow"
„Ma beszélek a királlyal, és holnap visszajövök. "
"Please wait at this same spot in the morning"
„Kérjük, várjon ezen a helyen holnap reggel."
That very day, Suka spoke with the gentle, kind king.
Azon a napon Suka beszélt a szelíd, kedves királlyal.
The king gave permission for the bird to leave.
A király engedélyt adott a madárnak a távozásra.
Although he was sad to part with his bird.
Bár szomorú volt megválni a madarától.
The next morning, Suka met his parents again.
Másnap reggel Suka újra találkozott a szüleivel.
He flew with them to their nest on a tall tree.
Elrepült velük a fészkükbe egy magas fán.
The three birds lived together happily in peaceful joy.
A három madár boldogan, békében élt együtt.
They stayed like this for a fortnight of lovely days.
Két hétig maradtak így a szép napokon át.
But even those quiet and pleasant days had to end.
De még ezeknek a csendes és kellemes napoknak is véget kellett érniük.
Suka said, "Beloved parents, the king gave me two weeks"

Suka azt mondta: „Szeretett szüleim, a király két hetet adott nekem"

"That time is now over, so I must return tomorrow"

„Az az idő lejárt, holnap vissza kell mennem"

His father and mother agreed and blessed his decision.

Apja és anyja egyetértettek, és áldották a döntését.

They told him to carry a gift for the king.

Azt mondták neki, hogy vigyen ajándékot a királynak.

After some talk, they chose some fruit as a gift.

Némi beszélgetés után gyümölcsöt választottak ajándékba.

The fruit had grown from the Immortality Tree.

A gyümölcs a Halhatatlanság Fájáról nőtt ki.

Early the next morning, Suka went to the tree.

Másnap kora reggel Suka odament a fához.

And he plucked a magical glowing fruit.

És leszakított egy varázslatosan világító gyümölcsöt.

He held the fruit gently in his beak, full of care.

Gyengéden, gondosan tartotta a gyümölcsöt a csőrében.

The fruit was heavy and slowed his swift flying pace.

A gyümölcs nehéz volt, és lelassította gyors repülését.

He could not reach the city before night arrived.

Nem érhetett be a városba, mielőtt leszállt az éj.

Suka stopped to rest in a tree along the way.

Suka megállt pihenni egy fán az út mentén.

He feared the fruit might drop while he slept.

Attól félt, hogy a gyümölcs leesik alvás közben.

If he kept the fruit in his beak, it could fall.

Ha a csőrében tartotta a gyümölcsöt, leeshetett.

But he saw a hole in the trunk of the tree.

De meglátott egy lyukat a fa törzsén.

He placed the fruit safely inside the dark tree.

Biztonságosan elhelyezte a gyümölcsöt a sötét fában.

But inside the hole, there lived a poisonous black snake.

De a lyukban egy mérges fekete kígyó élt.

In the night, the snake bit the fruit with venom.

Éjszaka a kígyó mérgével megmarta a gyümölcsöt.

And the fruit became smeared with deadly poison.

És a gyümölcsöt halálos méreg kente be.
At dawn Suka took the fruit back in his beak.
Hajnalban Suka visszavette a gyümölcsöt a csőrébe.
He flew again on his journey to the king's palace.
Újra repült, hogy visszatérhessen a királyi palotába.
As he reached the palace the king was sitting with ministers.
Mire a palotába ért, a király miniszterekkel ült.
The king was overjoyed to see Suka return once more.
A király nagyon örült, hogy Suka ismét visszatért.
He greatly admired the beautiful, shining fruit gift.
Nagyon csodálta a gyönyörű, ragyogó gyümölcsajándékot.
The fruit was lovely to look at and admire.
A gyümölcs gyönyörű volt nézni és csodálni.
It was the finest fruit found across the earth.
Ez volt a legfinomabb gyümölcs, amit a földön találtak.
And anyone who ate the fruit was granted immortality.
És aki evett a gyümölcsből, halhatatlanságot kapott.
The king was about to eat the beautiful fruit.
A király éppen meg akarta enni a gyönyörű gyümölcsöt.
But his ministers warned him the fruit might be poisoned"
De a miniszterei figyelmeztették, hogy a gyümölcs mérgezett lehet.
"It would be better to test the fruit before you eat it"
„Jobb lenne megkóstolni a gyümölcsöt, mielőtt megeszed"
He threw the fruit to a crow sitting on the wall.
A gyümölcsöt egy a falon ülő varjúnak dobta.
The crow ate from the fruit, and dropped dead instantly.
A varjú evett a gyümölcsből, és azonnal holtan esett össze.
The king, thinking Suka tried to kill him, grew furious.
A király, azt gondolva, hogy Suka megpróbálja megölni, dühbe gurult.
He seized the bird and killed him with his bare hands.
Megragadta a madarat, és puszta kézzel megölte.
He ordered the seed to be planted outside the city.
Elrendelte, hogy a magokat a városon kívül vessenek el.
The seed became a tree with the same glowing fruit.
A magból fa lett, ugyanolyan ragyogó gyümölccsel.

The king feared the fruit would bring more death.
A király attól tartott, hogy a gyümölcs további halált fog hozni.
So he had the tree fenced off and guarded.
Így hát bekerítette és őriztette a fát.

There lived in that city an old, poor Brahman man.
Élt abban a városban egy öreg, szegény brahman.
He and his wife survived only on the town's charity.
Ő és felesége csak a város adományaiból éltek.
One day the Brahman mourned his long, miserable, life.
Egy napon a bráhman gyászolta hosszú, nyomorúságos életét.
He said, "Instead of begging, I will eat poison fruit."
Azt mondta: „Köldülés helyett mérgezett gyümölcsöt eszem."
"I'll end my life beneath that deadly tree in silence."
„Csendben fogom befejezni az életemet a halálos fa alatt."
That very night, he rose quietly and left his home.
Még aznap este csendben felkelt és elhagyta otthonát.
His wife suspected and followed behind in silence.
A felesége gyanakodott, és csendben követte.
She had decided to die too, alongside her sad husband.
Ő is úgy döntött, hogy meghal, szomorú férje mellett.
She loved him deeply and didn't wish to stay behind.
Mélyen szerette, és nem akart lemaradni.
The palace guard was asleep that night, unaware of visitors.
A palotaőr aznap éjjel aludt, nem tudott a látogatókról.
The Brahman reached the garden and plucked a hanging fruit.
A bráhman elérte a kertet, és leszakított egy lógó gyümölcsöt.
He looked at it once and ate the entire fruit.
Ránézett egyszer, majd megette az egész gyümölcsöt.
His wife cried, "If you die, my life becomes nothing"
A felesége felkiáltott: „Ha meghalsz, az életem semmivé lesz."
"I will also eat and die here with you now"
„Én is itt fogok enni és meghalni most veled"
So saying she plucked a fruit and ate it.
Így szólva, leszakított egy gyümölcsöt és megette.

They thought the poison would act slowly through the night.

Azt gondolták, hogy a méreg lassan fog hatni az éjszaka folyamán.

So they both went home and quietly lay down in bed.

Így hát mindketten hazamentek, és csendben lefeküdtek az ágyba.

They believed they would never again rise from sleep.

Azt hitték, soha többé nem kelnek fel az álomból.

To their surprise, they woke up feeling full of life.

Meglepetésükre élettel telinek érezték magukat, és arra ébredtek, hogy

Not only were they alive, but they were young again.

Nemcsak éltek, de újra fiatalok voltak.

And they were strong and had new found energy.

És erősek voltak, és új energiával teltek meg.

Neighbors hardly recognized them, so changed they looked.

A szomszédok alig ismerték fel őket, annyira megváltoztak a külsejükben.

The old Brahman was now handsome and full of youth.

Az öreg bráhman most már jóképű és fiatal volt.

His grey hair vanished, and had colour again.

Ősz haja eltűnt, és újra színe lett.

His wrinkled cheeks turned smooth, and his skin shone.

Ráncos arca kisimultak, bőre ragyogott.

And as for his wife, she became extremely beautiful.

Ami pedig a feleségét illeti, az rendkívül szép lett.

She looked as beautiful as any lady of the kingdom.

Olyan gyönyörű volt, mint a királyság bármelyik hölgye.

The king heard of their miraculous transformation.

A király hallott a csodálatos átalakulásukról.

He asked his guards to send the Brahman to him.

Megkérte az őreit, hogy küldjék hozzá a bráhmant.

And he asked the Brahman the source of his youth.

És megkérdezte a bráhmant fiatalsága forrásáról.

The Brahman told the king every detail of the story.

A bráhmin elmesélte a királynak a történet minden részletét.

The king then wept for his poor, loyal pet bird.
A király ezután megsiratta szegény, hűséges házimadarát.
He deeply regretted killing his faithful bird.
Mélységesen megbánta, hogy megölte hűséges madarát.
And he wished he had known the bird's loyalty.
És azt kívánta, bárcsak ismerte volna a madár hűségét.
And so the second prince's story concluded.
És ezzel a második herceg története véget ért.
"You might have to cut a man's head off"
„Le lehet, hogy le kell vágnod egy férfi fejét"
"But first you should establish the facts"
„De először tisztázni kellene a tényeket"
"You must see whether the man is really faithless"
„Meg kell nézned, hogy valóban hitetlen-e az ember"
"I know Your Majesty suspects me of evil last night"
„Tudom, hogy Felséged tegnap este gonoszsággal
gyanúsított."
"Please allow me to explain myself before punishing me"
„Kérlek, engedd meg, hogy elmagyarázzam magam, mielőtt
megbüntetsz"
"While making rounds I saw a woman leave the palace"
„Miközben körbejártam, láttam egy nőt elhagyni a palotát"
"I stopped her, and she said her name was Rajlakshmi"
„Megállítottam, és azt mondta, hogy Rajlakshminak hívják."
"She claimed to be the guardian deity of the palace"
„Azt állította, hogy ő a palota őrangyala"
"She said she was leaving because death was near"
„Azt mondta, azért megy el, mert a halál közeleg."
"The king," she said, "would be killed later that night"
„A királyt" – mondta – „még aznap éjjel megölik"
"I begged her to go back into the palace"
„Könyörögtem neki, hogy menjen vissza a palotába"
"And I promised to do my best to protect you."
– És megígértem, hogy mindent megteszek, hogy
megvédjelek.
"I ran quickly into Your Majesty's chamber without delay."
„Késlekedés nélkül gyorsan berohantam Felséged szobájába."

"There I saw a cobra circling your golden bedstead."
„Ott láttam egy kobrát körözni az arany ágyad körül."
"I fought the snake and killed it with my blade."
„Megküzdöttem a kígyóval, és a kardommal megöltem."
"I chopped the body into many exactly one hundred pieces."
„Pontosan száz darabra vagdaltam a testet."
"I placed those pieces inside the pan for proof."
„Bizonyításképpen tettem be azokat a darabokat a
serpenyőbe."
"But something occurred as I was cutting up the snake."
„De valami történt, miközben feldaraboltam a kígyót."
"A drop of blood fell onto the breast of your wife."
„ Egy csepp vér hullott a feleséged mellére."
"I feared I had saved my father, but killed my stepmother."
„Attól féltem, hogy megmentettem az apámat, de megöltem a
mostohaanyámat."
"I wrapped my tongue tightly with cloth seven times."
„Hétszer szorosan betekertem a nyelvemet egy ruhával."
"Then I licked up the drop of venomous blood."
„Aztán felnyaltam a mérgező vércseppet."
"While I was licking the blood, my stepmother awoke."
„Miközben a vért nyalogattam, felébredt a mostohaanyám."
"She saw me and opened her eyes with confusion."
„Meglátott engem, és zavartan kinyitotta a szemét."
"This is the truth of what I did last night."
„Ez az igazság arról, amit tegnap este tettem."
"If Your Majesty commands, then cut off my head now."
„Ha Felséged parancsolja, akkor vágja le a fejemet most
azonnal."
The king, full of love and joy, embraced his son.
A király, tele szeretettel és örömmel, átölelte fiát.
From that moment, he loved him more than ever before.
Attól a pillanattól kezdve jobban szerette, mint valaha.